白描 著

苍凉青春

5个北京女娃，嫁给4个农民

她们拿自己苍凉的青春作了抵押

WUHAN UNIVERSITY PRESS
武汉大学出版社

图书在版编目(CIP)数据

苍凉青春/白描著. —武汉:武汉大学出版社,2012.5
黄土地之歌
ISBN 978-7-307-09759-9

Ⅰ.苍… Ⅱ.白… Ⅲ.长篇小说—中国—当代 Ⅳ.I247.5

中国版本图书馆 CIP 数据核字(2012)第 089604 号

责任编辑:张福臣　　责任校对:黄添生　　版式设计:马　佳

出版发行:武汉大学出版社　(430072　武昌　珞珈山)
(电子邮件:cbs22@whu.edu.cn 网址:www.wdp.com.cn)
印刷:武汉中科兴业印务有限公司
开本:880×1230　1/32　印张:10.25　字数:230 千字
版次:2012 年 5 月第 1 版　2012 年 5 月第 1 次印刷
ISBN 978-7-307-09759-9/I·564　定价:26.00 元

总　序

叶　辛

40 多年前，中国的大地上发生了一场波澜壮阔的知识青年上山下乡运动。“波澜壮阔”四个字，不是我特意选用的形容词，而是当年的习惯说法，广播里这么说，报纸的通栏大标题里这么写。知识青年上山下乡，当年还是毛泽东主席的伟大战略部署，是培养和造就千百万无产阶级革命事业接班人的百年大计，千年大计，万年大计。

这一说法，也不是我今天的特意强调，而是天天在我们耳边一再重复宣传的话，以至于老知青们今天聚在一起，讲起当年的话语，忆起当年的情形，唱起当年的歌，仍然会气氛热烈，情绪激烈，有说不完的话。

说“波澜壮阔”，还因为就是在“知识青年到农村去，接受贫下中农的再教育，很有必要”的指示和召唤之下，1600 多万大中城市毕业的知识青年，上山下乡，奔赴农村，奔赴边疆，奔赴草原、渔村、山乡、海岛，在大山深处，在戈壁荒原，在兵团、北大荒和西双版纳，开始了这一代人艰辛、平凡而又非凡的人生。

讲完这一段话，我还要作一番解释。首先，我们习惯上讲，中国上山下乡的知识青年，有 1700 万，我为什么用了 1600 万这个数字。其实，1700 万这个数字，是国务院知青办的权威统计，应该没有错。但是这个统计，是从 1955 年有知青下乡这件事开始算起的。研究中国知青史的中外专家都知道，从 1955 年到 1966 年“文革”初始，十多年的时间里，全国有100多万知青下乡，全国人民所熟知的一些知青先行者，都在这个阶段涌现出来，宣传开去。而发展到“文革”期间，特别是1968年12月21日夜间，毛主席的最新最高指示发表，知识青年上山下乡，掀起了一个前所未有的高潮。那个年头，毛主席的话，一句顶一万句；毛主席的指示，理解的要执行，不理解的也要执行，且落实毛主席的最新指示，要“不过夜”。于是乎全国城乡迅疾地行动起来，在随后的10年时间里，有1600万知青上山下乡。而在此之前，知识青年下乡去，习惯的说法是下乡上山。我最初到贵州山乡插队落户时，发给我们每个知青点集体户的那本小小的刊物，刊名也是《下乡上山》。在大规模的知青下乡形成波澜壮阔之势时，才逐渐规范成“上山下乡”的统一说法。

我还要说明的是，1700万知青上山下乡的数字，是国务院知青办根据大中城市上山下乡的实际数字统计的，比较准确。但是这个数字仍然是有争议的。

为什么呢？

因为国务院知青办统计的是大中城市上山下乡知青的数字，没有统计千百万回乡知青的数字。回乡知青，也被叫作本乡本土的知青，他们在县城中学读书，或者在县城下面的区、城镇、公社的中学读书，如果没有文化大革命，他们读到初中毕业，照样可以考高中；他们读到高中毕业，照样可以报考全国各地所有的大学，就像今天的情形一样，不会因为他们毕业于区级中学、县级中学不允许他们报考北大、清华、复旦、交大、武大、南大。只要成绩好，名牌大学照样录取他们。但是在上山下乡“一片红”的大形势之下，大中城市的毕业生都要汇入上山下乡的洪流，本乡本土的毕业生理所当然地也要回到自己的乡村里去。他们的回归对政府和国家来说，比较简单，就是回到自己出生的村寨上去，回到父母身边去，那里本来就是他们的家。学校和政府不需要为他们支付安置费，也不需要为他们安排交通，只要对他们说，大学停办了，你们毕业以后回到乡村，也像你们的父母一样参加农业劳动，自食其力。千千万万本乡本土的知青就这样回到了他们生于斯、长于斯的乡村里。他们的名字叫“回乡知青”，也是名副其实的知青。

而大中城市的上山下乡知青，和他们就不一样了。他们要离开从小生活的城市，迁出城市户口，注销粮油关系，而学校、政府、国家还要负责把他们送到农村这一“广阔天地”中去。离开城市去往乡村，要坐火车，要坐长途公共汽车，要坐轮船，像北京、上海、天津、广州、武汉、长沙的知青，有的往北去到“反修前哨”的黑龙江、内蒙古、新疆，有的往南到海南、西双版纳，路途相当遥远，所有知青的交通费用，都由国家和政府负担。而每一个插队到村庄、寨子里去的知青，还要为他们拨付安置费，下乡第一年的粮食和生活补贴。所有这一切必须要核对准确，做出计划和安排，国务院知青办统计离开大中城市上山下乡知青的人数，还是有其依据的。

其实我郑重其事写下的这一切，每一个回乡知青当年都是十分明白的。在我插队落户的公社里，我就经常遇到县中、区中毕业的回乡知青，他们和远方来的贵阳知青、上海知青的关系也都很好。

但是现在他们有想法了，他们说：我们也是知青呀！回乡知青怎么就不能算知青呢？不少人觉得他们的想法有道理。于是乎，关于中国知青总人数的说法，又有了新的版本，有的说是2000万，有的说是2400万，也有说3000万的。

看看，对于我们这些过来人来说，一个十分简单的统计数字，就要结合当年的时代背景、具体政策，费好多笔墨才能讲明白。而知识青年上山下乡运动中，还有多多少少类似的情形啊，诸如兵团知青、国营农场知青、插队知青、病退、顶替、老三届、工农兵大学生，等等等等，对于这些显而易见的字眼，今天的年轻一代，已经看不甚明白了。我就经常会碰到今天的中学生向我提出的种种问题：凭啥你们上山下乡一代人要称“老三届”？比你们早读书的人还多着呢，他们不是比你们更老吗？嗳，你们怎么那样笨，让你们下乡，你们完全可以不去啊，还非要争着去，那是你们活该……

有的问题我还能解答，有的问题我除了苦笑，一时间都无从答起。

从这个意义上来说，武汉大学出版社推出反映知青生活的“黄土地之歌”、“红土地之歌”和“黑土地之歌”系列作品这一大型项目，实在是一件大好事。既利于经历过那一时代的知青们回顾以往，理清脉络；又利于今天的年轻一代，懂得和理解他们的上一代人经历了一段什么样的岁月；还给历史留下了一份真切的记忆。

对于知青来说，无论你当年下放在哪个地方，无论你在乡间待过多长时间，无论你如今是取得了很大业绩还是默默无闻，从那一时期起，我们就有了一个共同的称呼：知青。这是时代给我们留下的抹不去的印记。

历史的巨轮带着我们来到了2012年，转眼间，距离那段已逝的岁月已40多年了。40多年啊，遗憾也好，感慨也罢，青春无悔也好，不堪回首也罢，我们已经无能为力了。

我们所拥有的只是我们人生的过程，40多年里的某年、某月、某一天，或将永久地铭记在我们的心中。

风雨如磐见真情，

岁月蹉跎志犹存。

正如出版者所言：1700万知青平凡而又非凡的人生，虽谈不上“感天动地”，但也是共和国同时代人的成长史。事是史之体，人是史之魂。1700万知青的成长史也是新中国历史的一部分，不可遗忘，不可断裂，亟求正确定位，给生者或者死者以安慰，给昨天、今天和明天一个交待。

是为序。

自　序

呈现在这本书里的故事，是我为准备创作一部小说作品在陕北黄土高原深入生活时采撷而来的。那是一部计划用一年到一年半左右时间完成的小说。但当我决定放弃小说创作，改用纪实笔法忠实记录生活里发生的真实故事后，仅是采访，前后便用去了三年时间。那是一场考验耐心的追踪采访，在我的视野里，即将走进我笔下的人物连同她们的故事，三年里一直处于“现在进行时”，就像舞台上尚未合幕的戏剧，剧情仍在不断演绎，等待的结果一拖再拖。当然我知道要想等到剧情不再发展，除非生活停止前进，但起码，即使看不到人物命运的最后归宿，能获知基本走向，也会为我对生活的判断提供依据。就这样我一次又一次按捺住创作的冲动，一直与她们保持联系，共同走过三年光阴，这才着手开始写作。

改变写小说的初衷，原因在于生活原生形态对我的震撼。当我的主人公们诉说她们的经历时，我不止一次地感叹生活与人们的命运自身竟具备那么丰富的传奇色彩。小说留给我自由发挥的空间自然很大，但面对我的主人公们的真实故事，若用小说形式来表现，读者也许会以为我是在编织臆造。我想赋予这部作品以最朴素、最少矫饰的形式。这是需要自信的，是生活本身赋予了我这份自信。

当然我明白，将作品成败的砝码单纯押在题材上是可笑的，任何猎奇的想法只会败坏文学的品位。在采访和写作中，我没有停止过这样一种努力，即怎样才能让思想穿越事物的表层探触到其中的底蕴？苦苦努力的结果令我茫然。比如，我不明白，我笔下的这些女知青，当命运把她们抛向黄土高原的腹地，她们所代表的都市文明，与古朴落后的乡土文化传统意识之间的冲撞、较量，到底是失败了还是胜利了？在被现实环境粉碎了的青春之梦的废墟上，她们和农民的结合，究竟是毁灭了自己，还是重新铸造了一个自我？她们的婚姻遭际是滑稽时代导演的滑稽闹剧，还是蕴涵着深刻社会和人性内容的悲剧？她们沥血滴髓的人生经历，是个人原因所致还是时代所致？或者说起决定作用的是个人还是时代？还有她作生命、青春的价值取向究竟有无意义？有何意义？等等，我没有寻找到确切的答案。

从黄土高原走出的摄影家黑明，曾在北京办过一个很轰动的影展：《走过青春》，后来结集成书也很畅销。我在北京美术馆参观这个摄影展时，看到这本书中的几位人物进入了黑明的镜头。镜头捕捉的她们的生存样态，让观众颇受震动。那是我与她们告别多年后再次与她们对视。我又想到我采访和写作中思考的那些问题，心中依然茫然。

时代终究在前进。我曾经写下的这些故事，今天的读者看来已是往昔云烟。像我的主人公已经走过青春一样，我已走过昨天，读者也已走过昨天。今天的读者有今天的视点。曾经困惑我的问题，也许今天的读者完全能够做出清晰的判断，但我想，历史终究是历史，历史的价值就在于能够启迪后人的思考。从这种思考中如果读者们能体味到点什么，那么，我想我曾经付出的努力也算有意义了。

但愿如此。

作　者

2001. 5. 8

目　　录

苍凉青春

夏天的最后玫瑰

荒原的种子

苍凉青春

序言　遗落在荒原的童话

1969年初，确切地说，是1月9日和17日，先后两批计五万余名北京知青，被一场声势浩大的社会巨潮裹卷到陕西北部荒凉的黄土高原。

事件如此轰轰烈烈，在当时，高原的每个角落几乎都被震撼了。

五万余名北京知青，散布在延河洛河流域十三个县里，其中三千二百名，被安置在我们的故事将要展开的Y县插队落户。三千二百，乍一看，绝对数字并不很大，可是当时，Y县城乡人口总共八万，比例不难算出：25∶1。就是说，在二十五个当地人中，就要插进一个操着普通话的北京学生。

这将意味着什么？

三千二百名知青，给Y县历史进程以不可估量的影响。他们带来了另一重天地许多为当地人所不熟悉的东西——从思想观念，到生活方式，从对外部世界的了解，到对自身生存状态的审视。他们给这块偏僻闭塞的土地带来了塑料床单、卫生纸、尼龙袜子和樟脑丸。办学校，建医疗站，让人们懂得了妇女生孩子不能用做活儿的剪刀乱铰脐带的道理，懂得了头和脚是要勤洗的，而不是一年半年洗一次。他们让许多土生土长的姑娘在择偶时换上一种新的眼光，让许多老实本分的青年萌生了走出黄土地，去外边大世界闯荡的炽热愿望。他们或深或浅地搅动了一个封闭社会的结构形态和人们的思想，给古朴苍凉的高原带来骚动不安的气息，也带来青春的活力。

光阴荏苒。从那时到现在，十八个年头过去了，这期间，历史充满戏剧性地向前推进。当年在这块土地上落脚的京城年轻人，他们后来的情形如何？

1983 年和 1986 年，我两次来到 Y 县，寻找那出时代大戏留下的踪迹。在县城，在乡村，在沟壑纵横的塬区，在梁峁密布的山地，我到处奔走。县城正街上有座诊所，名曰知青医疗所，想必是北京知青建立起来的。县南的荆义川和守凤川散布着成片的果园，路旁、河边、沟道里，茂盛的核桃树随处可见，都是北京知青当年鼓动当地人栽种的，核桃树是知青从山西汾阳县引进的新品种，果多皮薄油质大，明显优于零零星星还能看到的本地品种。拜水河上，一座二百千瓦发电量的水力发电站日夜运转，而建电站的最初蓝图出自知青之手。在一些村子，我察看了知青办起来的种牛站、养猪场。瑞士西门达尔种牛的后代，以其惊人的挽力，博得庄稼汉的青睐；而一座座别出心裁、用石头箍成、比当地人居住的土窑洞还讲究的养猪场，却早已废弃，只有一长溜一长溜结实而又无用的小石窑尚存路边。在北原牛头店附近一条大路边，三个小小的坟包隐匿在荒草丛中，据说那是因打架斗殴而死的三个知青的葬身之地。还有石霞乡马庄子西沟一排坍塌的土窑的废墟，一个跛腿女知青在一个暴风雨袭击之夜，被覆盖在下边，那片废墟至今无人清理。到处可以看到他们做出的文章，到处都有他们留下的痕迹。

惟独难以看到、难以听见的，是他们的身影，他们的声音。政府拨款修建起来的知青窑洞，或作价变卖，或收归公有，都换客易主了。

那些把欢乐或者痛苦留在这里的说普通话的年轻人呢？都像大雁一样飞走了？

仿佛历史将一切都甩给了昨天。

其实，并不尽然。

我之所以奔向这里，是因为，在这个县，尚有一些滞留下来的北京知青。他们未能像同伴们一样飞走。他们默默地隐匿在古老纵深的黄土的腹地。命运似乎注定他们要永远这么悄悄地呆下去。

这是一些嫁给当地农民的北京女知青。

仿佛是一个童话。当我最初听人讲起她们的故事时，我的惊异非同小可，事情几乎令人难以置信——不仅在于反常规观念的组合形态，也在于内中藏就的许多令人心颤的东西。1983 年到 1986 年，在我追踪采访她们之后，曾感慨唏嘘地将我的耳闻目睹讲给我周围的人听，大城市里的人们似乎在听《天方夜谭》。远方的故事是人们不知晓也不理解的。不止一个人问我："她们为什么要嫁给农民？"或者："为啥不活动回城？""值得吗，这样做？"不能简单作答的问题，使我哑然。

我的妻子也是北京知青，也曾在陕北插队数年，甚至连她也不能理解她们的作为。

几年里，我的心里时时装着她们，我常常长视北方遥远的天际，生出有关她们的种种遐想。我知道我不应该犹豫，而应该把她们的人生历程真实地写出来。

下边几篇相对独立的篇章，分别记录了有关她们的故事。

篇一　冤　　家

程幼芬，初中六七届学生，生性热情活泼，开朗大方。插队期间，爱上同村农民王全民，历经种种艰难曲折，终于与之结婚。此前王两度婚娶，两番婚变，并一度被羁押收监。是她把他从监狱中拯救出来。

太阳刺目地照耀着黄土高原，蓝天空阔，高原坦荡，四野阒无一人，弥漫着一种宁静的原始气息。脚下的小路蜿蜒曲折，引我向沟下走去。沟底有一条小河，踩着石头就可以过去，我捧起河水洗了洗脸，在一块石头上坐下来。

越过这条沟，再走七八里，就是我要去的双阁公社。我要找的程幼芬就在这个公社工作。她对我的吸引力，使我等不及乘坐三天后的班车，而决定步行数十里赶往那里。

我一直在猜想她是一个什么样的人。性格？气质？长相？是否有些与众不同？她给小小的县城带来过不小的震动，她为高原创造了一个不可思议的故事。这故事曾经在Y县沸沸扬扬传播了一阵子，人们曾经目瞪口呆地见识了她许多不同凡响的表现。如今一切都平静了，然而我的心情却不能平静，从开始听到她的故事那刻起，就翻腾不息。

小河两岸石崖陡峭。岩燕在崖壁上飞上飞下、啁啾鸣啭。不远处一块高耸的岩石上，凝然不动兀立着一只鹞鹰。鹞鹰注视着远方，原野在晴朗的苍穹下高高隆起，呈现出一派静穆深沉的景象。荒芜的草坡和灌木丛闪烁着绿光。不知从哪条沟岔里，传出野鸡嘎嘎的叫声。

这景象古朴而苍凉，那个故事也古朴而苍凉。她，程幼芬，故事的主人公，会真实地向我坦露她所经历的那些事情吗？

到了双阁公社，开头我没有见到她，倒是先见到了那个她曾为之奔走呼号、全力搭救的男人，她的丈夫王全民。她到乡下去了。王全民送母亲到附近村子走亲戚，然后折到公社里来看她。她不在，他就等着。

这是一个长得高大魁伟的男人，浓眉，方脸，皮肤黝黑。驮送他母亲的小毛驴拴在公社院子里的一棵树上。他背靠树干，蹲在地上抽烟。在公社客房安顿下来后，我想先与他随便聊聊。

公社一位副书记向他介绍了我的来意。他显得有些窘迫，慌忙从兜里给我掏烟，又抱歉地说程幼芬把钥匙带走了，不能招呼我进房子里坐。我随便和他聊，他客客气气地回答我的问话。一支烟没有抽完，我便得到一个印象：在陕北农民里，这是一个精明人。

拴在树上的毛驴扬起脖子叫了几声，像是饿了。毛驴很小，一副笨重的鞍架，用皮条、麻绳牢牢地系在背上，鞍架上垫块褥子，鞍架后面，凸出的梯形木脊，上边贴着写了字的红纸条。是一副小小的对子，上款为：日行千里路；下款为：夜走八百程。横批两个字：平安。这一带地势比较平缓，我见公社干部出进都骑自行车，便问他为什么不用自行车送母亲。他说老人坐自行车害怕，出门骑毛驴骑惯了，稳当。我问："程幼芬骑过毛驴吗?"他笑笑回答："没见她骑过。"

话题涉及到程幼芬，他变得支支吾吾，不知是不愿意谈，还是不知怎样谈好。突然他抬起头，说："她回来了，她的事让她给你谈。"

公社大门外响起自行车的铃声，还有链条打在链板上的声响。随即，一个女人的身影从大门口闪进来。她一直骑到我们跟前，才跳下车子。

颀长的身材，眼睛很大，脸颊白白净净，穿戴整洁清爽。这就是程幼芬。不知为什么，这第一眼印象，使我觉得她很像一个教师。我印象中的教师就是这种类型的人。

她没有理会丈夫，先同我打招呼。

"您姓白?"她问。

"你怎么知道?"我不无惊异。

"您在高台公社的时候，就有人给我打电话，说您要来这里。"

程幼芬热情大方，很好接触。她问我为什么要了解那些已经过去了的事情，我说那些事情发生在她个人身上，但又是历史的一个组成部分，而历史是不应该被忘记的，兴许人们能从中感悟到一些有关社会人生的东西。她笑了，说："我可代表不了历史。"

但她还是愿意和我交谈。见面不久，她的情况，我就了解到不少。

但这只局限于她插队初期的一些情况。

她插队的那个村子叫太古村，黄土高原上一个很不显眼的小村子。

她和三个学校的十一个知青一块来到太古村。村里一下腾不出那么多窑供她们住，便把她们分散开，两三个一伙住在老乡家里。

那天村子里很热闹，老人娃娃都涌到街畔上，看这些来到穷乡僻壤落脚扎根的北京学生娃。队长站在人窝里，手里捏一张小纸片，先念村里人的名字，随后再念北京学生的名字，念到名字的村里人便把念到名字的北京学生领回家去。每走一拨，娃娃就呼啦跟上一长串，推推搡搡热热闹闹一直跟到家。学生们一拨一拨快走完了，这时程幼芬听到队长念了一个王什么民的名字，又念到她和沈小兰的名字。

从旁边走出一个小伙子，一身黑衣服，脸也黑黑的。队长对他说："两个女的，安顿在你家东窑里。"

小伙子闷着头上前提行李。两个很大的背包卷，一手一个，一抡就扛上了肩膀。还有两只箱子，一帮娃娃争抢着抬了起来。他正要扭头走，队长又问："东窑里的炕修了没有?"他在两个大背包之间回答："修好了。"

下了一个坡，拐了几拐，程幼芬和沈小兰随他走进一个柴门院子里。"来啦!"他对着一个窑门喊。窑里马上传出声："快叫回来!"

程幼芬不懂这"回来"是什么意思。后来才明白，当地人说话，把"进来"都说成"回来"，这倒给人一种亲切的感觉。进窑后，程幼芬看出，这里就是她和沈小兰要住的东窑，一个小脚老太婆正在替她们扫炕。

这是一个五口之家：老头、老婆、那个叫王什么民的小伙子，还有两个女子。家里三孔窑，一间房。虽说都比较陈旧，但收拾得清清爽爽。她们在房东家里吃了第一顿饭。

饭后，两人到其他几个知青住处转了转，回来时天色将黑。快到房东家，她们看见前边一户人家门口卧着一只大狗。狗没咬，但是不眨眼地盯着她们。两人吓得呆站在那儿，不敢挪动脚步。想喊人，又怕惊动了那狗，扑过来就更可怕了。正六神无主的当儿，她们看见房东小伙子扛着一把镢头，从街畔上走过来。她们连忙向他招手，喊道："狗！狗！"

他愣了片刻，才明白她们的意思，笑笑说："那狗不咬人。"话是这么说，他还是放下镢头，走到狗跟前。狗站立起来，他用两腿夹住狗脖子。她们一阵风似的跑了过去。

她们对他印象不错。来到村子里的第一个晚上，她们是在新奇兴奋中度过的。

程幼芬和沈小兰原在同校同班，两人关系很要好。插队前，两家人都叮嘱她们到陕北后不要拆散，要去的地方有想像不来的苦，有个伴总好些。到了这里，她们看到这地方确实很苦，一眼望不尽的土黄色，看不见一星星绿，遍地纵横的沟壑，像是一个不见首不见尾、巨大无朋鳞甲剥落的动物身上皴裂的无数道口子，给人以凄凄惨惨的印象。老乡的脸跟黄土颜色差不多。眼珠儿也黄黄的，没有光泽。一个村子离一个村子老远，相传还有狼，狼吃了野兔子，屎就拉在村口大路上，兔毛都能看见。进太古村前，她们情绪低落极了，有种说不出的恐惧。来到村里，见人们很热情，尤其是房东一家人对她们很不错，加上两个人真的没有被拆散，这一来，她们的情绪又一下子扭转了。

房东小伙子叫王全民，这是她们后来知道的。但除了在村里一些正式场合有人叫他这个名字外，平时人们都叫他跟冠子。这是他的小名。跟冠子二十五岁，念过初中，在村里算得上一个有文化的人，像他这样年龄，村里的那些男人们早就结婚成家，有的娃娃已经几个了。可是他孑然一身，形只影单，这使程幼芬和沈小兰感到奇怪。

后来她们知道，他结过一次婚，离了。

谁都说那女的是个很不错的人，针线、茶饭、屋里、地里样样都行，长得也俊俏，可惜的只是不会生娃娃。跟冠子是独子，恐绝后事大，悄悄领着女的投过不少医生。正规医院的门进过，乡间游医的方子用过，女的终究没开怀。父亲母亲终日为这事摇头叹息，跟冠子狠狠心，跟那女的办了离婚证。

事情做得似乎有点过分，程幼芬和沈小兰都这样看。她们暗暗思量，他要再娶，看能娶个什么样的媳妇。据说此地娶个媳妇，少说也得花上千儿八百块钱，二三百斤粮食，看他家家底也不怎么厚，他折腾得起吗？

日后事情的发展，是她们做梦也料想不到的。跟冠子不光没花钱成了家，而且娶的媳妇不是别人，正是她们俩。她们先后替换做了这个脸孔黑黑的陕北青年农民的妻子。

知青生活是一台戏，一台乱糟糟的戏。

在太古村插队的知青都是初中生，年龄小，不懂事，尽在村里惹乱子。他们搞农具革新，不给队长打招呼，便把饲养室推土用的土车子拆开。一堆破木头摊在地上，革新没搞成，想复原也装不到一块了。吵吵闹闹要求队里划给他们一片试验田，说是要进行科学种田的试验，地到手，种子下进去，到需要耕作务弄的时候，人却不见影儿——早对这事不感兴趣了。插队不长时间，一个个就变得匪里匪气，窝里斗，出门也斗。一到双阁逢集，呼啦啦一齐涌到集上，碰见外村的知青，便有意找碴儿，几句话不对劲就厮打在一块。一次吃了大亏，被另一个村子几个年龄大的知青从双阁集上撵出两三里地，两三个头上身上挂了彩。灶上的粮食常常拿出去换鸡蛋、换鸡。炒鸡蛋没油，干炒。鸡在锅里还没炖熟，你一筷子我一筷子就撕扯着吃光，远离父母师长的自立生活，几乎使这帮来自文明都市年龄小小的初中生，变成了洪荒时代的野蛮人。

十一个人中四个女生，这四个女生都和男生合不来。好在太古村不像别的村子那样，知青们集中住在一起。这里的知青窑还没箍起来，除了吃饭在一块，大伙仍像初来时一样分散住在老乡家里。这倒避免了好多不愉快。

一天，男生们又滋事生非——跟冠子的小妹告诉程幼芬和沈小兰：她见他们抓了两条狗，拉到村后场畔上去了，怕是要打死剥肉。程幼芬骂了句："缺德!"沈小兰拉她一把，说："骂顶什么用？走，看看去。"

程幼芬本来不想理会，再一思量，觉得还是应该制止一下，便和沈小兰赶到村后场畔。

两条狗被他们用绳套拴着牵在手里。六七个男生都在场。

"你们来干什么？"看见她们，有人问。

"缺德事少干点行不行？"沈小兰说。

"怎么叫缺德？"一个牵狗的男生笑嘻嘻的，抖抖手里的绳子，用脚尖踢踢吓得蜷伏在地上的狗的屁股，"我们明明干好事嘛，问问这家伙，看它想不想如愿以偿？"

"叫她们走开。"

“不走也行，想看就叫她们见识见识。”

她们有点莫名其妙。看样子他们真不像要打狗，什么家伙也没拿。但究竟要干什么？她们想看个明白。

有两三个男生坚持让她们走开，她们偏不应从，撵不走，他们也就不管她们的存在了，哄笑着行动起来——把两条狗使劲往一块拉扯……

她们傻愣了半天，终于反应过来是怎么回事，脸颊轰一下像着了火，羞得扭头就跑。

原来这帮混小子听说公狗母狗交媾时，即便打死它们，它们也不分开。闲来无聊，他们便弄来两只狗，想验证一下听来的传说是否确实。

这件事情导致程幼芬和沈小兰几天不去知青灶吃饭。跟冠子的母亲知道他们一伙知青搞不到一块，便留她们在家里吃。吃了几天，她们忽然想，为何不跟那帮人把灶分开？

说干就干。给队长打了声招呼，果真就分了。

程幼芬和沈小兰两个人一个灶。灶台盘在她们住的东窑里。

灶台是跟冠子帮她们盘的。他好像很乐意帮她们俩干点事情。吃水必须到很远一条沟底去驮，他不让她们去，帮她们把水弄回来；新买的菜刀不好用，他拿去开了刃，磨得明光锃亮；她们干活用的工具，那些镢头铁锨，不是摇头晃脑，就是笨重得不行，他常替她们拾掇修理。做这一切他都是主动的。他好像时时都在留心她们需要他帮什么忙。有些她们没有想到的事情，他也帮她们干了。

一次队上分麦糠，这玩艺烧火不起焰，她们没要。可是跟冠子却替她们担回来。他告诉她们，麦糠虽说做饭用不上，但到了冬天，煨炕却是好东西。他把担回的麦糠在墙角倒成一堆，上边苫些麦草，再糊上一层泥巴，以防被雨水沤烂。她们过意不去，谢他，他笑笑，说："我闲着也没事。"

慢慢地，她们和这个大个子、黑脸膛的房东小伙子亲近起来了。

在Y县采访过程中，我发现，和当地男青年结婚的女知青，其中很多人，重要一个因素，是她们需要帮助，而这些当地男青年能够也愿意帮助她们。一场大风暴把她们推到条件恶劣、人地两生的地方。工作、返城、开辟新的生活——这些美好的愿望在开始时压根儿就不存在。宣传舆论反复强调：知识青年和贫下中农的结合，是一辈子的结合，谁也不能不信从这种时代也是命运的安排。可是在这荒凉的高原上落脚，不是一件简单事情，她们尚不具备当地人那种经过千百年的训练而掌握的生活能力。她们需要的帮助，不过是最基本也是最可怜的一点帮助，维持生存和温饱的帮助。男知青比她们强，他们有强健的体格，有比她们大得多的胆量。他们敢跟环境争斗，急了，还敢偷、敢抢、敢扒车、敢说服或者威胁队干部答应他们的什么要求；而她们却是胆怯的驯羊。当本地那些男青年慷慨地向她们奉献出热情的时候，她们易被打动的心，很容易便被俘虏了。

不过此时，无论是程幼芬，还是沈小兰，都没有想到事情将会有什么样的发展。

有人给跟冠子说亲。当地男青年找媳妇，不是一件容易事，跟冠子又离过一次婚，媒人找上门就算不错了，可是他的态度却不冷不热。

第一次说的那个女的，也结过一次婚，男人死了，女的才二十岁。他连媒人的面都没见。他的父母也觉得那女的说不定命硬，克男人，没有勉强他。第二次说的是姑娘，听说人样儿不错，上过学，起先眼头子太高，挑来捡去的，最终把自己挑剩下了——到了二十四岁还没找下人家。二十四岁的姑娘在陕北农村是个不小的年龄，但跟冠子已经二十五了，配他也合适。他的父母觉得蛮可心，一口就向媒人答应下来，到了见面那天，他却怎么也赶不到场子上去。

那天说定在邻村的媒人家里见面。他的父母亲早就叫他妹妹把衣服替他洗干净，一双新鞋也摆在炕头。他呢，长挺挺睡在炕上不起来。他的父母亲催了一阵又一阵，他仍然一动不动。父亲气得蹲在地上骂起来。

“睡，睡，往死的睡！鬼迷心窍啦？二十五的人，还不知道把自个一辈子的事安顿好，叫人替你操心操到啥时候！咋想的嘛？”

程幼芬和沈小兰正在东窑里做饭。她们也觉得奇怪：为什么他连面都不愿见？片刻，她们听见他从住的那间厦房里走出来，想着他可能要去了，从窑门望出去，却见他披着衣服，趿着鞋，扛起一把镢头出了门——出工去了。

第二天，他来东窑里闲坐，程幼芬问他：“你不想再结婚？”

他摇摇头，咧着嘴苦笑了一下，不回答。

沈小兰性格爽直，脱口就问：“你是不是在外边有了？”

他一副窘迫的样子，急忙分辩：“没，根本没有。”

沈小兰追问：“那你是怎么想的？总不能一辈子都不解决。”

他的回答令她们吃了一惊：“人活着没意思。”摇摇头，叹口气，又重复道：“啥意思也没有。”

此后，他常来她们窑里闲坐。凡是男女一块出工劳动，他总喜欢跟她们呆在一块，他兴致很浓地向她们打听北京城里的一些事情。他不再像过去那样在她们面前客气拘束，慢慢地变得随便起来。他在当地，算是一个“能人”，会安装有线广播，会给猪打针，电影队来村上放映电影，放映员总要叫他帮忙接线、装电灯，有时还叫他去开发电机。木泥行当里的活儿，也难不住他，提起家伙来干得很像个样儿。他告诉她们：他瞧不起当地人，当地人过于愚昧落后。他说：他念初中，本来是想上中技学校，可是家里缺劳力，初中没念完就不得不回来了。他还告诉她们：他一直都很痛苦。

她们同情他。看来她们需要他的照顾，他也需要她们的理解和友情。

一个暖洋洋的中午，妇女们在地里锄地。锄地是包工活，早干完早回去。为不耽误做饭，程幼芬让沈小兰早回去一步，剩下的地她来锄。妇女们陆陆续续干完回家去了，地里只剩程幼芬一人。这时她看见跟冠子扛着锄头，从村子那边向她走来。

他是来帮她锄地的。收工回家，听沈小兰说她还留在地里，他没歇息，扛上锄头就来了。

他让她去一棵杜梨树下歇着等他。“一点地，我一个人一会就锄完了。”他说。她没有去，仍在锄，但心里觉得热乎乎的：他很会体贴人哩。

四野寂寥，只有他和她，暖风缓缓地吹，土地干燥松软，从脚下一直向远方扩展隆起。有一阵儿俩人谁也不说话，身边只有锄头撸土的声音和田苗子被触动的刷刷的声响。平时在一块随随便便，两人单独呆在一起，心里便生出一种奇怪新异的感觉。这感觉弄得他和她都有些拘谨。

他锄得不快，以便能和她保持平行的位置。

“听说过一段时间，要在你们知青中招工。”

他埋头锄了好久，才开口说话。说话的时候没有抬头。

“没影的事。是公路段要把工读学校来的那帮学生招去，叫他们去修路。”她说，也没有抬头。

“你可能早就想离开这里了。”

“想又怎么样？由得了自己？”

“不走也好，我也不想让你们离开。”

她诧异地瞥了他一眼，见他正大胆地盯着她。

她低下头锄地。到前边那个坟堆跟前，任务就算完成了。她感觉到他的速度缓慢下来。

又是一阵默然无语。

过了一会，他说：“我爸现在还骂我哩。”

“为啥？”

“就为我没跟人家去见面。”

“怪你。为啥不去？”

“没意思。当地女人跟你们一比，没一点点意思。”

他的锄碰到一块小石头，蹦了一下。他捡起小石头，远远地扔了出去。

“你胡说。”她的脸不由得一红。

“不是胡说，是真的，当地女人没见识，啥事也不懂，就说打扮，逢年过节你看那些走亲戚串门户的，穿戴得花不楞登，可人是一副土样儿，再打扮也不好看，没见识脸面上就带上了土样。你们北京学生，不打扮都看着顺眼。”他很认真地说道。

“那你干脆找个北京学生。”她打趣道。

他低头不语。过了片刻，说：“我不去见面，还怕把你们撵走。见了面，事情成了，办事就得在东窑里办，到时候你们肯定要搬出去。何必哩，干脆不如不见。”

这几句话倒让她暗暗吃惊。她只知道他喜欢和她们接近，没想到心思到了这个份上，一时她不知说什么好。

说不清为什么，她对他竟有了一种特殊的感觉。

这次锄地后时间不长，不知跟冠子怎么跟家里人说的，他建议程幼芬和沈小兰不要再做饭，跟他们一家合在一块吃，她们觉得好是好，但这算怎么一回事情？他妈说：“住在一搭，就算家里两口人，扯两摊子反显得生分。”话这么一说，她们也就再没什么犹豫的了。

一个锅里搅勺把，她们好像真的变成了这个家庭里的人。

再往下，将是很难写的。

不是我有意绕过人物很重要的一个感情发展过程，而是我的采访本上，对此几乎没有什么记录。程幼芬没有告诉我，她到底为什么会产生那样的行为，只说：“人的感情嘛，能说清楚？”跟冠子呢？在我问到他的时候，也语焉不详，对于程幼芬当时的心理、感情状态，说不出确切的东西来。而外界人对此多是诧异和莫名其妙。尽管如此，结果还是有了——程幼芬爱上了跟冠子，并且于不久之后，不该发生的事情也发生了。

我试图以一种客观的、设身处地的态度去理解这件事情。

只能作出一些推测。最大的可能性是，她太需要人的爱怜了。离开北京，离开父母，像一片随风飘零的叶子忽忽悠悠渴望找到依托，在孤苦无依的时候，他伴随于她的身旁，照顾她，体贴他，这不能不使她心动。而二十岁的年龄，又会有多么强大的理智来约束自己？感情被搅动了，前途又是那么渺茫，爱的漩涡便极容易吸引她沉没。

也许这是一种并不违悖逻辑的推测。

不必过多责怪这个把握不住自己的年轻姑娘，生活给予她的只有疑惧、惶悚、烦恼和痛苦，还有的是终日不息的重体力劳动的折磨。少女的恋情也许使她获得了一点少有的甜蜜和快慰。谁又能忍心只就她的失误说长论短呢？

对于跟冠子，是不是也可以这样看待？

不，现在还不能。

原谅我把这一段就这样越过去。

那种不该发生的事情发生之后，程幼芬是打算和跟冠子结婚的。

一切都是秘密的。尽管村里对两人的关系有了一些说法，但谁也不敢真的相信：一个北京来的“洋学生”，会看上黄土窝里的一个土包子。就连跟冠子的父母亲，还有与程幼芬朝夕相处的沈小兰，对他和她的事情也摸不出深浅。他们谁也没有告诉，他不敢对人讲，她则是等待时机，先给家里父母把工作做通，然后再打算下一步的事情。

程幼芬几次想先给沈小兰谈谈。两个好伙伴，在一块几乎是无话不讲。一次又一次，话到嘴边，又不好意思开口了。她不知道沈小兰对她和跟冠子的关系怎样看。沈小兰聪明敏感，但对这件事情似乎过于迟钝，看不出一点蹊跷，如果她先开口问一句，程幼芬就会把一切都告诉她。

生活平静而缓慢地向前推移。

跟冠子是个很有心眼的人，为了照顾程幼芬，推说他母亲年龄大了，一个人在家做饭忙不过来，要程幼芬和沈小兰留一个人不要出工，在家帮她母亲做饭。他当然希望程幼芬留下，程幼芬也知道他这个意思，但想先看看沈小兰的态度。沈小兰说她做的饭不好吃，推程幼芬留下，程幼芬答应了。

从此以后，跟冠子挣的工分，有一半记在程幼芬的劳动手册上。

1972 年春节，程幼芬回京探亲，打算向父母把她和跟冠子的事情讲明。以前她从未敢给家里透露半分。她知道，父母亲肯定不会同意，草草率率一旦谈崩，僵局将难以扭转。与其如此，不如专门回家认认真真摊开谈，她相信她能打动并说服父母亲。

两个月后，她回来了。她没能说服她的父母，甚至连他们的心一点也没能打动。他们气昏了，简直不能理解她的作为。他们强令她马上和跟冠子断绝关系，首先立即从那个家里搬出去。

她的情绪灰极了。跟冠子仿佛早就断定事情不妙，胆怯似的，不敢像过去那样常到她身边来了。沈小兰春节期间没有回家，见她垂头丧气的样子，问这问那，而此时，一切她都想暂且不讲了。

她极力先让乱哄哄的脑子沉淀下来。

她依旧深恋着他。父母的阻挠，没有打断她对他的爱，反而让她觉得他太不幸。不用说，不幸的还有她，但这不幸是不一样的。她的不幸，是某种世俗观念唤出来的。而他的不幸，只能唤出他的自卑。不能按父母的要求去做，关键在于自己拿定主意。事已至此，只能铁了心去爱他。

然而，让她惊异的是，跟冠子却好像决意退却了。她觉察到，他在她面前，总是躲躲闪闪。她与他商量下一步怎么办，从他那里，再也看不出当初那种大胆果断的劲头，而表现出一种犹疑不定、惴惴不安的神态来。过去一从地里回来，他便钻进厨房，叫他母亲去歇息，他帮她烧火。院子里没人的时候他敢凑到她身边去亲她。现在再也没有这样的举动了。有时他也企图表现得热情一些，瞅身边没人的空儿，对她表示些亲热，但她看出，这是勉强的，做作的。她心里纳闷，问他怎么回事，他支吾其词，硬说是她心里的事，他仍跟过去一样。

他害怕了。她想。他一定害怕他和她的事情最终不成，反弄得难以收场。要么，就是害怕外人知道，在舆论上搞得沸沸扬扬。

这一回是程幼芬太粗心了。在她回京期间，跟冠子已和沈小兰有了一种非同寻常的关系，回到村里她是应该觉察出来的，然而她压根儿没有往这方面想。

五雷轰顶的那一天到来之前，她一直蒙在鼓里。

那一天还是沈小兰把事情捅破的。

晚上。沈小兰躺下半天睡不着，在炕上翻腾来翻腾去。她问怎么回事，沈小兰坐了起来。

“幼芬，不好了。”沈小兰忧心忡忡地说。

“什么事?”

“有两个月我没‘倒霉’了。”

“怕是累的。”

“不是。”沈小兰垂下头，用手捂着脸，“可能有了。”

“有什么了?”程幼芬不明白。

沈小兰没回答，呜呜地小声哭起来。程幼芬愣了片刻，忽然明白是怎么回事情。

“是跟谁?”她急急地问。

沈小兰在黑暗中小声说："跟冠子。"

程幼芬"啊"了一声，惊呆了。紧跟着血就往头上涌，胸口堵得难以喘息。过了半天，她才像呕吐似的呕出一口气，用拳头顶住嘴，哭了。沈小兰慌了神，摇晃着她，连声问："怎么啦？怎么啦？"

她推开沈小兰，胡乱穿上衣服，奔出窑外；又开了街门，奔向浓重的夜幕之中。

沈小兰急急慌慌找到她的时候，她坐在村口那盘石碾上，已经泣不成声。

沈小兰摸不着头脑，问："到底是怎么啦？"

她仍抽泣不止。沈小兰急得直跺脚。她缓缓抬起头。望着沈小兰，哽咽着说："他和我……也早有那种关系了……"

沈小兰半天没说话。天上的星星在她眼睛里闪烁。即便在黑暗中，程幼芬也看得见她的脸孔变得煞白。突然，"哇"的一声，沈小兰哭着跑向远处。这边，程幼芬泪流满面，身子歪靠在冰凉的碾石上。

夜幕低垂，繁星满天，高原已进入梦乡，呈现出一片庄严的宁静。

跟冠子慌了。

他应该知道事情迟早总会露馅的，也应该懂得必须对事件负责。

但是，他一点办法也没有，也不可能负什么责任。

第二天一大早，他看见两个姑娘在分别整理各自的东西，要从他家搬走，便一下子慌了。他堵住窑门，拉着哭腔，可怜巴巴地央求她们不要离开。

“不能，你们不能走。你们一走，事情就捅出去了。”

没有人理他。两个姑娘各干各的事情。

他扑通一声跪下来。

程幼芬、沈小兰冷冷地看着他。程幼芬把一只挎包一扔，伏在炕上哭起来。接着，沈小兰蹲在地上，也哭了。

她们没有搬走。搬走并不能解决问题，事情反倒真会抖露出去。

命运给两个沦落异乡的姑娘出了一道难以解答的选择题。

但是，她们必须作出抉择：要么和他决裂，要么和他结婚。除此而外，她们想不到别的出路。她们没有勇气作出更加激烈的反应。她们明白，那样做的结果，于他不利，于她们也不利。

也许这是令人吃惊的——她们都倾向于选择后者，即：和跟冠子结婚。

对于沈小兰来说，这样的选择比较容易理解。她已怀有身孕，没有勇气也没有条件去堕胎。死心塌地也罢，委曲求全也罢，她只能去当他的妻子，然后把孩子生出。对于程幼芬，如此选择就让人颇费思量了。她具备相对宽绰的余地，这似应促使她毫不犹豫地和那个玩弄了她的男人一刀两断。

然而，事情就是这么复杂。她恨他，但断然分手绝情，又觉得是那样难。在一件事情上他对不起她，伤害了她，可他曾经在无数件事情上让她感激不尽，忘掉他的那些好处是困难的，也是不应该的。何况，与他结婚的念头早就下定了，早在心理上形成了一种定势，如今突然要颠覆砸碎这一切，几乎如同他给她带来的伤害一样痛苦。

跟冠子表示，她们两个，他不论跟谁结婚都行。他是罪人，听候发落。

于是，两个姑娘，一对好伙伴，在该谁出任这个该死的陕北男人的妻子的问题上，展开了第一次“谈判”（以后她们还要“谈判”一次）。

“谈判”结果，程幼芬退让了。

她不能不体谅沈小兰的处境。她必须给伙伴留一条出路。

大哭一场之后，她打起精神，为沈小兰的婚事筹备起来。

结婚仪式很简单，跟冠子家请了五桌客，招待了一下紧要的亲戚和村干部。没有放鞭炮，没有贴喜对子，晚上也没有允许村里人闹房。跟冠子的父母知道儿子惹下的麻烦，尽量把事情办得平和、不太刺眼。

新房就是跟冠子平日住的那间厦房。程幼芬本来执意要搬出去，腾出东窑让他们办事，大概跟冠子一家人觉得有愧于她，无论如何不让她挪动，村干部也说替她找不下住处。无奈，她只好心里很不是滋味地继续住在跟冠子家。

那天晚上，村子里帮忙的人吃喝后都走了，院子里早早就安静下来。一整天，程幼芬欢颜笑语，招待来客，倒茶递烟，端盘子端碗，尽量显出一副洒洒脱脱的样子。而当人走客散，东窑里只剩下她一个人时，她一下子便垮了。身上没有一点力气，脑子里是一片可怕的空白。她和衣躺在炕上，想思考一下自己的未来，但心思根本不管用。她觉得自己像被魔鬼吸走了灵魂，如今剩下的，只有一个空空的躯壳。

厦房的门响动了一下。她无意中从窗户看出去，见跟冠子走了出来。他披着衣服，叭嗒叭嗒趿着鞋，穿过院子，走到猪圈那儿，尿盆忘了拿进屋，他是去拿尿盆。返身走到厦房跟前，她见他迟疑地停住脚步，似乎朝东窑这边看了看。她闭上眼睛，默默中，两串泪水顺着脸颊往下流淌。

在双阁公社以至Y县，我走访熟悉程幼芬和跟冠子当年历史的人们，他们对两人关系中一个重要的情节几乎都不知晓，而这个情节却是导致后来一系列悲剧事件发生和定夺两人终身命运的有声有色的一幕，它所留下的标记，永远体现在跟冠子身上。他遮掩不住。相熟的人都熟悉他那点特别之处，但他却用简单的借口，把它的真实来由隐瞒了。

我也发现了它，但是我并没有在意。

那是左手上的一根断指。

程幼芬是个坦诚爽快的女性，但她对我谈到即将接近这个情节时，却缄默不语了。她不愿意再往下讲。我没有勉强她，暂且先去采访别人。

数天后，我又坐在她的对面。

对于她，我有一种感觉：相信她会把一切都告诉我。我看出她对我比较信任。在她周围，真正理解她的人并不多，那些久埋心中的话语，几乎难以找人去倾诉。这一点，她一开始就告诉我了。而一个人，要把那些曾经激烈地搅动过感情的东西永久深埋在心，无异于一种隐疾，其痛苦是必然而巨大的。沉重的闸门终将会被撬开，只要遇到合适的对象和合适的时机。正是这种认识与信念鼓动着我，把对她的采访深入下去。

我是坐在她的房间里和她交谈的。炉子上煮着稀饭。她坐在一只小矮凳上，挑拣摊在地面报纸上的一堆红枣，那些红枣有些生了虫。

挑拣出的红枣扔进一只水盆里。挑着挑着她不动了，我看见泪水从她的脸上流下来。

“有些事情，我不愿意告诉人，甚至不愿意去回想。”她低着头，缓缓地说道，“给父母讲，父母生气；给这里的人讲，这里人笑话。你不知道，有时我挺恨自己的，恨自己心软，没主意……”

她没有擦拭脸上的泪水。挑出来的红枣是准备下锅的，她却把它推到了一边。在止不住的哽咽声中，她终于向我倾诉了后来发生的一切。

太古村像它的名字一样，是个古老的村子。

这里的旧风俗很多。“文化大革命”中破了一阵子“四旧”，过了不长时间，这些旧风俗又抬头了。各式各样的规程，各式各样的讲究，几乎塞满了日常生活。比如一年四季，不知有多少节日，而每个节日又不知有多少名堂。正月里，大年初一自不消说，初五是“破五”，又叫“五穷”，忌出门，中午必须吃馄饨，谓之“填穷”。正月十二是老鼠嫁女节，晚上娃娃们聚到磨道里，听老鼠嫁女。正月十五元宵节，除了点灯笼，还要用面做些鸡、猫、狗、兔，放在鸡架下、狗窝里，旁边再点燃一盏棉花捻条麻油灯。正月二十三天花节，不能走亲戚串门户，入夜，要在院庭里烧棘驱瘟避邪。往后，还有二月二的“龙抬头”，清明节，谷雨，麦子登场后的“献灯”，五月初五端午节，六月初六天贶节，七月初七七夕节，八月十五中秋节，九月初九重阳节，十月初一送寒衣，腊月初八腊八节，腊月二十送灶神……

过这些节日，家中大都依靠妇女来操持。跟冠子家里，他母亲年龄大，事情自然而然落到沈小兰头上。她几乎不具备这一方面的知识，勉为其难，差错遗漏常常出现。一家人念她是城里来的学生，也就不怎么苛求，稀里糊涂过去完事。

但有一件事情，沈小兰却做得不能让跟冠子的母亲原谅。

那是跟冠子的大妹妹出嫁。婚丧嫁娶的讲究自然更多些，初聘时，两家要互送庚贴，择定吉期叫“仪活”；议定，男家须向女家“送钱”；婚前三日，男女两家分别“告外家”：请村人亲戚宴饮；次日是“洗头”，或厚或薄，“外家”得送些礼品来。前边的这些礼仪，跟冠子家顺顺畅畅办过了，事情出在结婚那天。

结婚这一日女婿不迎亲，而是打发一位年长老成的妇女迎接新娘。女家的父母不能去男家，也选一位与新娘亲近的同辈已婚妇女送亲。村里帮忙主事的人，选中了沈小兰去干这件差事，理由是：沈小兰是姑娘的嫂子，又是大地方来的人，见识广，主意稠，男家人即便想难为姑娘，也不能不顾忌这个送亲人。

挑选沈小兰送亲，跟冠子的父母本不同意，一是她有身孕，二是她不懂场子上那些讲究，但不好开口阻止——沈小兰已经答应了。沈小兰以为这差事当然是嫂嫂干的事情。公公婆婆只好就一些紧要处，对她作了番叮咛。

结果，沈小兰把事情办砸了。

按照风俗，新媳妇头天进门，无须向人行礼，即便对公公婆婆也是如此。可是男家村里人有意要弄新媳妇，这个来到面前自称是叔，那个来到面前自称是爷，逼着新媳妇开口叫这叫那。跟冠子的妹妹懂得风俗，口唇紧抿，可是陪伴在一旁的沈小兰急了，公公婆婆的那些叮咛她也记不住，只怕失了礼性，一个劲地催促小姑子开口叫人家。这一下耍闹的人更来劲，新媳妇被逼得解不了围，明知自己屈了辈份，只得一一称爷叫叔，让那些占了便宜的人好不开心。

还有一件窝囊的事，新媳妇进门时，竟忘了讨“红封”，顺顺从从便被人糊弄了进去，显得太掉价，太屈身份了。

跟冠子的父母得知这些情况，对沈小兰满肚子气——都怪这个不知深浅的儿媳妇太逞能。有气不好发泄，便对村里人讲。话又传回沈小兰的耳朵，沈小兰受不了了。

沈小兰脾气不好，叮叮哐哐便和公公婆婆吵了一架。

由此开始，这个家庭的婆媳之间，常为一些事情磕磕碰碰。婆婆抱怨沈小兰身懒、嘴馋，不会过日子，花钱大手大脚，沈小兰则嫌婆婆脏，吝啬抠门，常在跟冠子跟前播弄她的是非。关系越来越僵。到了沈小兰坐月子，生下一个女孩，婆婆就更有些不高兴。月子一满，沈小兰就抱上孩子回了北京，一去半年不回来。跟冠子发了几封信，什么作用也不顶。

家里的矛盾，使跟冠子很伤脑筋。母亲和妻子，他哪个都不能偏，不能向，只想息事宁人。这一来反使哪个对他都有意见，只有在中间受夹板气的份儿。

所有这些，程幼芬一概尽知。她同情跟冠子，劝说过沈小兰，对跟冠子的母亲也比前比后宽过心，讲过一些道理，但无论怎样，很清楚，她不可能改变这个家庭的现状。

令她生气和不安的是，跟冠子又在她面前献开了殷勤。

在沈小兰带孩子回北京的日子里，跟冠子有事没事又常往她住的东窑里跑。家里做什么好吃的，大家一块吃了（程幼芬仍和这一家人在一块吃饭），跟冠子还要再拿一份送到她的窑里。有时居然还零零碎碎地给她买点东西。对此她非常警惕，正颜正色地阻止跟冠子不要这样，跟冠子不听。有一次又送来一包水果糖，她把水果糖摔在地上。

“给你说过了，我不喜欢这些东西！”

跟冠子像当头挨了一棒，站在那儿愣怔了半天，然后捡起水果糖，怏怏地走了。

事后她又有点后悔，自己做得似乎过分了。尤其想到跟冠子怏怏离去的样儿，觉得他真有点可怜。她打算找机会解释一下：她不是有意找他的别扭，只不过希望她的平静不要遭到破坏。

一天晚上，她把他叫到东窑里。

她坐在炕沿，他背靠装粮的瓮蹲在地上抽烟。她把要说的话讲了，告诉他，再没什么事了，意思是他可以离去。他没有离去，不停地唉唉嘘嘘地叹气。

“你过去吧。”她催促他。

“后悔死了，后悔死了。”他忽然用拳头捶打脑袋，呈现出一副异常痛苦的表情。“都怪当初我胡轻狂，一脚踏偏，落得今个心里像猫抓。”顿了一下，又沮丧地说：“沈小兰脾气不好得很，跟我妈咋都弄不到一块，我简直烦死了。虽说跟她一块过活，还总是不断头地想着你。”

“说这些是什么意思！”她冷冷地问。

“说说想叫你心里明白。我妈也常说沈小兰不如你，如果当初娶了你就好了。我妈说你脾性好，勤快，夜里睡前，总要去摸摸大门插上没有。她一辈子把门户看得最当紧，说你跟我们天生一家子人……”

她的心里生出一种说不出的烦乱，下边他再讲了些什么，没有听见，她急于打开窗户透透气。窗户没有打开，他已走到她的身边，紧紧地抓住了她的手。

他的脸上淌着泪水，抱住她，央求她……

她挣脱开来，叫他马上走开。

他瓷愣愣地望着她，片刻之后，灰沓沓地走了。

把门插上，她无力地倒在炕上，泪水又一次漫过脸颊。

此后一连几天，她没有理他，甚至连盯都不盯他一眼。

那件可怕的事情发生在一天中午。程幼芬在厨房里做饭，跟冠子进来了。

他没有出工，已在炕上躺了一个中午。他的脸色发灰发青，眼泡有些浮肿。程幼芬正在烧火，他在锅台前站定。

“今晚上我有话跟你说。”

“不要说，我不想听。

他开始粗声喘气。“你不相信我爱你？”他拿眼睛直勾勾地盯着她，声音有些沙哑。

程幼芬没有理会。

他转身走到案板前。程幼芬什么也没有看见，只听见“砰”的一声。声音响过，她仍然没有抬头。

“我叫你看看。”他恶狠狠地说，从牙缝里咝溜咝溜吸着气。

程幼芬朝他那边望去，立即惊呆了——只见他一手提着菜刀，一手淌着血，带血的手在空中乱甩。再一细看，甩动的那只手，小拇指头不见了，案板上，一小节叫人害怕恶心的东西，像突然被斩断的粗肉虫子一样，正在轻微地抽搐蠕动。

她“哇”的一声，扑了过去。

她夺下菜刀，抓过那只淌血的手，瞥了一眼，立即偏转脸，不敢再看，像哭一样喊："你这是干什么？这是干什么？"

跟冠子的脸上看不出痛苦，竟是一种不无得意的表情。"叫你看看我是不是真心！"他惬意地看着她恐惧惊慌成一团的样子，"你再不相信我，我还会往这砍。"他用那只好手在脖子上比划了一下。

程幼芬发疯似地抱住他，连声哀求："不能，你不能！"泪水从她眼里涌出，雨点似地洒在他的胸前。

他傲岸地直直站了片刻，然后俯下头，在她泪水濡湿的脸颊上狂吻。

她跳开来，赶忙寻找东西给他包扎。

跟冠子的父母闻声跑到厨房，见儿子断了根手指头，吓得拍腿跺脚。他不悦地望了他们一眼，阻止道："甭声张。我的事你们甭管。"

他没有去合作医疗站治疗。谁也把他拉不去。

当他用一团烂布，包着敷有草木灰和消炎眼药膏的伤口出现在街畔上时，他向人们的解释是：破硬柴时不小心，斧头剁在了手指头上。

程幼芬又处于他的爱抚中了。

待到沈小兰抱着孩子从北京回来时，程幼芬发现自己已经怀孕了。

她感到害怕、羞耻。她又一次陷进深深自责的矛盾痛苦之中。对沈小兰，她有一种愧疚负债的感觉，觉得对不起小兰，也对不起那个头发稀稀黄黄、见了她总转动着圆眼珠冲她笑的小女孩。她还觉得沈小兰仿佛已觉察到了什么，这使她在小兰面前更觉不安和别扭。还有，她的下一步怎么办？似乎什么办法也没有。路看不见了，只有深沟、荒野横在眼前。命运，也可以说还有自身，把她逼上了一个非常尴尬的绝境，她惶惶然不知如何是好了。

暂时的出路只有一条：赶快脱离这个家、这个地方。

沈小兰没有挽留，倒是主动帮她收拾将要搬走的东西。跟冠子和他的父母见沈小兰是这种态度，只好默不作声。

这时村里的知青已有招工走了的，程幼芬搬进一孔空出的公窑里。

现在，她能够慢慢地冷静思考自己所面临的问题了。

她想回北京去，处理掉身上的麻烦。在这里是不可能的，医院非但不给做，反会捅到有关部门去，追查个没完。但回北京事情就容易解决吗？证明在哪里？这种事情，没有证明医院理也不理。还有父母亲，在他们面前丢人败兴暂且不说，重要的是会严重刺伤他们的心，给他们带来巨大的痛苦。她又想到在西宁工作的一位表姐。能不能去西宁？不，也不能去。表姐倒没什么，表姐夫呢？会怎样看她？还有那些侄子侄女……

思来想去，仍然没个主意。

这时，她才比以往更深刻地认识到，她吞下了一枚苦果，而这苦果怎么也吐不出来了。

跟冠子常来看她。开始，她没有告诉他身子已经不空。在早先那件涉及到她和沈小兰的事情上，她已看出他是指靠不住的。他只会惹麻烦，什么主意办法也没有。到了后来，实在想不出对策，心里越来越慌，她才向他讲了实情。

没出她的所料，他呆子一样坐在她的面前，愁眉苦脸，抓耳挠腮，末了，只是空洞地安慰她不要急，不要慌，容他慢慢想办法。

办法被他想出来了：用偏方打胎。

他不知从哪里弄来一些草药，其中掺杂了些像石头粉末一样的东西。她熬着喝了。

不管用。只是感到恶心，肚子发胀，没有一点其他动静。

又喝了两次，依然如旧。

她再不去理会他了。在村里，她专挑重活干。搞农田基建，她抡起镢头拼命挖土；男劳力运土坯，妇女们装车，别的妇女一次端两页土坯，她一次端四页。给地里送粪，从生产队饲养室出来要上一道斜坡，男人们拉车都要人推，她一个人拉着车子往上攀。她企图通过这种超负荷的重体力劳动，使身上那个讨厌的东西堕下来。但无济于事。那东西竟生根似的盘踞在她的体内。她又开始于夜深人静之际，在窑外折腰跳腾，从三四尺高的塄坎上往下蹦。回到窑里，腹部贴着炕沿，一点一点地往下挤压。她毫无理性地虐待摧残自己，虐待摧残体内那个弱小可怜、尚未成形的小生命。这时候她不像人，而像一只受伤发疯的母兽，一心要把射进腹间的箭头撕咬出来，她什么也不在乎了，一切恐怖都被她那冷酷残忍的决心逼得远远地退却。恐怖也没用。没有别的念头，没有别的出路，她认定，命运吩咐她的，只有这么一种选择。

有时感到疼痛，她就咬着牙，关上窑门，直挺挺地躺在炕上，等待那个时刻来临。可是往往疼痛一阵过去，又什么事也没有了。

她再也没有勇气将那种残忍的行为继续下去。看来那小东西不该遭到摧残，他（她）的命太大了。她淌着泪水，抚摸着腹部那个微微鼓胀起来的地方。那儿光滑柔软，有一团温暖的软块。突然，一种母性的柔情潮水一般溢满她的心间。这柔情是她从来没有体验到的，像从天而降，又像沉睡了一百年、一千年，一下子不经意就被唤醒了。这种新鲜的感觉使她激动不已。她静静地躺着，闭上眼，继续用手抚摸那团温暖的软块，想看看他（她）有什么动静。没有试探出来。没有动静。他（她）还不会动。但这一刻，一个新的决心她已下定了——保住他（她）。他（她）是无辜的，是她的血、她的肉，是她生命开出的花骨朵。即便是苦苦菜顶头上的花骨朵，也要叫他（她）开放在人世间，开放在太阳底下。别说村里，全世界的人想怎么看，就让他们怎么看去。

主意一定，程幼芬的心里平静下来。

跟冠子还想寻别的偏方，被她阻止了。他胆怯而又疑惑地问她有什么好办法，她说一切都不用他管，她自有主意。

日子慢慢地向前滚动。

一天，队上不出工，全村人坐在村头听大喇叭实况转播公社召开的“落实中央文件批斗公捕大会”。会上，公社领导先传达了中央新近下发的二十六号文件，主题是打击破坏知青上山下乡的犯罪行为，其中有一条：凡采用各种手段奸污女知青的，一律严惩不贷。传达完文件，便开始批斗下屹崂村一个会计，这个会计和一个女知青通奸，被人抓住。批斗之后，会计被逮捕了。

大喇叭里的实况转播尚未结束，程幼芬就像被人拆了骨头一样，坐在那里几乎软瘫了。会一完，她懵懵怔怔回到窑里，往炕上一仰，两眼直直盯着窑顶，心里只有一个想法：跟冠子完了。跟冠子完了。

不一会儿，跟冠子神色慌张地闪进来，哭丧着脸，张口就说：“这可咋办呀！”说完，求救似的看着程幼芬。

程幼芬坐了起来。她极力排开纷乱的思绪，默想片刻，对跟冠子说："你死也不要承认！"接着又说："今后你少再往我这里来。"

"那你……"跟冠子仍然不安。

"我的事你甭管，我有办法。"程幼芬咬着嘴唇说。

跟冠子走后，程幼芬关上窑门，先找了块包袱皮，撕成两块，再把两块接成一个长条。她撩起上衣，用长布条把腹部紧紧地缠起来。她已渐渐显出身形了。不能让外人看出。这样一来，或许还能遮挡一阵子。

此后几天，程幼芬是在极度的煎熬痛苦中度过的。

看来，她想保住孩子是不可能了。有了孩子，一切都会暴露，跟冠子的厄运将不可避免，为了拯救跟冠子，她只有尝试她曾经尝试过的那种办法了。

晚上，脱去衣裳，松开布带，她静静地注视着那块孕育着她的小生命的地方。看着看着，泪水便模糊了她的眼睛。她靠在被垛上，伸出手去轻轻抚摸那儿。小东西已经会动弹了，隔一会就一动，不知是踢脚还是伸胳膊。她的心里像刀绞一样疼痛。自从发现他（她）会动弹，每天夜里，她都要长久地抚摸他（她），在心里和他（她）说话，干活后累得不行，她生怕自己睡得太死，不知不觉中翻身压着他（她），便在身体两边垫上东西。正因为她曾虐待过他（她），现在才格外地疼他（她）。她很想知道是男是女，像她还是像跟冠子。不论是男是女，不论像谁，他（她）一定非常聪明，因为人家都说这种孩子聪明，她思量过，即使再难，她都将亲自把他（她）带大，不叫他（她）受委屈。她曾经恨过这小东西，而现在，在这万籁俱寂更深人静之际，在她一个人孤零零呆在这寒窑里的时候，他（她）

成了她的陪伴、她的安慰，她的心因此而战栗，因此而甜蜜，一切不幸也因此而变得无关紧要。他（她）尚未出世，她就把生活中最重要的位置让给他（她）了。

然而，所有这一切母性的甜蜜的柔情，她的尚未开绽的花骨朵，都将被无情地掐断。她不得不再次扮演那个冷酷无情的角色。她的心碎了。

她轻轻抚摸着那块隆起的地方，闭上眼，流着泪水，紧咬嘴唇在心里默默地说："原谅我，原谅你的母亲。如果你会哭，就大哭几声吧；要是会踢会咬，就踢咬你这狠心的母亲吧。我不能再育着你、护着你，不能再跟你心连心、肉连肉地呆……呆下去了……"说完，她禁不住要失声痛哭，赶忙用被角死死堵住嘴。大把大把的泪水滂沱而下，枕巾被打湿一片。

天快亮的时候，她照旧缠好那块布条，起身穿好衣眼。像曾经做过的那样，开始在炕沿挤压腹部。可能腹中那东西长大了，刚一挤压就觉得一阵钻心的疼痛。她咬牙忍着，又连续挤压几次。汗水从头上渗出，她气喘吁吁，身子歪倒在炕沿。喘息了一阵，估计事情已经成功了，便挣扎着站起来，没有点灯，在黑暗中找见锁子，走出窑，把窑门锁上。

阴历十月天气，地上落了一层白花花的霜。天色尚未放明，村子里有公鸡的叫声，除此以外静悄悄一片。她朝跟冠子家那边望去，一团模糊，什么也看不见。他还睡着，整个大地都还睡着，她定了定神，朝寂寥空旷的村外走去。

去哪儿？不知道，反正必须离开村子，越远越好。

此刻，她的头脑已经完全麻木了。她不再是一个有血有肉有感有知的人，而是一台会行走的机器。她沿着大路走，又沿着小路走，身体摇摇晃晃。她迫使自己不要停住脚步，她辨不清东南西北，辨不清周围的景色。太阳出来了，眼前仍然是一片模糊。腹部时断时续作疼，疼时用手按住，稍一缓解便腾手撑住腰部——那儿瘫软，总想朝前俯下去。两条腿是一种僵硬的感觉，向前移动时，不时被地上什么东西磕磕绊绊。有一阵，她觉得口干舌燥，过了一阵，这种感觉消失了，口腔里涌上一种又涩又苦的滋味。冬日早晨的太阳是雾濛濛的，懒洋洋的一派死相。太阳在她眼里，只是一团混沌的光点，像在城市里隔一层斜面玻璃看远处的灯泡一样，洇出一圈虚光。地面上和枯草上的白霜融化了，打湿了她的鞋，踹起的黄土再蒙上去，一双脚便像在泥水里浸过。有时走着走着，会碰见一只野兔子。野兔子不怕她，斜歪着脑袋静静朝她观望。也会碰见人。每当这时，无论多么难受，她都会用强硬的决心和毅力支撑着自己，显出若无其事的样子。她不愿让人看出蹊跷，不愿让人对她生出丝毫怀疑。一次腹中的疼痛发作得厉害，腰都直不起来，偏在这时远远从对面走来一个牵毛驴的小男孩，毛驴上坐了一个上了年纪的女人。她咬牙打起精神，极力摆出平日随便的样子。老女人远远就盯着她，来到跟前，问："姑娘，走哪咯?"她知道自己的脸色一定非常难看，不敢抬头，慌乱回答："串门。"脚下一紧，赶忙闪了过去。

不能叫人看出什么，不能叫人认出她。越远越好。越远越好。

中午时分，她不知道自己来到了什么地方。腹中的疼痛一阵紧似一阵，变得异常尖锐，像有只钳子在夹扭。额头冒汗，背上冒汗，眼前一阵一阵发黑。她有气无力地倒在路边一块石头上。

不行了。再也不能往前走了。她勉强睁开眼，向周围打量了一番，又垂头丧气地闭上眼。不行，这里是大路，不远处又有一个村子，不应该在这个地方。她喘着气，歪头靠在石头上，歇息了一会，又鼓动起全部力量，挣扎着站了起来。

不能叫人看见。再远点。越远越好。越远越好。

一切都荡然无存。她的全部生命，就支撑着这个惟一的念头。

又不知走了多远，她终于倒在一片草窝里。

最后的时刻来临了。血从裤腿流出来。她松开缠裹在身上的布条，扒开裤带，仰面朝天，企图静静地躺一会，以便积蓄气力，施用于那最要紧的关头。但她安静不下来，撕心裂肺的疼痛，使她扭曲成一团，翻来覆去地在地上打滚。她大声呻吟，用手揪扯肚皮，揪扯头发，将地上的枯草大把大把连根拔起。声音哑了，嘴唇咬出血，挣扎的力气都快没有了。腹中依然是刺心的疼痛，像有一团火球灼烤着五脏六腑。她蹬着腿，曲着腰，觉得自己要死了；是的，肯定要死了，要死了……

她突然一阵害怕，还有一种说不出的后悔。也许不该这样折腾。她没有想到死亡，长到二十多岁从来没有见过死亡，可是现在，死亡却狞笑着向她逼来。死亡是黑色的，是一团捉摸不定的影子，现在她清晰逼真地听到了它沉重的脚步声和粗重的喘息声。在极短暂的时间里，宛如电影的回闪镜头，她的眼前划过父亲的面影，母亲的面影，家里所有亲人的面影。她再也见不到他们了。还划过跟冠子的面影，不是想见他，而是恨，直恨得牙根发麻。她哭了，嘶声地哭……

剧痛又使她翻滚扭动。她感到昏昏沉沉。死亡之前恐怕先要昏过去。她不想昏过去，不想把眼睛闭上。她鼓圆眼睛，仄偏着贴在地面上的脸。越过一蓬野蒿的尖顶，她看见了天空、太阳、远山远树，还有附近青色的石头和黄色的土塄。一切都亮晶晶的，漂浮着一层悠悠颤动的光芒。这是哪儿？她来到了什么地方？不知道。她一直朝前走，朝前走，也许走出了三十里，也许足有五十里。这儿一片荒凉，是不会有人烟的，即便想喊人，也喊不来了。她看见了染在草棵和地上的血。血还在往外流。

又开始了剧烈的疼痛。这一次，她觉得死亡和她挨得再近不过了。她的心已被抓出胸膛，肠肠肚肚被一只看不见的手从下边往出揪扯，一寸一寸，一寸一寸，慢慢地被揪出身体，大腿根上的骨头像要裂开。终于，一团血肉模糊的东西，掉在两腿之间的地上。

她真像死过去一样，一动不能动了。身上的汗水变得冰凉，太阳晃眼地照着。

迷糊中，她隐约听见羊叫声。随后不久，听到一个小孩的声音刺耳地尖叫："死人啦！有人被杀啦！"好像还有一个老汉紧张的声音。再往下，便什么也听不见了。

她醒来的时候，是在一个村子的合作医疗站里。村里的拦羊老汉和娃娃把她弄到这里来了。赤脚医生已经替她止住血，他们问她是哪个村的，她不回答。不过她这个样子，别人一看就明白是怎么回事。他们不再追问。听口音赤脚医生也是北京知青，他打算叫人把她送到公社卫生院去。她不顾一切地坐起来，苦苦哀求不要送她去卫生院。赤脚医生不再坚持，她挣扎着要下床离去。赤脚医生同情地望着她，无可奈何地摇头叹息。

拦羊老汉把她接到自己家里。他的老伴替她换了裤子，又打了鸡蛋，熬了小米稀饭，让她吃下去。这是一个心肠慈善的人家，老两口只有一个儿子。老太婆一直在她身边照料着，嘴里一个劲地抱怨她憨、胆大，把命提在手里抡着戏耍，又抹着眼泪，说北京娃娃可怜，大人不在身边，啥遭孽事都会落到头上。她感激地望着这位好心的老太婆，只流泪，不说话。

晚上点灯的时候，老汉把老婆和儿子叫到另一个窑里。不一会儿，一家三口来到她面前。

老汉神色郑重地盯着她，说："姑娘，是我救了你，救人救到底，这没说的。不过，你得跟我说实话，你是啥村子人，我们心里得清白，也好给你们村里报一声。要不出了事情，我们得担责任哩。"

她透过泪水看着他们，过了一会儿，才哽咽着小声说："大叔、大妈，歇过这一夜，明天我就走。我忘不了你们一家人。"

老汉摇摇头，说："不是撵你走。你这个样子明个也走不成。我想你明白，你是知青，这里头有担不起的责任哩。"

老汉的话是对的。她不能再说什么了。自己这个样子，不一定能挺下来，不能再给这家好心人添麻烦。她横了横心，告诉老汉，她是太古村的知青。

"太古村！在双阁公社，五十里路哩！"老汉吃惊不小。

"可怜天神神，咋能拖着身子跑这么远嘛！命都不要啦！"老太婆连声抱怨。

她求老汉的儿子跑趟路，去太古村把跟冠子叫来。

"官名叫王全民，小名叫跟冠子。"她详细地向小伙子叮咛，"进了村，下一个坡，朝西拐，从东往西数第四家，门朝南，门口有个石墩子。叫跟冠子来，不要叫别人。"

第二天天不亮，小伙子上路了。

天黑时小伙子返了回来。跟他来的不是跟冠子，而是队长派遣的另一个人。跟冠子出门不在家，小伙子便找见队长。队长打发一个社员，套上毛驴架子车，来接她回去。

一见来人，她就明白完了，一切全完了。她冒死企求守护的秘密，全揭底了。

我很少见到一个女人在我面前那样伤心地哭泣。揪心扯肺而又不出声音，两个肩头剧烈地耸动而腰身又缩成一团。我的心里酸溜溜的，不知怎样给坐在我对面小矮凳上的这位女知青以安慰和劝解。我不忍心再看她那极度痛苦的样子，站起来面向窗外，企图让心情变得平静一些。

此前，我去过一次太古村，与跟冠子交谈过，也与那位套着毛驴架子车接程幼芬回村的汉子交谈过，但从他们那里，我了解的情况太简单了。我也采访过村中的老人，他们所知道的仅是程幼芬怕丢人，才跑那么远去折腾身子，再就是一点很深的感触：她那样折腾，居然能把性命逃出来。此外再也讲不出什么，彼时彼地程幼芬精神和肉体上的那种惨痛经历，人们并不十分明了。而在此之后，回到城里，我曾和妻子去医院看望一位刚做了母亲的年轻朋友。年轻产妇抱着婴儿，娇嗔地责骂在一旁傻笑的丈夫，讲述生产时痛不欲生的体验。在她觉来，她所经历的痛苦，恐怕在人生中是无与伦比的。我给她讲了程幼芬的经历。她不信，说我讲的是小说情节。“即使有这回事，放在我，才不那样干哩。”她退了一步又说：“我就叫那男的送我去医院，弄吃弄喝，然后由他蹲监坐牢去。”

看来人们的想像能力、理解能力，在程幼芬的行为面前，都显得迟钝和落后了。

公社院子里，两只麻雀正在打架，忽儿从树枝间翻飞到地里，忽而又从地面翻飞到树枝上。一只花狸子老猫，三只爪子伏在地面，一只爪子搭在树干上，脑袋时上时下地扭动，死死盯着肆意嬉闹的两只麻雀。远方的天空飘浮着白云，是高原上那种常见的淡淡的白丝丝云。

我身后的抽泣声还在继续。我又回到座位上，同情而又充满感伤地望着她。她站起来，从门后扯下一块毛巾揩脸。她的眼睛红红地鼓胀起来。回首痛苦不堪的往事，咀嚼已经沉淀下去的苦酸，对她来说一定是残忍的。我的心里涌上一种深深的歉意。她重新坐回矮凳上。炉子里的火早已熄灭，她把稀饭锅端下来放在地上。我让她先吃饭，她摇摇头，拿起火钩子，在地面的砖缝间慢慢地一下一下地勾画。

被毛驴架子车拉回村，躺在她的窑里，跟冠子和他的父母亲并不敢明打明地过来照顾她。他们怕得要命，慌张得不知如何是好。队长派了一个妇女白天经管她，给她做饭，到了夜里，那个妇女走了。他们才敢过来，送点吃的喝的，来去像做贼一样躲躲闪闪。从他们口里，她知道沈小兰与跟冠子不停地吵闹，她伤害了这位昔日的好伙伴，心中抱愧，很怕见到她。而沈小兰也一直没到她的窑里来过。

回村后的第十天，她悄悄收拾了一些随身带的东西，打算去西宁表姐那儿。她只给跟冠子说了一声。跟冠子没有拦挡，看来他挺愿意让她躲一躲，他给她五十块钱。她的钱不够，收下了。

到了西宁，她没对表姐讲实话，只说是来玩玩。白天，表姐一家上班的上班，上学的上学，屋里只剩她一个，她便昏昏沉沉地躺下休息，快下班了，她硬撑着离开床，开始帮表姐准备饭。腰一直疼痛得厉害，干什么都得哈着腰，而一听见钥匙开门的声音，她便立即咬牙打起精神，装出一副轻松自如的样子，快步敏捷地走路，喜笑颜开地讲话。她庆幸自己这一切还都能做得出来。表姐早就发现她的脸色过于苍白，又见厕所里她丢下的纸常不干净，疑心地询问她。她只推说有点贫血，例假不正常。她不能让表姐知道。脸面已经丢到太古村，不能再丢到西宁来。说什么也得瞒住。表姐一知道，肯定会告知家里父母，那时候她就会把老人气死了。

饭后，表姐一家人又去上班上学，她便垮了似的倒在床上动也不能动了。

身在遥远的西宁，但她仍然不时担惊受怕地猜想村子里可能发生的事情。会不会有人张扬出去？公社会不会知道？跟冠子会不会平安无事？这一切她心里都没底。她摆脱不掉一种不祥的预感。这种预感折磨得她惶惶不可终日。

愿老天保佑，一切都平平静静地过去。

然而，最担心的事情还是发生了。

一天，双阁公社两名外调干部突然敲门而入。公社获悉发生在太古村的事情，找她了解情况，却不知她的去向。问跟冠子，跟冠子推说不知道。为了寻找她，公社派了两名干部专程赶到北京，得知她没回京，再根据家里人的介绍奔到西宁。

一见到他们，她就知道事情难以收场了。

至此，表姐一家方知她来西宁的真相。

她不顾表姐苦苦哀求和劝阻，立即动身回到陕北。

一进村子，她就得知跟冠子已被公安机关拘留了，不过人没关在拘留所，而是在县医院里。那天，公安人员坐着吉普车去抓他，进村后，知道他在水利工地上。吉普车开到水利工地，正赶上炸石头放炮。车子在警戒线外停了一会，炮声响过，开了进去。可是他们仅仅晚来了一步——他们要抓的人，就在刚刚炮响时，被落下的石块砸中了脑袋，他们看到的是人们正在抢救跟冠子的场面。于是，警车变成了救护车，把跟冠子送到医院保外就医。

被石头砸伤了，又被抓起来了，跟冠子完了。程幼芬自己也像被石头砸中一样，瘫倒在她的窑里了。

跟冠子的父母听说她回到村里，匆忙赶来，哀求她想办法救出跟冠子。事情到了这步田地，救跟冠子只有靠她了。

是的，只有靠她了。她不能束手眼睁着看他被关押、被判刑。她必须行动，必须拿出办法来。

第二天，她来到县医院。

沈小兰在这里护理跟冠子。看见她，沈小兰显然吃了一惊，不过没有理她，脸色很难看。跟冠子躺在床上，头上缠着厚厚的绷带，看来伤势不轻。他见她走进来，更是吃惊，挣扎着想欠起身，被沈小兰一把按住："躺下，别动！"

三个人都沉默着，谁也不说话，场面异常尴尬。

过了半天，仍然一句话也没有说，程幼芬转身走出病房。

她来到县公安局。

接待她的是一个上了岁数的老公安。她告诉对方，她就是程幼芬，那个跑到野外生孩子的北京知青。她说：责任不在跟冠子身上，责任完全在她，是她主动找的人家，希望公安机关放了跟冠子。

对方惊异地打量着她，显然一副不相信的样子，说：事实他们已掌握了，抓跟冠子没有错，希望她不要包庇他，接受教训回去好好休养身体。

她不改口，咬定是她的责任。

对方态度变得严厉起来：“他有女人，而且也是个北京知青。有人反映他是先给人家搞上孩子才结了婚的。结了婚，成了夫妻，事情也就不予追究了，可他还要继续胡来，破坏知识青年上山下乡，我们怎能轻易放过?”

她心里一片绝望，懵懵怔怔地从公安局出来，走到大街上，不知去向。在一家百货商店门口，她坐下来，想把乱哄哄的脑子理出一个头绪。她反复思考公安局的人说的那番话，渐渐地生出了一个主意。

用这主意也许能够救出跟冠子。除此以外，再也没有别的好办法了。

这主意是：沈小兰与跟冠子离婚，她再同跟冠子结婚。“结了婚，成了夫妻，事情也就不予追究了。”这是公安局那人说的。要不，跟冠子一辈子完了，沈小兰一辈子也完了。上次公社批斗会上抓的那个会计，已被判了十五年。

然而，沈小兰会不会同意？怎么向她开口？

程幼芬在县城的大街小巷，在城外的马路上盘旋来盘旋去，又在城西的小河边坐了半天。天将黑的时候，她咬咬牙，鼓起勇气，再次来到医院。

沈小兰不在病房里。她住在一家小旅馆里，天天很早就去旅馆里歇着了。跟冠子指指一只小方凳，让程幼芬坐下，问她从西宁跑回来干啥。她没有对跟冠子讲她的想法，只让他把责任往她身上推。他闭眼微微摇晃缠裹着绷带的头，告诉她：啥事也不顶了。

她没有在病房久留。在旅馆里，她找见了沈小兰。

沈小兰依然是冷冰冰的态度，矜持地招呼她坐下。沉默。令人窒息的尴尬。沈小兰不说话，程幼芬便不知怎样开口。两个人面对面地坐着。不知过了多久，当两人同时抬起头来的时候，发现双双眼里都蓄着泪水。谁也控制不住自己了，两人一下子搂抱在一块，失声痛哭。

两个年轻知青，一对被苦难无情折磨的女人，就这样，在县城小旅馆的房间里，在伤心的泪水中，就以后谁来充任跟冠子妻子的问题，进行了第二次“谈判”。

沈小兰退让了。事不宜迟，她答应尽快和跟冠子办理离婚手续。

商定之后，两人搂抱在一块，又是一阵大哭。

离婚手续办得很顺利。跟冠子木然地在申请书上签了字，公社没打绊就批了。

然而，程幼芬申请与跟冠子结婚，就不那么容易了。她跑公社，跑公安局，人家非但不批，反而将此看成一个笑话：从来没有见过一个被损害的女人要求与损害她的已被拘留的人犯结婚。这种事太新奇、太荒唐了。

程幼芬顽强不屈地坚持着自己的要求。为此付出了多大努力？没有人能够清楚地知道。人们只见她脚上肩上时常蒙着一层黄尘，焦灼火急地穿梭于公社和县城之间。她好像不知饥寒劳顿，口袋里装着跟冠子的父母给她做的干粮，跑了一圈，回到村里干粮仍在口袋里装着，隆冬天气，滴水成冰，她的脸被刺骨的寒风吹得通红，嘴唇干裂，耳朵手上生起了冻疮。谁的劝阻她也听不进去。北京家里知道她的事情，来信劝她，骂她，警告她不要再傻下去，早早谋求新的出路。她不去理会。绝望的跟冠子也劝阻她，她还是那句老话："什么事你都往我身上推。"她太善良了。因这善良她才决心用自己终身的命运作抵押，去营救那个给过她些许快慰也给过她无限痛苦的人。不到黄河不死心，她是被动的，也是主动的。被动的是法绳已经套在跟冠子的脖子上，主动的是结婚的自由谁也不能剥夺，法律必须同样予以认可和保护。她四处奔走，寻人、讲理、哭求、威胁、吵闹、赖着不走……一切可以用的手段都用上了。她惹恼了不少人，也感动了不少人，然而冷冷冰冰的法律却无动于衷，跟冠子伤好后，即刻就被从医院转送到拘留所森严的高墙里边。

程幼芬更是火烧火燎，情急如焚。事态的不可逆转把她逼上绝路。她豁了出去。

在县公安局门口，她开始静坐了。

小小县城一时被搅成一锅滚粥。机关里的干部、商店里的售货员、医院的医生护士、理发馆的理发员、剧院里卖票的、学校里的教师学生、进城的农民……都涌到公安局门口看新奇，即便在"文化大革命"闹得最热闹的时候，人们不时听说这儿绝食，那儿静坐，可是Y县从来没有发生过这样的事情，如今，这个双阁公社太古村的女知青打了头一遭，而静坐的原因以及风传的这个姑娘的经历，又给围观的人们增添了更加浓厚的兴趣。人们议论纷纷。程幼芬什么也不管不顾，只要求结婚，要求放人。对从公安局出来的人这样要求，对围观的人群也这样要求。她脑子明显受了刺激。她的脸色是一种可怕的苍白，目光铮亮而又执著。公安局的人先是劝她离开，劝不下，又要拉她去里边谈，她仍然不起身。县知青办的人来了，县革委会的人也来了，谁也对她没有办法。静坐坚持了三天。

第三天傍晚，公安局的人把一封电报交给她。是北京家里给她拍来的。公安局的人实在没办法，给她父母挂长途电话，讲了这里发生的事情。父母亲在电报上说，如果她还要闹下去，他们就从北京赶来碰死在她的面前！

她怔怔地看着电报，犹如遭到意想不到的打击，慢慢地高高地把脸扬起来。突然，“哇”地放声大哭，扔了电报，发疯似的向公安局大门里冲去……

当然，事情不能就这样结束。她能行动，就不能罢休，她仍然劳而无功地四处奔走呼号，毫无作用地寻求支持和同情。她开始往地区跑，还打算跑西安、跑北京。她已经变得神经质了，在路上碰见一位素不相识的人，也求人家为她呼吁，告诉人家她爱跟冠子，她和她爱的人不能结婚。在地区她找公安局，找知青办，找革委会的头头脑脑。一连跑了两回。第二回地区知青办的人告诉她，他们立即给县上打招呼，解决她的问题，只要她不再乱跑乱闹，安安静静回县上呆着。她回到县上，然而，地区给县上的吩咐是，想办法解决一个招工指标，把她招到外地去了事。县上同意这样做，她却上当受骗似的又疯疯癫癫赶到地区。她什么也不同意，只要求放人，结婚。

僵持，仍然是僵持。她蹲在地区不走了。她不知道应该再去找谁。看来只有去省上，省上解决不了，再去北京。她的脑子已经不是那么好用，但决心、勇气还保留着，这两样东西足以够用，足以继续支撑着她。

恰在这时，听说省上一个大领导来延安检查工作。什么领导？不知道，她立即找到宾馆。领导没见到，却见到领导的秘书。她的哭诉显然使这位秘书动了感情。不知是这位秘书，还是那位大领导，随即便向有关部门指出：一个北京知青，愿意嫁给一个普通农民，立志扎根陕北农村，精神是难能可贵的，不应责难，而应予以成全。

就这样，历经种种磨难，竭尽酸泪苦心，事情奇迹般的解决了。

在太古村，在跟冠子栽种的烤烟地里，我和这位幸运地被从铁窗救出并理所当然（似乎理所当然!）重新做了丈夫的汉子长时间交谈。我们蹲在地头。地雀子在尺把高的烟丛里鸣叫着钻来蹿去。长期高原上的风吹日晒，使得他的皮肤显得粗糙，但身板结实，从衣衫里裸露出的肌肉很发达。他拘谨而诚恳地告诉我：至死他也忘不了程幼芬对他的恩情。还说：从小家里就他一个男娃，娇惯着长大，养成一副野性子，想干啥就干啥，所以非栽跟头不可。他感动地对我说：和程幼芬结婚后，她只字不提往事，从来没有跟他算过旧账，对老人也很好。沈小兰后来招工出去了，给他留下了女子，程幼芬把那女子当亲娃娃一样抓养。即使后来他和她又得了一个小子，她也没有另眼看待那女子。女子把程幼芬也看做亲妈一样。

跟冠子讲得很动情。他担心我蹲久了会累，脱下一只鞋，在地上磕净鞋壳里的土，扔给我，让我坐在上边，我坐在他的锄把上，他把那只鞋垫在自己屁股下面。

他低着头，手里抓起一个土坷垃，捏碎；又抓一个土坷垃，又捏碎，叹口气对我说："唉，咱对不住人家。人家这样待咱，咱有一阵心里还诡模溜道，不放心人家。这话说起来，叫人都恨，都耻笑。"

他指的是他想代程幼芬出去工作的事。

1982 年，县上得到上边指示：给与当地农民结婚的北京知青安排工作。

跟冠子先听到消息，但他没有告诉程幼芬。

他不知道这是好事还是坏事。

在陕北农村，几乎没有这样的事情——女人在外边吃公粮，拿国家工资，男人却在家里种庄稼，打牛后半截。有的只是男人在外干事，女人在家当家属。假如这种颠倒的事情出现在他的家里，程幼芬真的被招出去，他跟冠子像一个女人那样在家当家属，就太可笑了。还有——也是最重要的一点——程幼芬一旦出去会不会变心？跟上他跟冠子有啥恋头？她为他已吃了那么多苦，受了那么多罪，即便工作后一脚踢了他，也没有啥对不起他的。他感到前景有些可怕。

他先没吭声，私自到公社跑了一趟，打探消息是否确实。

消息确实，国家真的要给这批人安排工作。

他不得不告诉程幼芬。先弄清程幼芬的态度也好，看她想不想出去，想不想离开这个家。

程幼芬不喜不忧，态度相当平淡，说："出去也罢，不出去也罢，日子总得往前过，怎样对过日子有利就怎么办。"

跟冠子稍稍得到安慰。程幼芬既是这种态度，留给他的余地就比较大。过了两天，他又没吭声跑到公社。

他对公社干部说：程幼芬不愿意出来工作，同意由他来顶替。答复是：顶替不行，如果程幼芬本人不想工作，国家给一千块钱，此后便永远与知青脱钩。

事情不能按心思来，回到家里，忧心忡忡地思量了几天，他又拿定一个新的主意。

他对程幼芬讲：其实国家不只是给她这样的人安置工作，还给钱，两种对待由自己挑选。钱不少，一千块，一个农民一辈子也攒不了那么多。家里的窑太旧了，厦房也快住不成人了，得翻修。有一千块钱，家里啥问题都能解决了。一个女人出去工作，总不能不顾家里，两头子扯着，想轻松也轻松不了。所以他思来想去，觉得要了钱还是实惠。

程幼芬默默听着他的陈述，脸上冷冰冰的。她说她先去公社问问再说。

他不能阻止她去公社。程幼芬从公社回来，脸色难看极了。婚后跟冠子从来没有见过她有这样的表情。她把跟冠子叫到跟前，问他去了几趟公社，都说了些什么。跟冠子闪烁其词，她再也忍不住，泪水一下子冲出眼眶，冲着跟冠子大声哭嚷起来。

"我并不希图招工出去，不希图吃那碗轻省饭。要希图我早出去了。事情咱们可以商量，让你出去也行，人家不答应，我去说。我不怕呆在家里，不怕当农村妇女，不怕在地里刨挖吃苦。不怕，早就不怕了！把什么都赔在你身上，这次再赔上也认啦。可是你不该骗我、瞒我，不该三番两次背着我跑出去活动。一千块钱，你是看上钱？你就是怕我出去！女人出去了男人在家里不光彩！你这样亏人心，我也不让了，这次非出去不可。就是要出去，不要钱。有了工作就能挣钱，我攒钱，翻修房子我攒钱！……"

劈头盖脑一通伤心裂肺的数落，砸得跟冠子懵头转向。他羞愧得无言以对，抱住脑袋蹲在地上。

程幼芬被安置在双阁公社做会计。

公社离太古村不远，八里路。跟冠子三天两头跑来看她。程幼芬一离开家，他像守不住魂儿，在家里再也呆不安稳了。家里栽种了六亩烤烟，务弄烤烟费事劳人：春上育苗，先在火炕上育出小芽，再在塑料棚里增育。待苗儿长出五到七片叶子，再移栽到大田里。大田管理的活儿就更忙了：高垅培土、追施肥料、引水灌溉、锄地翻土、喷药杀虫、打顶尖、打根部的楔叶子……正是忙的时候，跟冠子却很少再去地里了。来公社他就要住下，一天两天，甚或三天四天。

开始程幼芬不好说什么，她知道他离不开她。后来想想不行，这样下去，地里的烤烟非荒芜不可。必须劝他回到土地上去。

“你是放心不下我?”一次跟冠子来了又要住下，她对他讲，“咱不能把地撂了，三天两头守在一起。咱一家几口人，靠什么过日子?我有工资，能接济家里，但还得靠土地，靠那几亩烤烟。我是你的人，有什么不放心的?你该好好作务那几亩地，我能抽出空，就回去帮你，反正不远，借辆自行车，一会儿就到家了，咱得从长想想。”

跟冠子知道她说得对，回去了。

程幼芬果真像她所说的那样，一有空就回到家里，看一眼两个孩子，袖子一挽便下了地。这个时候，她不像一个已经工作了的国家干部，仍像早先当农民一样，干起活来不顾一切，特别贪心。一般她是吃了下午饭后回家，下午饭后公社干部就没什么事了。她陪着跟冠子一直干到太阳落山，干到什么也看不见为止。回到家里，又给孩子洗洗涮涮，家前屋后打扫一遍，再收拾归整那些摆放得乱七八糟的东西。第二天天不明，又骑车返回公社。

这一年地里的收成不错。烟叶子打下来，该装炉烘烤了。烤烟是确定烟叶成色关键的一环，也是一项技术性很强的活，烤糊了不行，烤青了也不行，火候须把握得恰到好处。跟冠子是个能人，他不请技术员，自己烘烤。烤一炉烟得三四天，程幼芬请假回家帮他。烤炉是间小房子，两个人终日呆在里面，一炉烟出来，跟冠子倒没显出什么，但程幼芬的眼红了，声哑了，嘴唇上起了一串燎泡，人整个儿瘦了一圈。

但是这一年，家里却有了一笔可观的收入，不光包住了一家人的生活，还有节余。跟冠子决心翻修那间破厦房了。

在跟冠子家里，我看见了一栋新盖起来的三间瓦房。在瓦房的厅堂里，我喝着跟冠子的母亲倒给我的茶，从跟冠子父亲的手里接过他们种植的烤烟叶，试着卷起来品尝那烟叶的味道，同时听着两位老人向我叙说盖房时的种种艰难，厅堂没糊顶棚，我留心到房脊的大梁上，有用毛笔书写的一段文字：

> 公元 1983 年岁次癸亥 3 月 25 日吉时建修竖柱上梁主木人王崇德男全民孙平定阖家之人吉祥如意大吉大利

倒着个儿还有一段：

> 谨志梓匠河南省温具扬万州　张玉祥

两位老人向我叙说，盖房时家里钱不够，粮食也不宽裕，可是跟冠子铁了心非盖不可，还说，既动一次工，就再扩展一下，盖它三间。程幼芬支持他的想法，把自个每月省吃俭用积攒下来的钱全都交了出来。家里原先说过，她攒下的钱先给自个买辆自行车，人家干部都有车子，她没有，不光面子上不好看，公社家里来回跑也不方便。她不同意，说盖房当紧，还说她出去工作前就讲过，挣了钱先拿回来盖房子。盖房跟娶媳妇嫁女一样，是一场大事。可是家底子薄，不敢兴师动众，只请了两个河南匠人，叫了一个侄儿帮忙，又向亲戚和队上借了八斗玉米、二斗麦。动工后一家子齐上。程幼芬给公社请了一个月假，成了一个主劳力，扛木头和泥，搬土坯撂瓦，空中地上，啥活都干。一个月下来房盖好了，她累得躺倒三天。谁都说她干得太蛮了，就是男人，像她那样干也受不了。

老人言谈之中透出对儿媳的满意和爱怜。

我与两位老人交谈的时候，院子里，他们的小孙子平定正在玩耍。这小子挺淘气，爬上墙角一堆柴禾，嘴里喊着“一二”往下跳。老人喝止不住，这时，一个十一二岁的小姑娘放学回家来，把男孩子领到隔壁房间玩耍去了。

这小姑娘就是沈小兰留下来的孩子平芳。

在Y县，我没有见到沈小兰。她先是招工到县上，过了几年，远远地调到外地工作去了。她放心她的孩子吗？她的心里牵扯不牵扯这块地方？如今她生活得怎样？这一切，我都无从知晓。也许她已建立起幸福理想的生活，昔日的痛苦已淡化，或者只是一片被尘封的不愿翻动的记忆。她走了，她应该远远地离开，应该有新的生活。愿她幸福安宁。

但她的女伴、从她手里“夺走”丈夫的程幼芬是不能离开这块地方的，她还有行使不完的责任与义务。

1982年烤烟的丰收，使跟冠子发家致富的信心大增，1983年又种了一年。但这一年虫害严重，农药涨价，收获时天气又不好，六亩地的收入刚刚保本。跟冠子丧气了。他把土地转包给别人，领了一帮子人，自己当包工头，一年四季在外边包活干：盖房，修涵洞，砌公路护岸，给公路铺沙石……他把家里一摊，放心地甩给了程幼芬。

程幼芬是个要强的人，在公社工作，不愿让人说闲话，一心要把事情干在人前头，而家里老的老、小的小还必须照应，她累得明显地消瘦下去。女儿平芳念书不错。十二三岁的女孩子，能帮着干点家务了，可是一旦她在家时，就不让女儿干，逼着孩子去做功课。她知道城里的家长是怎样抓孩子念书的，紧抓慢抓，升学找工作都难乎其难，农村教育水平比不上城里，还不督促紧点？不亲又怎么样？反正她把孩子当亲生女儿一样对待，孩子长大，心里会有一杆秤。两个老人年迈体弱，尤其是婆婆常常心口疼。每次回家，她都要把馍替他们蒸好，牵着毛驴给缸里把水驮满，再洗涮一家人的脏衣服。一切安排得井井有条后，她才放心地回到公社。

好在这一年她买了一辆自行车，来去也方便。

双阁虽然是公社所在地，但算不上热闹地方，不过是一个村子多了几所公家机关，但公社领导人气魄不小，动员全公社各村各户集资八万元钱，在公社对面修建了一栋巍峨高大的戏楼子。戏楼子竣工后，请来县剧团作烘台演出。那一天，方圆村子里的人们，一溜一串热热闹闹来看戏。程幼芬回家把公公婆婆也接来了。

她拉着架子车，车上铺着褥子，让两位老人坐在上面。她先把他们拉到公社，在她的房间里，让老人喝了白糖开水，舒展了一会腿脚，然后再把他们送到戏楼子前。四乡里来看戏的村民们，有的站着，有的蹲着，有的屁股下垫块砖头坐着。惟有这一对老两口，舒舒贴贴地坐在儿媳给他们搬来的条凳上，这就够让周围人们羡慕的了。不一会儿，程幼芬又买来两大包瓜籽，送到老人手里。公公婆婆也不推辞谦让，似乎还有点故意要在乡邻面前显示一派自得其乐的福相，一边悠闲地嗑瓜籽一边看着戏台上的演出，这愈发使得周围的人们刮目相看。

这天跟冠子也从修涵洞的工地赶回公社看戏。凡是认识他的人，见了他不说戏演得好坏，直夸他娶了个好婆姨。两个老人一辈子都没有见过人们用那样羡慕乃至嫉妒的眼光注视过他们，心里自然分外陶醉。戏一散，精神头好得不行，回到儿媳房里，不夸程幼芬，倒是兴致勃勃不歇气地臭骂跟冠子，说他黑了心，十天半月不回家一趟，忍心让媳妇公社家里两头忙活受罪。老两口异口同声地警告儿子：今后他若再敢有半点对不起媳妇的地方，媳妇啥态度不管，他们先跟他拼了老命！

吃了饭，把两位老人送回家，跟冠子返身回到公社。

这一夜，跟冠子在程幼芬面前流泪了。

他告诉她，他也不用再剁手指头，他的心，让她以后慢慢去看。假如他还是过去那个跟冠子，他就会让两个孩子、两个老人，让全村全公社的人，一齐来扇他的耳光子！

程幼芬也流泪了。

1986 年，我再次到 Y 县，又往过去的双阁公社、现在的双阁乡跑了一趟。这次我没有见到程幼芬。她回北京探亲去了。依然在乡政府的院子里，我见到了跟冠子，不过这次他不再是牵着毛驴来送人，也不是来办其他什么事情。县上在年初，给与北京知青结婚的身在农村的配偶都安排了工作。跟冠子成了双阁乡合同制水土保持专干，吃上商品粮了。

他不像我上次见到那样拘谨，而显出一副洒脱大方的派头。他告诉我，现在家里啥都好，两个老人身体不错，他母亲心口疼的毛病，吃了些药，不太常犯了。老父亲身板好像比前几年还硬朗，不让下地还硬要去，甚至还能背三四十斤重的东西来双阁赶集。女儿平芳在石霞镇念初中，村里七八个娃娃小学一块毕业，连她一共才考上三个，小子平定念小学三年级，调皮捣蛋得不行，不怕他，但是怕他妈。盖房拉的账还完了，粮食上花销上都比早先宽裕了许多。言谈之中，他掩饰不住对家中生活的满意甚至是得意之情。他向我叙说了很多。他变得很健谈了。

我到双阁乡的时候，跟冠子（乡政府干部没人叫他这个名字，都叫他的官名王全民）马上要去县水利局参加一个水土保持方面的会议，只与我聊了一夜，第二天就走了。他走后，我来到太古村。

在跟冠子家里，我见到了身体果真显得比前几年硬朗的他的父母亲。两位老人像他们的儿子一样对小日子感到舒心。老汉对我说，他的寿材已经割好了，是程幼芬托熟人弄的木头，二寸半的红松料，料不错，匠人的手艺也不错。眼下正想法子给老婆子弄木头，去集上买吧，尽是杂木，程幼芬说还是要弄松木料。这里做寿材讲究柏木，下来就是松木。柏木这些年很少见了。老太婆很得意她的牙齿好，还能咬动干馍蛋。说到干馍蛋，她又说到孙女平芳。平芳刚到石霞念书时背馍，一个礼拜回家背一次。娃在学校里怕馍拉丝长毛，一到礼拜二、三就把馍掰开，晾成干馍蛋，拿开水泡着吃。程幼芬觉得这样下去不行，叫娃上了灶。老太婆说到这里，突然气愤起来。骂平芳是个憨女子，憨得没有一点心眼儿，做出的事情由不得叫人伤心。

原来，在外地工作的沈小兰，不知通过什么途径获悉女儿平芳在石霞镇读书，也许是压抑不住思念女儿的感情，给平芳往学校写了一封信。平芳对家里谁也没讲，给沈小兰回了封信。随后沈小兰又给平芳寄了一条拉毛围巾。收到围巾，平芳大概觉得不给家里讲不行了。便对程幼芬说了此事。程幼芬没有料到沈小兰暗地会与女儿联系，想不通，一下子就哭了。平芳见她一哭，有些害怕，也有些后悔，抱住程幼芬也哭起来，母女俩哭了一场，程幼芬转念觉得沈小兰也可怜，亲生女儿不能见，心里肯定不是滋味，写封信，寄点东西，不算太逾外。同是女人，她能理解沈小兰的感情。她迫使自己变得豁达一些，问平芳想不想见生身母亲，要是想见，待到再长大一些，家里给路费，让她去见亲妈。平芳哭着直摇头俯在程幼芬的怀里，说："你跟我的亲妈一样，我就把你看做是亲妈。"弄得程幼芬又哭了一场。

这件事情早已过去了，跟冠子的母亲只是突然想起来，才又重新把它提起。老俩口还对我说，这阵跟冠子对程幼芬很好，给程幼芬买丝光袜子，买丝绵袄。刚一到乡上工作，跟着乡长去延安办了趟事，回来给程幼芬买了一身西服套装，程幼芬不好意思穿，一直藏在箱子里。老俩口说，儿子对媳妇再好他们也没意见，人家对得起他，他该疼人家。

对于跟冠子类似的评论，在双阁乡政府的干部中，我也听到了。乡干部对我讲，王全民把婆姨当宝贝一样服侍，婆姨的洗脚水都是他打他倒。婆姨回北京，从山西走怕坐不上卧铺，多花几十块钱绕道西安。他亲自送到西安，为买卧铺票，硬挺在售票处受了一夜洋罪。乡干部们讲这些，态度是认真的，但也含有某些对跟冠子的戏谑成分。

石头揣在怀里也能暖热。我想，程幼芬对于跟冠子所付出的一切，完全应该换来跟冠子今天给予她的这一片心。她应该得到幸福。

我从双阁返回县城，在大街上，碰见开完会议的跟冠子。我们站在大街上又聊了一阵。我问到程幼芬从北京回来他还去不去接，他说不用接了，回来走山西这一路，从北京上车是始发站，票好买。他忽然笑了，说："唉，你跑来跑去了解我们的事情，其实我们是一对冤家。"

"冤家?"

"这是程幼芬常说的话。老戏上不是女人常把自个的男人叫冤家吗？她借戏上的话这样说我。"

我恍然大悟。又恨又爱，离不开，摆不脱，不就成了"冤家"?

我不知今后程幼芬还会不会使用这个词儿。即使再使用，但愿她是笑着说的。

篇二　大河传奇

王村钰，女，1951年生。在黄河岸边一个偏远的村庄插队后，一段奇缘使她与本村农民二万子结婚。其时，二万子原配新丧，身边已有四个孩子。而现在，王村钰已是一位怀抱孙子的奶奶了。

初到Y县，我就听到了那个传说。

——一个北京女知青在黄河里游泳，差点淹死，被一个青年农民救上岸。女知青感激救命恩人，于是嫁给了这个农民。

传说流传很广，其中详细情景许多人可以绘声绘色道来，并且确切无疑地指出，女知青叫王村钰，青年农民叫二万子。

还有人告诉我，王村钰眼下正在县医院学习。

我见到了王村钰。

在县招待所我住的房间里，她领着一个小女孩进来了。本来我打算去县医院找她，她托人捎话来，说她住在大宿舍，去那里会打扰别人，不如她来找我。

这是一个瘦削单薄的女子，窄窄的脸颊，眼睛很大，透出一种悒郁的神情。身边的小女孩约摸四五岁，眼睛极像她。

我问："你的孩子？"

她回答："老五。"

此前我已知道，她的丈夫曾有一个前房，留下四个孩子，一个送了人，她又生了两个，五个孩子全归她抚养。

她言语不多，对于我的问话，常用简短的单词作答，此外不多说一句。她好像有着重重心事，坐在我对面的床沿上，低着头，显得局促不安。小女孩玩弄茶几上的杯盖，她轻轻召唤一声，小女孩靠拢她，她站起来。我问到二万子在黄河里救她的事，她说："人都知道嘛，就那回事。"然后，说她还有事，有点匆忙似的，就告辞了。

传说得到了证实。

但是，为什么她那么悒郁寡言？

我奔向王村钰早年插队，也是后来安家的村子——距县城一百八十里路、黄河岸边的里底村。

在这里，得到证实的传说被推翻，另一种传奇却在我面前展开。

事情从一个月光溶溶的夏夜引出。

里底村中的涝池边，两个年轻姑娘悄声低语。村子里一片静寂，不远处黄河的涛声隐约可闻。

"敢不敢？"一个问。北京口音。

“干嘛不敢？不是说好的吗？”另一个说，也是北京口音。

迅速地脱衣服。两个姑娘扑进盛满月光的涝池中。

第二个讲话的，就是王村钰，另一个是她的好伙伴梁海燕。白天下工回来，路过村中的涝池，梁海燕说：“这要是游泳池多好。”王村钰说：“不是游泳池也可以游呀。”于是二人相约，待到夜深人静时，来这里玩个痛快。

涝池不大，水也浅，怎么游也舒展不开。她们仰躺在水里，手不动，用脚划水，比赛谁漂浮的时间长。梁海燕呛了水，站起来上气不接下气地咳嗽，王村钰也站起来，忍不住直笑。谁家的大门吱呀响动了一声，两个姑娘立即敛声屏气，赶忙蹲到水中——她们只穿着裤头和小背心。

第二天，姑娘在涝池里游泳的事，立即在村子里传开。女人游泳，当地人从来没有见过，人们将这事当做一条重大而有趣的新闻。有人传说她们差点被淹死，有人传说她们啥也没穿，全身上下光溜溜。人们兴致勃勃地议论着。村子里的姑娘也悄悄地问她们有没有那回事。

开始王村钰和梁海燕谁也不敢吱声，后来忍不住，王村钰对梁海燕说：“去黄河里游，让他们瞧瞧！”

说到做到。几天后，黄河对岸的武城逢集，方圆村子的人都去那边赶集。渡口在里底村的坡头下，扳船的是从小在黄河上厮混的二万子。赶集的人们一个跟一个上了船，二万子吆喝着，就要解缆了，却见几个女知青迟迟疑疑站在岸边不动弹。“咋不上船？”他问。“王村钰想游到对岸去。”一个女知青回答。二万子斜着眼珠儿，瞥了眼身板单薄的王村钰，一扭脖颈，笑了。“这是黄河，不是涝池坑坑！”

接着吆喝道："上船上船，不上了回去。"几个女知青噤了声，你看看我，我看看你，最后一齐盯住了王村钰。

黄河像一条混龙，蜿蜒着爬行在晋陕峡谷之中。它喘息着，咆哮着，磅礴的气势和历尽千古沧桑的古朴苍凉的模样，不由人生出一种敬畏的感觉。河滩上横卧着大大小小的乱石，乱石呈铁锈红，仿佛是远古神话时代天塌地陷遗留下来的，若干个世纪无人动过。铁锈红的石头和浑黄的河水一齐在太阳下闪耀，光芒玄妙而又神秘。

王村钰让伙伴们上船，她开始平静地脱衣服。二万子见她来了真的，慌得摇手跺脚："你不想活啦！"他干吼着，不能过去。

王村钰跃入湍急的黄流中。

二万子乌青着脸，扳船伴着王村钰。船上的老乡个个惊诧万分，紧张地注视着黄流里这个不要命的愣女子。蹬上船的几个女知青也是悬着心。驶离岸不久，二万子便把一只浑退扯到脚前。浑退是用囫囵退下的羊皮做的，吹饱气，黄河上的水手用来充当救生的物件。他准备随时扑下去救王村钰。

然而，人们很快就发现，河里的姑娘根本用不着谁替她担心。她不慌不忙地游着，浪打涌推，全不介意。她交替使用人们从没有见过的姿势：时而青蛙似的爬在水里向前浮游；时而侧着身子，一只胳膊扬出水面有力地划水；时而仰躺在水面"漂黄瓜"。有人禁不住喝起彩来。二万子仍旧乌青着脸，不吭声，他知道黄河的厉害。他担心王村钰没有足够的力气冲过河心的急流。他与别人不同，他是船工，出了事怕不利手脚。直到王村钰在离东岸不远的地方突然直身站起，他才恶狠狠地朝河水里吐了口唾沫，松快地丢出一句不太干净的话："狗日的，贼女子行哩。"

后来我曾不无惊奇地问王村钰如何具备这番本领。她笑笑回答："我从小就爱玩水，一到夏天，就泡在游泳池里，你别看我身体单薄，真要比试起来，很多人比不过我——都是游泳打下的底子。我在北京市的少年比赛中拿过名次……你问在黄河里游怕不怕？当然怕。其实那次跟二万子的船一块过去，并不是我第一次下黄河。在那以前，中午河滩上没人的时候，我、梁海燕、李小英，在河边游过。在村里，没有什么好玩的，出工回来往窑里一钻，闷死了。第一次下黄河，水看去平平展展，可是一到里边，不知哪来的浪总往头上压，身子下边的水打旋旋，像谁拿扫帚在肚皮下边划拉。游过一回，胆就壮了。"

王村钰第一次游渡黄河那阵，与二万子还不大熟悉。虽然同村同队，但二万子很少与她们那帮北京女生接触。这一次打过交道后，二人才搭腔讲话，渐渐熟悉起来。

二万子自小家境不好，没念过几天书，但人很精明，拉二胡，吹口琴，无师自通。虚岁十八，就结了婚，婆姨病病歪歪，几年之内，却一口气给他生了四个孩子——三男一女。二万子日子穷，性情却乐观开朗，喜欢交往，跟什么人都聊得来。生在黄河边，从小就在河里扑腾，练出了一身好水性。据说，他过黄河，水再大，也不慌不忙地点上一锅烟，把一顶破草帽往头上一扣，压着浑退优哉游哉就漂进水中。浪头打来，眼一闭，半天不见人影，过一会儿又冒出来，烟锅居然未灭，哧溜哧溜吸得正香。就因为这身好功夫，队上选派他在渡口扳船。他掌舵，是船上最重要的一个角儿。

就在王村钰游过黄河不久，二万子却险些在黄河里出了事。

还是送人过河去武城赶集。这一次没用船。上游下了雨，水涨得很大，二万子驾起了羊皮筏子。羊皮筏子是用十几个浑退连扎起来的，上边横竖固定一些木条。筏子上载了八个人。刚驶到河心，一道齐塄塄的浪头压来，筏子上的人躲浪头，朝一边一倾，浪头一涌，筏子当即翻了。二万子被压在筏子下面，钻出水面后，先寻找落水的人。还好，六个人在筏子周围，手都紧紧抓着浑退上的绳扣，两个人在筏子中间，头从浑退之间的空隙里伸出来。要把翻了的筏子再翻过来是不可能的，二万子叮咛大家抓紧，千万莫松手，然后巡视周围有没有掉在水里的东西。什么也没有，他放心了。

正要推筏子向岸边驶去，扭头忽然发现前方不远处一个红色的东西亮亮的漂上漂下，时隐时现。他一摸上衣口袋，瘪瘪的，立即明白漂浮的那个东西，是他的钱包——一个《毛主席语录》皮儿。

他急了。钱包里没别的东西，只有一张钞票——两元钱。这两元钱可是他的宝物。以往的两元纸票，全是大张，这两元是1960年印制的小张绿色票子，刚在市场流通，数量很小。不知出于一种什么荒谬古怪的认识，这一带农民特别稀罕小绿票，常有人拿四元、五元买一张绿色的两元小票子珍藏起来。二万子钱包里的这一张，是他用五元钱硬缠着一个钉锅的老汉买来的，珍爱得如同眼珠儿。他向筏子周围的人叮嘱道："手抓牢，甭怕！"又说："浪打来甭慌，我离开一下就回来。"说罢，身子一纵，去追赶那红色的语录皮儿。

语录皮儿在前方闪闪烁烁。二万子眼睛一眨不眨地盯着，生怕被水推到看不见的地方。水很凶猛，砸在头顶的浪头又闷又重。他仗着一身功夫，猛划一阵，追上了语录皮儿。正要伸手去抓，那红色的亮点在浪花上一闪，不见了。他踩着水，等待着。果然又冒出来，在左前方。他猛游过去。眼看就要抓住了，又像上次一样，红点儿高高地打了个旋儿又沉下去。他粗鲁地骂了一句，只好再耐着性子等待。他上身穿着长衫，肩上斜背着一只布兜，兜里装着两个苞谷面窝窝，还有他的鞋。衫子布兜都吃水，拽得他的身体格外沉重。他顾不上理会这些，专心专意注视着水面。红颜色又闪烁了，这次在正前方两庹之外。他瞅准猛蹿上去，一把抓在手心，顿时松了口气。他想把他的宝物装进长衫胸前的口袋，装了几次，插不进去——口袋被水抿得紧紧的，两层布贴在一起了。在他低头作这种努力的时候，一点也没有发现自己正被浪涛推涌着飞快地朝一块半隐半现的巨大礁石撞去。待他抬起头来，那黑色的礁石已横在眼前。躲是躲不过去了，情急之中，只好猛地扭转头，让屁股朝前，轰然一声，他只觉得强烈一震，浑身骨节像要散架了。浪涛推涌着他又从礁石上越了过去。

事情没有完。他强忍剧痛，扭头寻找他撒开的皮筏子。他发现，皮筏子在老远的地方，正颠颠簸簸随流而下。他追了上去。口里喘得厉害，挎在身上的布兜，像从水中伸来一只手，揪扯着他。他几次想扔掉这累赘，又舍不得：里边那双鞋是登脚不久的新鞋。他咬着牙，企图鼓起劲儿。张大口换气，没料到一下子呛了水，咳得头晕眼黑。缓过了劲儿后，他辨了辨方向，看清了皮筏子，不敢耽搁，吃力地向皮筏子游去。

他推着皮筏子靠岸的时候，脚刚一触到地，眼前就一黑，踉跄朝前扑爬了几步，随之跌倒在水里。一股腥乎乎的东西从嘴里吐出来。

“血?”其他几个人惊呼，忙扶起他。

他缓了会儿，挣脱众人，摇摇晃晃地站起来，看看一直攥在手心的鲜红的语录皮儿，又摸摸搭拉在胸前的布兜。忽然，他暴躁地一把扯断布兜带儿，一脸恶狠狠的表情，好像要把这几乎殃害他的东西扔到河里去，胳膊扬起了，又软沓沓地垂下去——到底还是舍不得。

这次惊心动魄的事件后来在村里村外传开，经过一张张嘴巴的加工，便走了形。改变事实本质的一点在于，那个充当钱包的塑料语录皮儿，变成了红宝书，二万子是为了抢回心爱的红宝书而几乎丢掉性命。在那个时代，有了这番举动，便极有可能成为轰动一时的英雄。二万子不懂这一点，常以一种不屑的口气在人前分辩："我是个憨憨？要是语录本，丢俅算了，我是舍不得我的新票子！"

一天，王村钰碰见二万子，笑道："二万子，你就是个憨憨。"

"咋憨哩？"

"你就说你是捞语录本，报纸一宣传，广播一广播，一下子就红了，可你咬住是捞钱，还不憨？"

二万子往地上吐了口唾沫，说："咱受苦人，红了顶啥？能多分粮，还是能多分钱？"

王村钰觉得这个人挺诚实。

以后，有了空儿，王村钰便邀了女伴，常去二万子家。

二万子家两孔土窑，坐落在村子中间。这个家庭的困窘，令王村钰吃惊。什么家具也没有，炕上铺着光席片，两床破破烂烂的被子团在炕墙角落，用荆条编扎、糊了泥巴的囤子个儿不小，可是里边空空如也。孩子们衣不遮体。二万子多病的婆姨向王村钰唉声叹气地诉说：一家六张口，粮食年年不够吃。别人在春荒月里吃糠，她家一年四季都吃糠。王村钰和她的女伴们几乎不敢相信，那个晚上常在门外大树下拉二胡、吹口琴的二万子，屁股后面竟是这样一个家庭。

王村钰是在一个优裕的家庭里长大的。父亲是位十二级老干部，一个大企业的负责人。母亲在国家机关工作。来陕北前，她根本不懂

“穷困”二字的真实意义。现在，站在二万子黑乎乎的窑洞里，她开始对这个词儿有了感性认识了。

在我前后多次采访中，无论何时与王村钰交谈，她都特别厌恶“穷困”二字。类似的字眼永远别想从她的口中吐出。别人谈及，她会蹙起眉头良久沉默。我明白，在她那里，这字眼不是从唇间轻吐出来的抽象词汇，而是从生活的深渊里迸射出来的恶石，是具体的、可感的。当她鼓足勇气走进二万子那破败不堪的窑洞时，字典里对这个词汇的解释便在她的脑子里修订了。若干年后，一切都根本改观了，被恶石砸伤的心，仍淌着血。她仍旧本能地保护着它。

插队第二年。

对于远离亲人、远离家乡的北京学生来说，这是最难熬的一年。

最初的热情和幻想，渐渐冷却或破灭。日复一日沉重的体力劳动，被困于贫穷地带的无聊与烦闷，只能愈来愈不堪忍受。因为一些生活琐事，知青小团体破裂。思念家乡、思念亲人的情绪像火一般蔓延开来。这是一个难熬的年头。

这一年，王村钰的女伴李小英与黄河那边在山西插队的一个北京知青谈上了恋爱。挺热乎。

王村钰常陪李小英过河去和那个男知青会面。有时船不开，就游过去。李小英的水性也不错，小学没毕业就拿到过在工人体育馆冬泳的深水证，但是她胆子不大，只有在水小的时候，才敢随王村钰钻进黄河里扑腾。

那是八月里的一天，她们又一块过河到山西那边去了。过去时水不大，回来时两人却被吓得愣在岸边——河滩里黄花花一片。发水了，水还在继续往上涨。

太阳即将落山，河水反射着夕阳的光辉，金箔锦鳞，迷离耀眼。浪花扬起簇簇琥珀色的珍珠，层层叠叠，前推后涌。如何过得去？两个姑娘愁得没了主意。

王村钰胆子大，说："游吧，我拉着你。"李小英不敢。王村钰又说："要不快过，水一会儿更大了。"李小英扑沓一声坐在地上，哭丧着脸，一个劲儿摇头。王村钰知道，再折回去是不行的，男知青那里无处过夜，即便找到过夜的地方，也不能住，一住马上就有风言风语。可是也不能在这儿傻愣着呀。

她举目朝河对岸望去，对岸那道弯曲的黑色切线退得很远，浪花拍击着岸边的石头，腾起一股股水雾。蓦地，在满眼璀璨的金黄里，她发现一只深褐色的影子，压着浑退，正朝对岸游去。从划水的姿势，她认出是二万子。她心一动，对李小英说："让二万子拉你过去。我喊他，叫他折回来。"李小英还犹犹豫豫，王村钰可着嗓门急急地喊起来。二万子好像根本听不见，优哉游哉游到岸边。拉起浑退，又优哉游哉朝上走去。不一会儿，便消失在几块大石头后边了。

没指望了。王村钰打定主意：她先游过去，从村里把二万子叫来（这号事只能叫他），让他把李小英拉过河。李小英说水太大，危险。王村钰不再费口舌，把衣服扔给李小英，扑里扑腾就下了水。

这一天水涨得太大了，王村钰游了半天，扬头朝前后一看，还在河中间。她心里有点发怵。但这阵儿什么也不能多想。对岸斜下方那块突出的黑色大石头是她瞄准的目标，她照直朝大石头游去。离岸还有二三十米远，她差不多已经用完了力气，只好让自己顺水漂流了一阵，好积攒劲儿再作最后的冲刺。就在这功夫，她看见，像从地里钻出来似的，二万子的身影出现在不远处的乱石荒滩上——他向她跑来了。

其实，二万子根本没有回村，这家伙鬼得很，王村钰发现他之前，他就看见了身后两个姑娘。他没理。他知道，只要他一理会，就非得把她们弄过河不可，水这么大，万一出了事，人家是知青，吃不了兜着走。多一事不如少一事，装作没看见。喊让喊去吧，一没指望，她们就会回头去找山西的同伴。他游上岸，先在石头后边藏起来，紧接着他吃了一惊：他看见王村钰下水了。他隐匿在大石头后边悄悄地观望着。浑退的气他没敢放，衣服在里边塞着，万一出个紧急事，再吹气是来不及的。

他向王村钰跑来。精疲力竭的王村钰探起身子，向他摆摆手，又向身后的对岸指了指。二万子大声问："你行不?"王村钰回答说没关系。他见她的确不需要帮助，再不犹豫，夹起浑退，奋身跃入水中——去接李小英了。

二万子救王村钰，王村钰以身相报，传说便据此演绎而出。在二万子家里的炕头，这个传奇中的丈夫，原原本本把一切——包括他当时要的鬼心眼都告诉了我。我笑问："你要鬼心眼，王村钰事后知道了没骂你?"他憨憨一笑，说："骂来。不过是在结婚后，我才说给她的。"

王村钰不愿纠正那个不合事实的传说，实际上是不愿再激起人们的好奇心。将错就错，能免去许多麻烦事，这是我后来知道的。最初，他将我也归入那类喜欢猎奇的人，以至以缄默打发了我的第一次采访。“别人只是觉得有趣，”她把我看成朋友之后，这样说道，“可是，生活里并不只是一些有趣的事情，谁能知道其中的滋味呢?”

虚构的传说不过是浮浅的开端。往下发展倒生出一部真的传奇。

里底村有二十多个北京知青，都是初中生。有规规矩矩的，也有不安分的。打架，偷鸡摸狗，那些不安分的折腾起来，谁也比不上。可是，说也怪，他们都服二万子。二万子的话，有时比北京带队干部还灵。也许因为他讲义气，还有一身令他们钦佩的水上功夫吧。

二万子“义无反顾”地将李小英接过河，帮了王村钰一个大忙，他在王村钰的心里一下子赢得了好感。

1970 年底，二万子久病缠身的婆姨，端着一碗红枣，正打算给娃娃们分着吃，刚从窑门走出来，便一头跌倒在地，再也没有爬起来——脑溢血夺去了她的性命。

这可苦了二万子。家里的光景，原本就像在刀刃上走，够难的了，死了婆姨，身边四个娃娃：大的八岁，小的才两岁，都扔给了他。往后这日子怎样过呀？粗壮结实的汉子熬得眉眼不展。埋了婆姨，就病倒了。

先是觉得心口疼，浑身一阵阵发冷。孩子往他身上一挨，说烫，闪开了。随后就喘，痰里带着血丝丝。他担心倒下起不来，孩子们要吃饭，生的要做成熟的。粮食原来就不多，葬埋婆姨算过一场大事，待酬帮忙的吃了不少粮，眼下囤底已露出来了。还有烧的，冬天正是去山里背柴的时候，这时不去背，一年烧的就没指望了。他不能躺倒。他叫老大掐了一通他的印堂穴，再喝了一碗酸辣汤，出了一头汗，然后，拿来水桶，支撑着身体下井沟去驮水。

王村钰走了进来。

他的模样让王村钰吃惊。问了病情，她拦住他，劝他去合作医疗站看看。他不去。王村钰一急，叫来二万子的哥哥大万子。

弟兄俩早已分家，光景都不好，多年里一直各人顾各人。老大看弟弟确实病得不轻，也劝他去医疗站看看。

王村钰陪着二万子来到大队医疗站。赤脚医生检查完，说病得不轻，不敢耽误，必须赶紧送兴寺坪地区医院。

兴寺坪离里底五十里。在那里一检查，是肺结核、胸膜炎。

二万子住院了，一住，就是四十多天。

出院那天，大万子拉着毛驴来接他。毛驴不足四尺高，可是他试了几次，上不去。一场大病，命保住了，却把他折磨得失去了人形，抬脚举手都要喘半天。哥哥将他扶上驴背，毛驴驮着他，一步一步回到村里。

他住院期间，四个孩子，两个送到姐姐家，两个被哥哥领去。孩子听说他要回来，都回到家里，老早就在门口守望着。远远看见他，一齐扑上前。他几乎是从驴背上滚下来，跪在地上，张开臂膀将四个碎崽崽搂在怀里，大人娃娃哭成了一堆。

此情此景，引得旁观的人都掉眼泪。王村钰也在一旁，心像被什么东西一揪一揪的，鼻根一阵发酸。她扭转身，不忍心再看下去。泪水，从眼里扑簌簌滚落下来。

晚上，知青窑里，王村钰坐在炕沿发呆。梁海燕望着她，不出声地叹了口气。

“你再伤心也不顶事。”梁海燕说。“当地人有几个命不苦的？咱们给扔到这儿，不也倒了霉？这儿就是苦水土。”

知青里边闹矛盾，分了灶。原来齐刷刷一群人，现在也像弟兄分家一样，各管各了。王村钰和梁海燕是好伙伴，两人过在一块，日子并不比以前那个大家庭好过，整天得为烧柴、吃水发愁：分灶时无柴可分，天天要去沟里打水，必须曲曲弯弯走三里路，到很深的井沟里去驮。

王村钰站起来，说："不行，我过去看看。"

梁海燕无可奈何地说："好吧，我跟你一块去。"

二万子正在煤油灯下捏着老针锥缝一只烂鞋。黑影映在黑窑壁上。影子脑顶上楔着一根木橛，挂着一把断了弦的二胡。这二胡早已哑声了。二胡下边的窑壁，好像刚掉下一块土皮，砸在锅台上还没有清除。靠锅台的地上，堆着几件又脏又破的小孩衣服，像刚从哪里翻出来。孩子们缩在一条露出棉絮的被窝里。被头两边，只露出三个脑袋。

"小女子呢？"王村钰问。

"我哥抱去了。"二万子闷闷地回答。

"他再领一段？"

"不。给我哥了。"

王村钰不再说话。二万子让她和梁海燕在炕边坐，她没动，眼睛长时间盯着煤油灯淡黄色的火苗。梁海燕踱到水缸前，揭开盖儿看看里面，水满着。二万子说是他哥帮着驮的，他不能下井沟。

王村钰愣愣地站了一会，捡起地上的衣服，问："都是要缝补的？"

二万子回答："都是。"

王村钰说："我拿走了，明天我过来替你做饭。"

此后，王村钰常帮二万子做饭。照料孩子。

出工回来，她与梁海燕简单做点饭，匆忙填进肚子，便进了二万子家门。二万子的身体一直没有缓过来，出不了工，心急，脾气变得暴躁不安。孩子不听话，他撸住便打，尽管他心疼孩子。王村钰觉得孩子实在可怜，替孩子洗洗涮涮，缝缝补补，教孩子不要惹大人生气，有时还从自己那里给孩子带点吃的过来。时间不长，孩子跟她特别亲了。

二万子见王村钰为自己一家这样操劳，感动得心里一阵一阵发热。一天，王村钰蹲在锅台口烧火，被烟熏得直流泪。他站在旁边，想说点感激的话，木讷了半天，却愣愣甩出这么一句："你这是何苦来?"

王村钰诧异地望着他。

他避开她的目光，重重地叹息了一声，嘴巴蠕动着，想再说什么，可是到底也没吱出声。

王村钰明白了他的意思，笑道："你想那么多干啥?"停了一会，又说："不论怎么说，我们处境比你好，帮你点忙算不了什么。"

二万子默默地勾着脑袋。片刻，扬起头，脖子扭动着，像在寻找什么。他的神情很冲动。要找的东西没有，他蹲在地上，双手抱着脑袋，一声声地叹气。

二万子告诉我，当时他急切寻找的，是他的孩子。

"我想把他们拉过来，给王村钰磕头。"他说。"世上好人多得很，但好人……咋说哩？只有人到了难中，才能觉出好人究竟咋个好。村里人都说王村钰心眼好，在他们，这是拿眼睛看出来的，可是在我……我说不清，反正比拿眼睛看要真得多。是拿心觉摸出来的。这不一样。不过，你也可以再跟村里人谈谈，一村一院的，啥事情，他们都知道的清着哩。”

我与里底村的人们谈起王村钰，他们大都会感慨地说道：“这些年，他二万子多亏了王村钰，要不，嘿……”言谈之中包含着对王村钰的赞赏与钦佩。然而，这些朴实善良的人们，当初并非人人都能懂得人世间这种美好事物的价值。当他们用古老封闭的见识来理解所看到的事物时，一时间竟是那么吃力。

王村钰对二万子的体恤和照顾，很快被人们用奇怪的语调开始议论了。

人们不能理解：一个从北京城来的有知识、有文化的姑娘，如此这般对待一个粗头农民，是为何来？也许这里边有啥蹊跷吧？

村里人的议论传到知青耳朵里。一天夜里，二万子从外边回来，在家门口，被几个守候在那里的男学生挡住。

“跟你说件事。”对方的声调有些异样。他们把二万子叫到窑背上，团团围住。

“以往我们把你当朋友看，是不是？”一个叫李伟的说。他的两条胳膊环抱胸前，脑袋偏斜着，下巴扬得老高，月光底下，眼睛里闪着古怪的光。

“啥意思？”二万子问。

“是朋友就义气点，甭打我们知青的主意。老实说，你是不是在勾引王村钰？”

二万子惊异地打量着这帮人，半晌没说话。

李伟鼻子里冷笑一声："谁他妈想沾我们可怜知青的便宜，算瞎了眼。我们的人可不是随便让人欺侮的。"

"到那时可别怪朋友不客气!"另一个说，还不怀好意地挥挥拳头。

这天晚上发生的事情，迅速在村子里传开，并且成了某种事物的根据。人们拿更加奇怪的眼光盯着二万子和王村钰。二万子不敢让王村钰再去他家，而王村钰完全被意想不到的议论击蒙了。她哭了一场，哭得好伤心。梁海燕用从当地人口中学会的粗话，忿忿不平地骂道："妈的不是好东西，空嚼舌根不怕舌头上生疮？没什么可怕的，别理!"

王村钰经历了一阵惶悚之后，镇静住自己，去找那几个男生。她告诉他们，她的事情，不需要他们来管。

"这么说，你是心甘情愿去跟二万子鬼混啰?"李伟不无讥讽地说。

"什么叫鬼混?"王村钰的火气一下子冲上脑顶，脸颊变得通红。"说这话，你们不嫌丢人?"

"丢人？跟一个土鳖光棍打得火热，是我们丢人，还是你丢了我们北京知青的人?"过去跟王村钰同班的一个男生火更大。

"甭管啦！甭管啦!"又一个说，"人家是周瑜打黄盖，一个愿打，一个愿挨，咱不识谱儿管闲事，不是狗逮耗子吗?"

王村钰气得浑身哆嗦。泪水在眼眶里打转转，她硬憋着没让掉出来。

她没有回她的窑洞，径直来到二万子家。二万子正在院子里和泥。院墙坍了个豁豁，要垒起来。大小子给他充当帮手。虚岁才八岁的孩子，吃力地哈着腰搬运土坯，脸蛋儿挣得通红。另外两个孩子，在墙角玩土。

王村钰走上前，接过大小子手里的土坯，不声不响地干起来。她的脸上带着一种执拗的表情，动作果断、利落，仿佛一切都是理所当然，一切都不需要再犹豫、彷徨。而且，从那股执著认真的劲头看，这仿佛也不单纯是一时的冲动，里边好像包含着某种深远的思考和很大的决心。

见此情景，二万子慌了手脚，阻止不得，也赞同不得，像个没了主意的人一样傻愣着。过了一阵，忽然像意识到什么，慌忙走到院门口，把两扇破门闭起来。

“闭门干什么？”王村钰回头大声说，“做贼是不是？打开，谁想看就让他看。”

十多天后，王村钰收到一封妈妈的来信。

不知哪位同学向妈妈乱捅了些什么，妈妈生气地询问她与二万子的关系，严厉地告诫她不可天真浪漫，要对自己负责。

“你去那么远，那么苦的地方插队，我和你爸爸已经伤透了心。”信的末尾，妈妈又非常感伤地写道：“你不能让我们再添一块心病，你已二十岁，应该会考虑问题了。”

信是梁海燕给她拿回来的，她读完，梁海燕拿过去看，之后，两个姑娘默默地对视了一会，便挤在一堆哭了。

1983 年，我在里底村的采访告一段落，准备返回县城的时候，在公社所在地楼底村，碰见了乘坐班车从县城回来的王村钰。其时夏收即将开始，她向医院请假回家割麦子。与第一回见面不同，这一次，她对我比较热情了。她说她没有想到我能吃下这份苦，翻沟越梁跑到这么一个野地方来了解她的事情。与她交谈不到半个小时，因为班车从这里就要折头开回县里去，我不得不跟着这趟车走。这是近期最后一趟车，县城通往楼底五天一趟的班车，麦收期间停开将近一月。当我坐上蒙满尘土、座椅破损、只装着稀稀拉拉几个乘客的汽车时，王村钰从打碎玻璃的车窗里，递给我一样东西——一封厚厚的信。

在路上，在汽车的颠簸中，我读了这封信。

显然，这是一封经过反复思考才决定写的信。十六开纸，不分段，密密麻麻写满了九页。落款日期是先一天夜。是她估计我今天要离开里底，没有机会交谈，还是与一个不熟悉的人对面谈话感到拘束，因而才选择书面交谈的方式？她是怎样想的，我不清楚。但这九页纸上写的，却是我盼望知晓的。

信里，她回顾了她插队生活的整个过程，自然谈到她与二万子的婚事。这封信我至今完好地保存着。下边是我从中摘录的一段（说明：文字未加修饰，仅仅改正了个别不太通顺的地方和错别字）——

……那时候，你不知我抱着一种多么天真的幻想，农村对我是那样新鲜而神秘，就像一本我喜爱的小说，深深吸引着我。我在背着母亲的情况下，将户口本偷出来，在派出所办理了插队手续。学校里的老师和同学知道了，惊讶、叹息，但更多的是感动。老师在黑板报上表扬我，同学们祝贺、送礼品，当时的我，真像长上了翅膀一下子飞到了农村广阔的天地。可是回到家里，我一下子又变得胆小、害怕了，怕妈妈知道了伤心、生气。看到弟弟妹妹在妈妈面前撒娇时，又为自己作为家里的大孩子不能替妈妈承担家务而难过。当时父亲的厂子在外地，远离北京。大弟在学校看到别的同学三一群五一伙地谈论插队，回家也和妈妈商量要下去，这使我更为不安。临走前几天，我终于鼓足勇气告诉了妈妈，妈妈哭了，我也哭了，还想父亲如果知道了会不会在远方流泪？当时不由得产生了后悔之心。可是一想到在天安门广场宣誓时的情形，想到要在农村干一番事业的雄心壮志，我又觉得自己的行为是对的。离开北京那天，全家人去北京站送行，除了大弟外，小弟、小妹、妈妈都哭了，整个车站，不是欢乐，而是哭声一片，我的心都碎了。老师含着眼泪，给我戴上毛主席像章，我低着头，不敢看周围的情景，心里只是想，农村的生活，将会是什么样子呢？……从别人那里，我知道你也插过队，你爱人也是在陕北插队的北京知青，在农村我们受的那些苦你一定是知道的。苦倒不怕，怕的是内心的孤独，是热情的消失，总感到自己是孤零零一个人，是一个谁也不理解、谁也不需要的人。我为什么最后嫁给二万子？就是因为在他那里，我才看到了我的价值。我承认，我们的结合，与其说是爱情的驱使，不如说是由于当时处境的逼迫。他死了婆姨后，一个男人带几个孩子，够苦够惨的，我非常同情他，帮他做了些事情，于是便在北京知青和村里人当中传出一些风言风语，遭到冷眼和嘲笑，甚至连妈妈也不完全相信我和理解我。这使我不由得产生了一种有意要和什么对抗的想法。另外，当时我们知青的前途一片黯淡，出路在哪里，谁也不知道，看样子非要在农村干一辈子不可了。在这种情况下，我便终于走上了自己选择的一条出乎人们意料的道路。这是爱情吗？不是，但不是说我对二万子没好感。他善良、诚实、能吃苦、性情开朗，再加上水上的特长，我一直是喜欢和他接近的。爱情是什么，我当时并不完全懂，但我想爱情是可以培养出来的。我当时想的很单纯，真的，从插队到成家，我一直是那样的单纯……

信写得很概括，但从这封信里，我却把握到了一个姑娘思想感情的脉络。一个万念俱灭的善良姑娘，去帮助一个苦难的人，却被舆论钉在耻辱柱上，四野茫茫，出路杳无，与其敛声屏气藏起来，不如挺身迎上——这大概就是她的考虑。

像许多姑娘一样，王村钰曾经做过美妙甜蜜的少女梦。

那是在北海公园的海面上轻轻荡舟、在晚风习习的林荫道上陪同学散步、在合上小说于寂静中独自遐想的时候。未来，在她的面前透着朦胧的微笑，一切尽管还都显得模糊，显得不能肯定，但必然是可心可意的——工作、事业，还有爱情。未来的天空是晴朗的，鸟儿高高地飞翔，风儿带着花香，空气是那般纯净透明。偶尔间，她甚至会凭着想像描绘出一个理想的男子，在心中树起一尊既清晰又朦胧的偶像。每当这时，她的内心就会涌起一股羞涩和甜蜜，脸颊不由自主也变得烫烫的了。

然而，一场风暴，梦想被扑灭了。她面对的现实是：是否要嫁给一个穷困潦倒、有孩子却没文化的庄稼汉？

或许，这根本不是惟一的选择，可是她的思想已经钻进一条窄胡同了。

说也怪，这个时候她什么也不愿多想，想多了会增加更多的烦恼。也不愿和任何人商量。命运好像是从偷出户口本那天就决定了似的。一股意气驱使她作出了最后的抉择。

二万子相当吃惊。这是他从未敢企望的，也是不敢接受的。可是，他并没有打退王村钰的决心。

1971 年中秋节前一天，王村钰没让梁海燕插手，做了些炸糕，又烙了些馅饼。捡出当天吃的，其余的收起来留给第二天过节吃。一切都准备好了，王村钰才告诉梁海燕：明天她要和二万子结婚了。

她怕她的好朋友过节感到孤单、难受，因而特意准备了那些吃的东西。

梁海燕一听就哭了，王村钰也哭了。这一夜，她们俩是盖着一个被窝，紧挨在一起度过的。

这桩婚姻，填补了一个家庭的缺损，却导致了另一个家庭的分裂——因为王村钰不听劝阻硬是嫁给了二万子，激忿之下，她的家庭和她断绝了关系。

两孔破窑洞。三床旧铺盖。囤里无颗粮。外债一大摊。还有三个衣不遮体的孩子。家，这就是王村钰的新家。

她就在这样一个家庭里开始生活了。

首先要适应的，不仅是从北京学生到农民“婆姨”的转变，还有从姑娘到母亲这个更为巨大的转变。

后边这种转变，一点过程也没有，突然得令人一下子很难调整过来。孩子自然暂时还不会叫她“妈”，但眼前这三个活生生的存在，不容分说地规定并时时提醒着王村钰的身份。恍惚之中她有时不敢相信这是事实，不敢相信自己已是身为人母的人了。她总觉得自己还很小。她生火做饭，二万子大声吩咐孩子："给你妈抱柴去!"她提水准备在院里洗衣服，二万子冲孩子喊："给你妈让开路!"——每当这时，她就止不住脸热心跳，低下头，不敢正眼看孩子。有时，孩子在那里玩耍，或者在做什么事情，她会在一旁默默地注视半天。通常的情况总是这样：开头，她像面对一件十分费解的事物，她与这件事物之间，仿佛隔着一种古怪而神秘的东西，不能沟通，不能确定它的真实含义，而且愈费心思愈隔膜，愈难以理喻——尽管她曾经与之亲近过。渐渐，一些具体的东西转移了她的注意力，那是孩子衣肩上的一个破洞，是一张肮脏的小脸，或者是正在吃力干活的一副瘦骨嶙峋、可怜巴巴的小身板……这个时候，一切玄妙的思想便被内心涌出的一股酸楚的感觉冲跑，一种说不清的力量开始推动她，让她去贴近那些孩子，去怜悯、去爱、去保护他们。随之，仿佛从深沉的睡梦中唤醒，也像从一个极其遥远的一直在内心隐藏着的世界里生出，一种陌生又温馨柔顺的感情出现了。母性开始在她身上苏醒。

她不光是二万子的妻子，还是三个孩子的母亲。她非常吃力地从感觉上把这两点调整顺了。

她必须尽到妻子和母亲的责任。

她把她的衣服全部翻出来，灰的蓝的，改一改，给三个儿子穿。花的没用，她也拆了，给二万子和孩子做棉衣里子。还有一件毛衣，是她临插队时，妈妈见她身上那件已经破旧，特意去西单商场给她买的。她很喜欢这件毛衣：淡绿颜色，元宝针，穿上又合身又暖和。她拿在手里犹豫了半天，终于狠狠心，还是拆了。在阴凉秋夜的煤油灯下，她用拆下的毛线织了一双大人和四双小孩的毛袜——送给大哥抚养的小女孩也有一双。

王村钰走进这个家庭三个月后，孩子们开始叫她“妈”，先是老三叫，随后，老大老二也这样叫开了。

这是一个过于穷困，用当地话讲是“烂包”了的家庭。吃的没有，用的没有，孩子多，劳力少，生产队又是个穷队，政策把人拴得又很死，不准干这，不准干那，只准你在队里的土地上刨挖。社员指靠的是生产队，指靠生产队惟一的办法就是多挣工分。

队上实行评定工分制，男劳力每天最高十分，女劳力只能挣六七分。二万子在黄河上扳船，是个又苦又危险的差使，每天拿十分工。王村钰随妇女们出工，每天七分。她不甘心。她瞅准了另一件能挣十分工的活儿：喂猪。队上有十多头猪，由一个饲养员喂养。以往饲养员由男劳力担任，现在她想把这个活儿揽过来。

可是队干部不放心。

“这活儿不轻松哩，垫土、掏圈、下井沟驮水，你行?”

“行。”

“还担责任哩，十多头猪，要是病了死了……”

“我不会让队上吃亏的。”

活儿争到手了。

怀着热辣辣的希望，王村钰用她瘦削单薄的身板，挑起了猪场沉重的食桶；二万子用他病后康复的强健的双臂，在黄河上披风斩浪。

到了麦收后分粮的时候。

街畔上、窑背上，响过匆匆的脚步声。有人相互大声打招呼，有人询问一个人能分多少斤，谁扯长脖子紧火火在喊叫儿子的名字，还有人粗鲁地和谁家的婆姨高声笑骂。人们一直盼望着这一天，从春月里盼到现在。已经揭不开锅啦，新麦打下啦，要分给社员啦！村子里被一片喜气笼罩了。

二万子家里却出奇的沉闷。

“去吧。”王村钰把口袋拿到二万子面前，轻声说，声音里含着一丝凄凉。

二万子勾着头蹲在地上抽烟，没有动。

“分粮啦！分粮啦！都挟上口袋往场里走！”队长的喊声又从街畔上传来。

外边闹嚷嚷的声音愈使这个家庭的气氛显得沉重。春末家里的粮食就光了，从别人那里借了些，自留地麦子打下来，先还了人家，家里眼下又快没啥吃的了。好不容易盼到队上分粮，可是粮钱是要当即就交的，不在分粮现场交钱，粮食就别想拿回家——可怜的生产队，想用这种办法巩固集体的根基。钱，钱，家里连吃盐钱也没有，哪儿来的这一笔为数不小的粮钱呢？

令人伤心的是，二万子和王村钰累死累活地干，工分没少挣，然而工分不值钱。欠生产队的陈年老账，连零头还没有还清哩。

“还是得去。”王村钰又一次说道，口气里透出一种无可奈何，“跟队干部说说，先把粮食领回来，缓后再补交粮钱，看行不行。”

二万子仍旧满脸苦相蹲在那里不动弹。王村钰拿起口袋，准备出门。

二万子站起来，拦住她。这个粗手粗脚的汉子，心里有一点不含糊：这号事，不能叫婆姨去伤脸作难。他从她的手里拿过口袋。

他来到打麦场上。

队长挨家挨户叫名字了。叫到谁，谁就装粮，然后过秤、交钱。会计在那里拨弄着算盘珠子，出纳把交来的粮钱装进一个小匣子里。那是一个用生漆漆了的梳头匣子。二万子缩在人后，看着那个匣子发呆。

有几户交不起粮钱，向队长乞求先把粮装回家，队长黑着脸没答应。念到二万子的名字了。他什么也没说，先装粮。

装了粮，过了秤，出纳说："钱哩？"

二万子挺着脸，说："没钱。"

"没钱往库窑里扛。"队长走过来，毫不留情地说。

"家里揭不开锅了。"二万子说。

"往库窑里扛。"队长看着他说。

"娃娃都饿得哭哩。"二万子又说。

"往库窑里扛。"队长把脸扭向一边，但毫不松口。

对于交不起粮钱的人家，粮食可以分，但必须放进生产队库窑里。什么时候拿来钱，什么时候再把粮食领回。而且，这种保管不是没有期限的，期限一到，仍拿不出粮钱，生产队便有权处理这些粮食。

二万子强忍着男人的眼泪，把一家人等待糊口的粮食，扛进生产队的库窑。

回到家里，他往炕上一歪，倒头便睡。

王村钰知道自己的想法落空了，垂着头，在炕沿坐了一会，问身旁的大儿子："明天楼底是不是逢集？"

大儿子正用一双孩子的忧伤的眼睛看着父母亲，他开始懂事，知道替大人分忧了。他回答说逢集。

第二天，王村钰把一只公鸡、两只母鸡，还有八丈五尺布票交给二万子，让他拿到集上去卖。鸡是去年的鸡娃，公鸡正叫鸣，母鸡正下蛋；布票是公家发给全家五口人的，一寸没用。无论如何，粮钱得凑起来，能凑几个是几个，一点点凑吧。

假如北京家里知道她眼前的处境，虽说与她断绝了关系，只要她张口，肯定会帮助她。但她不愿张这个口。在所有北京知青面前，她更是保持着一股子硬气，从不愿接受他们的同情、怜悯和帮助。她与二万子结婚后，他们慢慢承认了这个事实并改变了态度，连那个李伟，有一次也内疚和同情地对她说：过去他们对不起她，今后她有什么作难处，说一声，他们都会帮助她的。她谢绝了这种真诚的好意，连她的好友梁海燕对她的同情，她都不能接受。接受同情和怜悯，就把自己摆在了一个可怜虫的地位，这是她自尊要强的性格不能忍受的。自己的路得自己走，她认定这一点。

二万子带着他的出售物，来到楼底集上。

他魂不守舍地在集上转了转，寻了块地方，把缚着腿的鸡往脚前一扔，蹲了下来。他知道，即使带来的两样东西都能卖个好价，也解决不了大问题。他心里一直思谋的是：想啥办法、去啥地方弄些钱来？

三只鸡没费多大工夫就出手了，价钱也合适——两只母的卖了四块八，一只公的卖了一块七。可是布票想脱手就得费点事了。布票是国家禁止买卖的东西，带着红袖圈、专门打击投机倒把的集市管理人员，在人窝里威严地巡视着。一旦叫他们发现你在卖布票，没收了东西不说，人非被扣到公社去不可。二万子不敢声张，做贼似的蹓来蹓去，暗暗物色着买主。

他已经失败了几次。先看见一家人正在扯订婚衣服，心想他们一定需要布票，便将其中一个主事模样的中年妇女叫到一边。人家不要。接着看见一个身上穿得破破烂烂的人，诡模蹓道地在人丛中东瞅西瞄。他悄悄凑上前，扯扯那人的衣襟，问他是不是想买布票。那人却从破衣襟的遮掩下，亮出一副石头眼镜，问他要不要——原来也是个做黑市买卖的。

终于，有个穿制服的小伙子愿意买他的东西了。可是价钱说不到一块。他说四毛钱一尺——这是黑市的“官价”，小伙子只给两毛。差得太远，他没答应。小伙子不撒手，跟他磨着，说话的声音越来越高。他生怕被那些戴红袖圈的人发现，想走，却被小伙子拽着脱不开身。“哈哈，想走？你走不成！东西我买定啦！”小伙子不怀好意地笑道。这时他才明白，对方是个“黑皮”，就是想抓住他的短处敲竹杠。他心虚胆怯，牙一咬，妈的×，吃个哑巴亏，认了。要不眼前这“黑皮”会叫他倒大霉。他退了一步，对方也退了一步：三毛钱一尺，八丈五尺布票全卖给了小伙子。

他窝着一肚子气，在一个人少的墙拐角蹲下。他不知道回去怎样向王村钰交代。她不会责怪他，可是这会让她伤心的，也显得自己太无能。怀里只有三十二块钱，离交清粮钱差得远哩，回去还是把粮食弄不回家。他心烦意乱，咋也想不出好主意，蹲在那里一锅接一锅抽闷烟。

就在他唉声叹气的时候，一个人凑到他的跟前。这人他认识，是薛家梁的，曾坐过他的船从山西那边往这边倒贩过粮食。今天刚到集上，他曾悄悄托付此人给他留心打探谁想买布票。

“卖啦?”这人问。

他垂头丧气地“嗯”了一声。

“脸色咋这么难看?”这人吃惊地瞅着他的脸。

他把刚才遭遇的事情说了一遍。

“妈的×，叫他驴日的把布票拿回去扯孝布!”

这人骂完，挨着二万子蹲下来，脸上神气一变，兴奋地压低声音说:“想不想撸他一把?”

二万子纳闷地望着对方，解不开是啥意思。

“冯家圪塄摆开了场子，有人一天一夜就撸百儿八十，发了大财哩!”

二万子明白是请他去上赌场。他身上哄地腾起一股燥热，脑子里咕咕突突涌起滚水似的响声。他惊骇地望着向他发出邀请的人，站起来，仿佛哪个部位不舒服似的，身体来回扭动着，呼吸也不均匀了。站了一会儿，又蹲下，蹲下不久又站起来。末了，痴呆呆地愣怔了一阵子，突然下了决心似的，朝地上啐了一口，沙哑地吐出一个字:“走!”

在街上，他碰见本村一个赶集的，托他给王村钰捎话:他寻亲戚弄钱去了，一半天不定能回家。

王村钰在家等二万子，等了三天。

这三天，她是在深深的不安和愈来愈沉重的担忧中度过的。二万子只托人笼统地说寻亲戚弄钱去了，寻哪个亲戚?她把所有亲戚在心里过了一遍，全是穷家小户，不可能弄来钱。为什么走了几天还不回来?是不是出外去做什么黑市买卖?这个时节，西红柿、笋瓜、莲花白，都才下来，倒贩这些东西是要被当做投机倒把抓起来的。想到这里她在家呆不住了，她要把事情弄确实。她跑到捎话人那里，详详细细再把当时的情况——他是啥时在啥地方见到二万子的，二万子手里拿的啥，话究竟是咋说的——又问了一遍。从人家的复述中，她仍然得不出肯定的判断，只好仍旧满怀焦虑地等待着。

第四天头上，二万子回来了，王村钰看见他大吃一惊：两只眼睛又黏又红，布满了血丝；头发乱蓬蓬，两块腮帮子深深地坍陷进去，脸上是一种死灰灰的土灰色。王村钰慌忙把他迎进窑，打来洗脸水，又端上喝的，惴惴不安地问："这几天你去哪儿啦？"

二万子咕嘟咕嘟喝了一缸子水，嘴一抹，说："弄钱去了。"

"去哪儿弄钱？"

二万子没回答，从怀里掏出一把票子，往王村钰手里一擩，两只脚一蹭脱了鞋，仰头往炕上一倒。没待王村钰回过神儿，他那里已经鼾声连天了。

王村钰看着手里的钱：有大张，有零角儿；有新崭崭的，也有皱巴巴的，显然比卖鸡卖布票的钱多——是从什么地方弄来的呢？她心里很不稳实，推推二万子又问了一遍。

二万子在迷糊中说是抹花花赢的。

开头她没有反应过来。片刻后，她醒悟到是怎么回事，手里的钱哗啦一声撒落在地上，她像泥塑一样呆在那里了。

"你起来！起来！"接着她便大声嚷叫。她的嘴唇发抖，声音变了调儿。

二万子懵懵怔怔地坐起来。

"你去赌博啦？"

二万子从来没见过王村钰脸色这样难看，有点发慌，瞌睡一下子消失了。“没有输，赢了。”他想叫王村钰放心，“赢了三十多块哩。”

王村钰的心里一阵刺痛。她盯着蜷缩在炕上、满脸堆着茫然不解神情的丈夫，突然间觉得她和他之间一下子拉开了很大距离，他变得遥远而陌生。她不相信她所爱的那个朴实本分的二万子，就是眼前这个摇摇晃晃刚从赌场归来的男人。天哪，赌博！这是那些地痞、流氓、败家子、二流子、不务正业之徒才干的事，从小她就在脑子里树立起了这个概念，而今天，她的丈夫，她所疼爱的人，居然也加入这行列里了，他的身上，居然也沾染上了这种恶心人的坏毛病，多么可怕呀！

二万子摸不透王村钰的心思，以为她担心另外的事情，解释说：“公家干部咋也不会知道，那个地方僻背得很。”

王村钰真想说：“我倒希望人家端了你们的窝子！”她压住心头的火，冷冷地说：“赌博不是正经人干的，你知道不知道？”

“唉，顾不了那么多啦。粮拿不回来，事情把人往绝路上逼，咱不会造钱，也不会坑蒙拐骗……”

“那就只有上赌场？”

“照你的想法，卖鸡，卖布票，完了还卖啥？”

“没有啥卖的，咱也不能去卖脸皮，卖人格，卖掉正经人的气味！”

二万子还想分辩，看见眼泪从王村钰脸上流下来，看见她瘦削的肩头抖动得那样厉害，便不再做声了。

这是婚后王村钰与二万子第一次冲突。

Y县的人们知道王村钰与二万子婚姻的人们，其中不少也知道二万子赌博的事。他们向我谈起这一点，露出不无鄙弃的神情。不知二万子知道不知道我对此已有所了解，他倒是很直率地对我把事情经过讲了一遍。“就那一次。”他说，态度认真得仿佛谁在办他的专案，“逼急啦，是沟是崖也得往下跳。有些人议论我二万子咋哩咋哩，他们知道个啥？老实说，不是王村钰拦挡，我还想再下几回场子。咱不算糊脑子，手气好点，不敢说多赢，把粮钱撸回来不成问题。我是看王村钰伤心，才收了这门心思。”

他讲的是真话。

我什么也说不出。他勤劳、质朴、坦诚，但他终归是个缺少知识文化的农民，在精神深层结构上不可能不带着属于他的一些独有的特征。王村钰突然间觉得他遥远而陌生，实际上是看到了她不熟悉的他那精神深层东西的偶尔闪现。

她能理解这一点，她能原谅他吗？

苦难的生活把王村钰推上了一条漫长的痛苦挣扎之路。

挣扎是在两个泥沼里进行的，一个是穷困的物质生活的泥沼，一个是痛苦的精神生活的泥沼。

在物质上，家庭生活一直在最低水平线上运转着。她必须筹划每一分钱的来源，每一根线的用场；她必须俭省到每一撮盐，每一根柴。惟有在一件事上她是慷慨的，这就是花钱让孩子上学。二万子见日子过得这般艰难，几次动议让正在上学的老大老二辍学回家，王村钰没有答应。做父母的应该担负什么责任，她很清楚，并决计毫不动摇地加以履行——尽管她不是一个亲生母亲。她在亲戚家代孵了一窝小鸡，又从队上猪场赊账逮了两个猪娃，精心饲养起来。小鸡长大，下蛋了，她一个也舍不得吃，攒起来换回盐钱、醋钱、孩子的本子铅笔钱。两头猪到了出槽的时候，别人劝她能卖赶紧卖掉，留在家里万一闹点毛病怪担风险的，她却一天拖一天地不去交售，只盼着能再大些、再肥些，好多换回些粮钱。每天，在队里猪场忙完，她就钻进沟里去给自家拔猪草，回到家里腰半天直不起来。布票全卖了，大人孩子身上的穿戴必须从她手下出。生产队每年每人分一斤棉花，二万子的前房留下一架纺车和一架织布机子。每天夜里，在如豆的灯苗下，她半夜半夜地纺线。开头不会，扯线的手不是轻了，就是重了，不是快了，就是慢了，和摇轮子的手配合不起来。她也不会盘腿坐在纺车前，坐不大一会儿，两腿就酸疼麻木。她耐着性子学习，咬着牙磨练，一点一点，一天一天，终于把棉花纺完，上织布机不是一天两天能学会的，她请来二万子的姐姐帮忙把布织出来。此后，她身上的穿戴也都变成家织布的了。

如果说极端困顿的物质生活带来的痛苦她还扛得过去的话，那么巨大的精神生活上的痛苦，有一段时间差点将她击倒。

队上的知青，陆陆续续蹦了出去：有的被招工，有的被提干，有的参了军或上了学，剩下的寥寥无几。其实她早已从知青圈子里跳了出来，已不介入他们那群人的生活。而无论知青，还是当地人，也都已经把她看成是“二万子婆姨”了。虽然如此，每走一个知青，她的心里仍免不了要激起一阵复杂难言的波澜，他们走时都来看她，她也去送人家，这个时候往往会出现这么一种尴尬局面：走的人为了不刺激她的情绪，总是极力掩饰自己的兴奋之情，而她为了显示轻松和淡然，总要做出高兴或者若无其事的样子。其实一切于双方都是心照不宣。这种谋求平衡的努力使人更易品味出一种悲酸，也使她对自己的处境了解得更为透彻。还是那个李伟直率，他被招到宝鸡一家工厂，走前来与二万子和王村钰道别。他不知在哪儿喝得东倒西歪，一进门，先给二万子扔过一包纸烟，然后劈头盖脑便对王村钰说："唉，如今惨的就是你啦！把根儿扎在这鬼地方啦！"他又挥挥拳头，"不过不要死心，天无绝人之路！"几句话，把王村钰虚假的轻松敲得粉碎。她第一次无遮无拦地体验到了内心的真实痛苦。

潜藏在内心的还有外加的一种痛苦，这就是对于家里亲人的思念。

和家庭断绝关系后，有一段时间，她什么也不愿去想。村里的知青回北京探亲，或者北京家里给他们寄来吃用的东西，他们总要兴奋一阵子，而她则极力保持着心里的宁静，躲避着这种情绪对自己的刺激。但她骗不了自己。无论她怎样强制自己，心里的一角仍是那样敏感，就连一些莫名其妙的事情，也能引起她情绪的波动。

一次在猪场喂猪，她等着猪吃完食好清理食槽，靠着短墙，茫然地望着西天一片火红的云霞。望着望着，脑子里突然闪现出小时候一幕情景：一个黄昏，妈妈领着她和弟妹们散步，当时西边天空正燃烧着一大堆火红的云彩。她发现有一块云彩特别像一只弯角鹿。她为这个发现而兴奋异常，指点给弟妹们，弟妹们却看不出来；她指点给妈妈，妈妈也看不出来。她是那样失望，甚至非常委屈。这已是许多年前的情景了，现在重新浮现在眼前，竟是那样清晰。一种酸涩的感情一下子涌进她的心里……

其实，她一直觉得自己对不起父母，对不起一家人。她执拗地没有听从他们的劝阻，已经刺伤了他们的心；他们在气头上宣布和她断绝关系，她干脆梗起腔子硬顶牛，无疑更加深了他们内心的创伤。不论怎么说，亲人们是为她着想，为了她好。她理解这一点。可是，事已至此，她不硬着头皮往前走，又能怎样呢？目前这样一种处境，她能回到北京家里，站在亲人的面前吗？

一天夜里，她看见弟妹搀扶着父母亲，直直朝她的窑洞走来。她惊呆了。她看见父母亲变得异常苍老，走路颤巍巍的。他们见了她不说话，只是往窑洞里走。他们已经不认识她了。她喊他们，他们仍旧不理睬，却和二万子拉起话来。妈妈告诉二万子：爸爸得了冠心病，高血压引起的。妹妹不知从哪儿拿出一只听诊器，让二万子听……

二万子听见她呜呜地哭，把她摇醒。醒来后，她反倒哭得更加伤心了。

此后，她是那样渴望得到家里的消息——爸爸妈妈的身体怎样？爸爸会不会真的得了冠心病？还有弟妹，他们长得多高了？他们想她吗？……有多少次，她想鼓起勇气迈出突破性的一步——打破僵局，给家里写一封信。决心下了一次又一次，最终又都痛苦地打消——她不知道父母亲能不能原谅她。

就在这种情境下，家中的破窑里又多了一条生命——她生了个男孩。

王村钰和北京家庭恢复关系的时候，孩子已是一岁半了。

其实，千里之外的亲人，又何尝不思念她呢？思之愈切，怨之愈深，在爸爸那里，这一点表现得尤为突出。逢年过节，他在家休假的日子，一家人高高兴兴，可是谁不经意提起村钰，他的脸色一下子就变得非常难看。然而夜里有几次，村钰的妈妈听见，他在睡梦中喃喃地呼唤着女儿的名字。

直到王村钰有了孩子，无论多么痛心的事实也不得不承认了，妈妈才代表一家人给女儿写了一封信：希望她回家与亲人团聚，还有女婿和外孙。

这时孩子已经一岁半了。

接到妈妈的信，王村钰哭了一场。

她和二万子商议回京的事。

首先是去哪儿弄盘缠。有了小儿子，多了一张吃饭的嘴，家里的日子更艰难了。妈妈寄来回京的路费，可是回来呢？在北京的花销呢？还能向家要吗？不，不能再要了。不是几个钱的事，而是让父母亲知道了他们的处境会伤心，商议来商议去最后决定卖掉家里一头尚未出槽的猪。回家的路线也待确定——可供选择的有两条，一条是从楼底坐班车到县城，再换长途班车到山西临汾，然后转乘火车抵京；一条是从他们村过黄河，抄近路步行七十里到山西吉县，然后坐班车到临汾倒火车。走后边这条路线，两人能省八块多钱的车票。他们选择了后者。

他们启程了。

他们首先必须泅渡黄河。

半年前，一次武城逢集，那边猪好交售，人们纷纷去交售猪，渡船上挤满了人和畜牲。船行到河中间，邻村一个小伙子不小心掉到河里，尽管扳船的二万子当即跳下水去拼死搭救，还是没有把人救上来，二万子自己也险些丢了性命——他直追得精疲力竭，呛了几回水，勉强挣扎游回岸上的时候，已经不会动弹了。队上花了二百块钱，赔偿给死者家属，又扣了二万子五十个劳动日。此后，二万子说死说活也不在船上干了。他不干，没人再敢接手，这里的渡船从此也就取消了。

二人带着一岁半的小儿子，来到黄河岸边。

这是一个好天气，河上风平浪静。太阳把河水映得明晃晃的。黄色的巨流舔着岸边铁锈红的石头沉缓有力地向前涌去。不知从哪儿——是从水面，还是从看不见的河底，或是从大地的腹中——发出一种沉闷滞重持续不断的隆隆之声。这条河流淌了五千年，流淌了一万年，它有过暴怒异常的时候，但今天却温柔得如同酣睡过去一般，露出一副宽厚慈爱的模样。那隆隆之声是它睡梦中的呼吸抑或鼾声？这神秘的声音足以给人壮胆，也足以使那些懦怯的人丧胆。

二万子用带子把孩子捆在背上，把三人脱下的衣服，以及要带到北京去的一堆土特产，塞进一只浑退，还有一只浑退是他自己压的。王村钰一直没有学会压那整羊皮做成的玩艺儿，她靠的是纯粹的游泳本领。她站在水里，回头看看二万子，他仍在岸上磨磨蹭蹭。

“快呀！”她喊。

“我不想去了。”二万子声音闷闷的，“咱这么土，去见你家里人，人家认不认咱哩？”

他的这个想法曾经向王村钰说过多次，王村钰让他放心。这会儿都上路了，他又犹豫起来。

王村钰说：“你就这么窝囊？我们家里人会把你吃啦？那好，你不去，咱们回。”

二万子手抠着脚趾头，思忖了一阵，说：“那咱先说好，到了北京，你把车票钱给我，你家里要是嫌弃咱，我拧身就回家。”

王村钰说：“可以。”

二万子给浑退吹饱气，点了一锅烟，把一顶破草帽往头上一苫，用手拍拍背上儿子的光屁股蛋，大声说："甭害怕，咱到北京逛去呀！"说罢，把两只连在一起的浑退往河里一扔，身子往前一扑，下水了。

两个大人，一个孩子，从黄河的浊流里穿过，游到了对岸。

八块钱省下了。

穿好衣服，在一条石缝里藏好浑退和草帽，他们向吉县赶去。

假如没有从王村钰和二万子口中得到证实，我怎么也不会相信人们向我叙述的这样一个荒诞的事实——背着孩子游黄河，只是为了省出八块钱。

他们两口子向我叙说这件事情时，口气是平淡的，平淡得近乎麻木。"那有什么？干嘛那么大惊小怪？"王村钰很有些不以为然。"有浑退哩，没啥害怕的，常在河上过来过去哩嘛。"二万子也漫不经意。

也许，对他们来说，生活里的恶浪经见得多了，大河里的恶浪并不那么可怕——我这样想。

在漫长的苦难中，王村钰和二万子熬到了1982年。

他们婚后十一年的岁月里，中国大地上发生了许多重大变化，他们的生活也在变化之中——老大振民十七岁时参了军，服役两年，如今已经复员了。老二振国在学校念书，目标瞅准了中专，一心要考上。老三振邦念书念到小学毕业，再也学不下去，回家参加了劳动，年龄不大，但能顶一个人干活了。王村钰又生了个女孩，现在她和北京家里的关系已经完全正常了。她的好友梁海燕为了和她做伴，后来也嫁给邻村一个农民，当年那一帮子知青，如今只剩下她们俩了。生产队分田到户的时候他们家分得十几亩地和一头牛。日子慢慢好起来，再不用为糊口而熬愁了。只是用钱上仍旧困难。光阴不催人自老，皱纹爬上了他们的额头，尽管这一年二万子四十岁，王村钰才三十一岁。

最大的变化，是王村钰在这一年参加了工作。

这一年，县上为与本地农民结婚的北京知青都安置了工作。王村钰被安顿在楼底公社卫生院当护士。

这是件好事情。

但王村钰迟迟没有办手续。她有她的考虑。

她首先想到的是二万子。婚后多年来，虽然她曾有过对二万子不满意的时候，甚至在极端窘迫中，想起当初的天真任性，偶尔也产生过懊悔。但总的来说，主宰她的全部精神的，仍是那股执著地与生活拼搏的劲头。人生的经验大多都是一次性的，后悔管什么用？咬住牙朝前奔，总会有希望。何况最重要的一点并没有错，那就是：二万子爱她，她也爱二万子。这是在苦难中建立起来的爱情，是在苦涩的泪水中浸泡和滋长起来的爱情。固然，二万子是个农民，是个粗汉子，身上带有许多缺点，但他的勤劳、善良、诚实却是实实在在的。在温饱问题处于生活首位需要加以解决时，这些品质特别能打动王村钰的心。他对她的爱是炽烈的，炽烈得甚至有些蛮横，像头雄狮似的享受和保护着他的爱。他有一种摆脱不掉的担心：怕有一天她会突然离他而去，这种莫名其妙的担心她看得很清楚。如今，她出去参加工作，而他继续留在村里当农民，他会怎样想？会同意吗？而且，在当地人的眼中，这无疑是夫妻关系中一件颠倒了的事情，他的自尊心能接受吗？其次，假如她真的出去了，家里四五条汉子，日子谁来料理呢？

她应该同二万子商量，但她迟迟没有开口。

这天，梁海燕来了。她被安置到农业银行楼底营业所，与卫生院只隔一家邮电所。有了工作，又可以同好友朝夕相处，她显得非常高兴。这个甘愿牺牲自己前途留在农村陪伴朋友的义气女子，如今也是两个孩子的母亲了，她的丈夫在小学当民办教师。她已办好了一切手续，只等着去上班了。

听王村钰诉说了顾虑，她问："尽考虑他们，你对自己的想法呢？到底是愿不愿意出去呀？"

王村钰说："这还用问，怎么不愿意？"

"这不就得啦！"梁海燕果断地做了个手势，"别瞻前顾后的，办手续，上班。"

"还没跟二万子商量，不知他心里怎样想。"

"这好办，我跟他讲。"

二万子正在院子里劈一棵老树根，梁海燕把他叫进窑里。他赤裸着上身，头上、背上滚动着汗珠子，喘着粗气问："啥事？"

"你先坐下。"梁海燕说，"你说，这些年王村钰对你怎么样？"

"问这话啥意思？"

"你先说对你怎么样？"

"好着哩。"二万子回答，接着又说："好得很。"

"对孩子呢？"

"也好得很。"

"既然如此，现在县上给我们这些人安排工作，王村钰想出去。你该不会拦挡吧？"梁海燕的口气咄咄逼人。

二万子躲开梁海燕逼视的目光，走到水缸前，操起马勺先向肚子灌了一气凉水，然后用臂弯抹抹嘴，在地上蹲下来。

“村钰没有给我说，不过我知道有这回事。”他蔫蔫地说，“事情是好事情，不过听说这次招的是合同工，合同工不算国家正式职工，一个月三十来块钱，家里的责任田还没收。咱们嘛，嗯，先算算这个账，看看出去留下，到底哪头划得来。”

“你们商量过不是！”梁海燕一听就冒火。“我那蔫萝卜（她常常这样称呼自己的丈夫）也是这口气，话都一模一样。划来咋？划不来咋？我们这些人还没替你们牺牲够？招出去就是不挣钱，该养活你们也得养活。我对我那一口子是这么讲的，今天对你也这么讲。”

二万子脸红口吃：“我不是这意思，不……不是这意思。”

“你们太自私了。”梁海燕一点也不会饶人，继续数说道，“只想着人家老老实实给你当婆姨，从来不想人家咋到这儿来，咋跟了你们，最后会落到哪步田地。哼，跟了你们，后悔死了！”

王村钰见梁海燕越说越远，忙把她制止住。梁海燕说的都是憋在心里的话，但她觉得，她和梁海燕的情况不同。梁海燕结婚没多长时间，就跟丈夫闹不到一块，这多年是凑凑合合过下来的，现在恨不得甩开丈夫走得越远越好，而她确实对她的这个家有感情，与二万子深深地相爱着。她应该把事情考虑得周全些。

她对二万子说：“你再想想吧，看究竟出去好，还是不出去好。”

二万子似乎突然间拿定了主意，蹲在地上，头没抬，声音低沉却透出一种果决，说：“不用想了，明个你去办手续。”

王村钰在楼底卫生院上班了。

命运的转机给她即将逝去的青春带来了新的生气。她给北京家里写信，报告了这个消息。爸爸妈妈、弟弟妹妹立即写信向她表示祝贺，字里行间流露出掩饰不住的欣喜。卫生院给她分了一间旧房子，她用了一天时间打扫粉刷，然后精心做了布置。多年来，她对自己的生活环境从没有讲究过，条件不允许是个原因，主要是没有那份心思。现在，她的内心却涌出一种新鲜的、以往未曾有过的意愿：想生活得认真一点。卫生院一共六七个人，院长是个老大夫，他喊她“小王”。老院长开始喊她时，她很不适应，总以为是在喊别人，待明白过来是喊她，又很不好意思答应。她的心里像拨动了一根琴弦，铮铮嗡嗡半天不能平静。在村里，人们大都喊她二万子婆姨，在家里，几个大小伙子开口闭口妈长妈短地叫她，这使她觉得自己已经很老了，好像年轻的时光早已辞她而去。可是在这里，“小王”这个脆生生的称呼落到她的头上。她认真一想发现自己刚满三十一岁。这个年龄并不老呀！这个发现使她生出一种鲜活清新的感觉，生出一股勇气和自信。我不老呀！我才31岁！她在心里大声对自己说。

临来卫生所上班前，转完粮食关系那一天，她把孩子们叫到面前。那天是星期日，在八十里外石霞镇读初中的老二振国，正好回家背粮，孩子们都齐了。她郑重而又仔细地把家里的事情向他们作了安排。

“我同你爸商量过了，”她对孩子们说，“不过你们大了，有些事情，必须向你们交个底。”她从家里吃穿花用谈起，谈了地里的春种秋收，家里的猪牛鸡羊，谈了她对过日子的计划和安排，最后谈到孩子们自己的事情。老大振民已经二十岁，从部队一回来，就有人提亲，依照当地风俗，这个年龄成家已不算早。问个媳妇，最少得花一两千块钱，家里得再箍一孔窑，否则办喜事连地方也没有。老二跟着也上来了，问媳妇还得花钱，这些事情怎么办，她把一步一步的打算讲了。老二振国书念得不错，她决定即使再艰难，也要供他念下去，并且让哥哥弟弟都能理解这一点，老四老五都还小，暂时没有啥要操心的。谈罢这些，她加重语气，仿佛下了很大决心似的说："不论咋说，我每月多少有些收入。我要尽我的力量使你们都能成人。我不会懈气，你们也都要争口气！"

孩子们静静听着她的话，个个神色庄重。她在他们面前说话，历来比二万子有分量。

卫生院有八张病床，只有她一个护士。她的工作范围包括注射、换药、护理等，这些她都得从头学起。进卫生院不久，县医院正好要办个一年期限的护士培训班，她便被派送到这个培训班学习（我初见到她时，她正在这个培训班上）。

学习是紧张的。小女儿在家无人看管，她带在身边，既要钻研业务，又要照料孩子，忙得一天到晚难以喘过气来。不只是紧张，还要为家里的事操心。县城离家远，她一个月两个月很难回去一次，她担心二万子不会操持家务，担心几个孩子不听二万子的话，还有猪呀，鸡呀，牛呀，都是要人经管的。在石霞镇上学的老二也让她惦念，这孩子很懂事，知道家里生活艰难，总是在嘴上卡自己。他会不会把身体搞垮？还有一家人头上戴的，身上穿的，脚上蹬的，她都得用心思。白天学习时，她强迫自己集中精力，不得走神；夜里，宿舍里其他人呼呼入睡了，她在床上翻来倒去，筹划着家里那些伤脑筋的事情。

一天，她在街上碰见村里一个人，得知家里的牛已经卧倒几天，不吃不喝，二万子弄不到钱给牛看病，正在家里发急。她一听也急，把身上仅有的五块钱交给那人，让他捎给二万子赶紧给牛看病。

以后几天，她一直惴惴不安。二万子给牛看病没有？钱够不够？牛到底怎么样？她一直在心里牵挂着。牛是生产队作价分给社员的，当时很多人都想分到牛，二万子抓阄儿撞上了好运气。牛是家里的重要家当和帮手，万一出个岔儿，家里可就受不了。她越想越放心不下，当即给公社一个熟人挂了个电话，让他打听一下牛的病情，对方却在电话里回答："不用打听了。"

"怎么啦?"

"牛死了。"

她只觉得头轰一下大了。放下电话，她愣怔了一会，强迫自己稳住情绪。多年来，各种各样的事情经历得多了，痛心也罢，懊丧也罢，都没用。该怎么对付还得怎么对付。眼下，她担心的是二万子受不了这个打击。

她请假回到家里。

果然，二万子的情绪坏到了极点。牛死了的消息他没敢告诉王村钰，却把老二振国从学校叫回家，不让孩子再念书了。

这事比死牛更让王村钰恼火。

"这是你做父亲干的事？死牛与孩子念书有什么关系？为什么把孩子叫回来？别说死牛，就是天塌地陷，遇上再大的祸事，孩子该念书还得念!"

二万子自己也觉得心虚，嘟嘟囔囔解释道："家里的难处你知道，供他上学原本力量就不够，如今遇上这号事，几年也缓不过劲儿，还咋供他往下念嘛。"

振国眼泪濛濛地站在一边。这孩子一心想把书念下去，可是他不好讲出来。

王村钰说："家里再难，有你有我，他们弟兄几个，只有他能学进去，能学进去咱们就供。"

她又把老二送到学校。

她给家里磨了面，卖了些鸡蛋，买了盐、醋，又腌了些咸菜，把许多事情安排好后，卷了一卷不能穿的破衣服，回到县上。

她抽空儿，把破衣服拆开，抹成袼褙，准备给一家大小做鞋用。学习之余，别人看电视、逛街道、串门儿聊天去了，她在宿舍里纳呀绱呀的。有人觉得她太辛苦，拉她去看电视，去聊天，推脱不掉，她只好跟了去，可是手上仍拿着活儿——她放不下，一针一线都得从她手下过呀！

入冬时节，县医院为每个职工买大衣，本人出二十块钱，医院补助四十块。护士培训班的学员在医院里上班，买大衣也有这些人的份儿。王村钰把大衣拿到手，试穿了一下，很暖和，她又脱下来，拿到街道商店里，托一个相识的售货员按六十块原价替她卖掉。

"你常上夜班，为啥不留着自个穿？"售货员问。

"我的棉袄厚，暖和，用不上这东西。"她笑道。其实她的棉袄里的棉花，早变成烂套子了。

卖掉大衣，等于补助了四十块钱。她把这钱一半留给老二振国，作为下学期的报名费和书费；一半交给了二万子，作为家里的零用钱。

我第一次去里底村采访二万子，是由公社一位干部陪着一块儿去的。

“别在二万子家吃饭，我找队长另外安排。”进村前，那位干部对我说。

“他家粮食不够吃?”我问。

“粮食够是够，你不知他家那样儿，坐没坐处，站没站处，还不知屋里干净不干净……”

我说：“那倒没什么。客随主便，听二万子安排吧。”

结果，二万子非常热情地挽留我们在他家吃饭。

我们盘腿坐在炕头，两个菜碟摆在腿前的光席上——一碟盐，一碟生葱。葱是二万子打发孩子刚从地里拔的，切成小段，撒了盐，浇上醋，便是一道小菜。饭是汤面片，里边除了盐，什么也没有。旱原上菜极缺，这顿饭有碟小葱，便算是对我们的特殊招待了。

坐在炕头吃饭显然是上席，老大振民、老三振邦和老四振中看来尚无这种资格，他们也好像不愿意受额外的约束，蹲在地上吃倒痛快淋漓。振民个头不小，但身体略显单薄，光着脊梁，肩上搭条毛巾，一边吃饭，一边不时用毛巾揩额头的汗水。我同他说话时，他总是腼腆地笑笑。振邦也光着脊梁，看去身体要比他大哥结实，扒着饭，鼻腔里发出吭哧吭哧的声音。他手里端的不是碗，而是一只带着长长弯钩把儿的黑铁马勺。马勺大概很烫，他用抹布衬着弯钩把儿，往嘴里扒饭的时候，很是别扭。

见我注视着老三，二万子不好意思地笑笑，解释说：“碗不够用，他用马勺凑合着吃。”

二万子不是一个对生活持悲观态度的人。饭后，他领着我在他家窑里窑外转悠，叙说着他过日子的打算。他先把我领到东边一孔破窑里。这是一孔用土坯箍起来的窑洞，没住人，只盘着一个灶台。夏天住人窑里连着炕的灶台不能用，就在这边做饭。这孔窑已经十分破旧，窑壁上的泥皮全脱落了，有几处土坯看去马上就要垮下来。二万子告诉我，目前他正积蓄力量，打算重箍这孔窑。“咱不请人，花不了多少钱，要的只是气力。”他说，语气里透出一股豪迈之气。在院子里，他指着拴在墙根的一头驴，对我讲，这是家里那头牛死后借钱买的，是头草驴。虽说借了些钱，可是眼下驴已怀驹，驹一下，就能把钱赚回来，当初买这畜牲的时候，他还意意思思，可是王村钰坚决要买，看来这一宝押准了，他还兴致勃勃告诉我，大儿子今年与一家亲戚合伙，承包了十六亩地种烤烟，年终给生产队交五百元，其余自个分。“今年烤烟长得不错，”他说，“振民一身好苦，一年下来总能拿回些钱来。”

从他的介绍中，我看到了这个家庭未来的希望。

我第二次到Y县，抵楼底那天，这儿正逢集。

在乡政府安顿好住处，我便去卫生院看望王村钰。

一进卫生院大门，我便看见王村钰正在打水。她一手提着一只大铁壶，一手抱着一个一岁多的孩子。她看见我很高兴，赶紧把我领进她的房子。

房子里聚着五六个人，看样子都是些农民，有的坐在凳子上，有的蹲在地上，有两个妇女盘腿坐在床上。房子很小，人一多，显得更狭窄了。王村钰招呼我坐下，要把孩子交给床上的女人，那孩子却揪扯着她不放。她只好用一只手给我倒水。

我问：“这孩子是……”

她笑笑回答：“老大跟前的。”

“振民有孩子啦?”我有些吃惊。这么说，王村钰已经当上奶奶了。

“老三振邦也有啦。”床上坐着的一个中年妇女笑嘻嘻地说。“村钰好福气哟，两年抱了两个孙子。”

王村钰的脸上是一种淡淡的含混的笑。

她依然那么清瘦单薄，依然那么不爱多说话。她招待着我，还要招待屋子里另外的人。她告诉我，这些人都是她家的亲戚，来赶集，在这儿喝点水，歇歇脚。床上的两个妇女都没有脱鞋，刚才说话的那个中年妇女一手端着水杯，一手抠着鞋底上的泥片，泥片掉到塑料床单上，就用手往地上刨刨。靠房门墙边蹲着一个老汉，面前摆一篮桑葚，嘴里嘟嘟囔囔计算着桑葚可卖多少钱。一个看去冒冒失失的小伙子，从谈话中听出是二万子哥哥的女婿，敞开衣襟，不厌其烦地用手搓着胸脯上的汗泥，末了，从房门后扯下王村钰的洗脸毛巾，擦胸膛，擦胳肢窝。王村钰好像早已习惯了这一切，丝毫不加理会。

问起她的家庭生活情况，王村钰平静地告诉我，除了老大老三都结婚得子外，老二振国去年考上了中专，二万子在今年年初政府给安排了工作，吃上了商品粮。

这可是两件喜事。我问：“老二考上什么学校?”

“省水利学校。”

“二万子呢？在哪儿工作?”

“就在这个卫生院，没什么正经事可干，扫地，打打杂。”

“二万子可有福气哩。”床上一直没说话的那个妇女接茬说，“成了公家人啦，啧啧，多少人眼红哩。”

这时候，房子外走进一个人来。我定睛一看，是二万子。

这已经不是我三年前见到的那个二万子了。从头到脚，已是另外一个人了。干净的白的确良衬衫，不沾一点土星的裤子，脚上趿着一双鲜亮的底儿很厚的拖鞋；头发刚刚理过，脸上很有光泽，同时显露出一种闲适怠慵的气色。

他认出了我，很是惊喜。我让他吸烟，他说戒了。和我说着话，他插空儿转向王村钰，告诉她，集上的货摊上摆出一种新式拖鞋，买主不少。

“和我这双样子差不多。”他说，同时把脚跷起来，用脚尖抖晃着那双鲜亮的厚底儿拖鞋，“不过货色不行，捏在手里硬撅撅的。”

他表现出一副很识货的样子。王村钰低头给怀里的孩子擦鼻涕，没有接茬儿。屋子里另外的人都拿羡慕的目光盯着二万子。

看来这一家人真的熬过来了。

在楼底，在里底村，在王村钰、二万子以及他们周围的人那里，我了解到这并不是一个轻松的过程。

1984 年春节，老大振民要办婚事，日子定在正月初九。

姑娘是本公社薛家窑的，读过初中，人品模样都不错，振民看上，二万子和王村钰也中意。可是要把姑娘娶过来，得花一笔钱。姑娘一家很明事理，没有多要：两份礼金（一份二百四十元），六身衣服，十二块银元。一块银元价格是二十块，没银元给钱也行。依当地风俗而论，这个数目一点也不逾外。如今嫁女，张口要三份五份礼金、十身八身衣服、二十块三十块银元的娘家多的是，二万子、王村钰对此很满意。他们估算，家里两头猪卖掉一头（另一头留下过事时宰了待客），种的烤烟一卖，多少再借点钱，媳妇差不多就可以接到家。孩子的婚事终归是一场大事，花几个钱值得。

这一年烤烟长得不错，振民暗暗算了一笔账，觉得一亩地收入二百五十元不成问题。十六亩地，除过给生产队的上缴款，籽种化肥农药以及租炉烘烤烟叶等费用刨过，至少能落二千五百元。这笔钱他与那个合伙的亲戚平分，是一笔相当可观的收入。看来，他办婚事不成什么问题了。

八月打烟叶，十月烘烤完毕。收购由县上统一组织。一个谁也不曾料到的问题，在烟叶收购过程中发生了。

这一年，上边向Y县下达的烤烟收购指标比往年少许多，而全县种植面积比往年又扩大了许多，又是大面积丰收，因而，烟叶收购不几天，计划指标就完成了。烤烟是定向销售经济作物，国家不收购，就很难卖出去，烟叶变不成钱，压在家里就成了一堆废物。

种烟的人无不焦虑万状，叫苦连天。振民虽说参过军，闯荡过外边的大世界，可是仍然是个老实角色，只会在家里摇头叹气。二万子和王村钰四处奔走，托人求情，想找点关系开“后门”把积压在家里的烟叶处理掉。路跑了不少，人也求了不少，可是一斤烟叶也没卖出去。

振民的婚期一天天迫近。礼金还缺一份，衣服只给人家买了两身，还缺四身，十二块银元，一块也没有搞到，一家人急坏了。介绍人来过几次，尽管每次来都客客气气，但二万子看得出人家已经不耐烦了。他赶紧到楼底卫生院找王村钰商量。

王村钰从县医院学习回来，工作担子压得重了，又带着小女儿，还把小儿子接到身边来上学，整日忙忙迫迫。虽说人在外边，但家里还要她操心。振民的婚事让她好生熬愁，二万子一来，她默然半晌无语。

“事到如今，你看咋办？”二万子愁容满面地说，“事情往后拖，人家答应不答应？再说有个变故咋办？不往后拖吧，手头没一点点钱……”

王村钰只觉得心里苦极了，这种苦，她在二万子面前说不出。为了支撑这个家，她紧咬牙关，鼓起劲头，越过生活设下的一道又一道难关。多少年来，她一直自己给自己打气：往前走，总有希望。她不和别人比吃比穿，不理会别人怎样以不解和怜悯的目光注视她。她强迫自己不要想得太多，不去回忆早先做姑娘时的种种梦幻。她甚至不太愿意回北京家——家里让她年年都回去——怕亲人那醉人的温爱、京华之地那诱人的现代化生活使她内心失去平衡。她只盼她的那个破破烂烂的家好起来，一家人过上正常人的生活。可是，心没少操，苦没少受，她的面前却依然是解不完的难疙瘩。哪天是个终了啊！她心里悲哀透了。

思忖半晌，她对二万子说：“不能拖。瞌睡总要从眼皮底下过，想办法吧。”

二万子满脸无可奈何的神情：“唉，要是烤烟能卖……”

王村钰说：“不去想烤烟了，贷款。”

二万子不解：“贷款？”

“听梁海燕讲，现在贷款比较容易，咱们就说买牲口用钱，这比求张三央李四借钱好。”

“贷款要还利息哩。”

“买牲口贷款的利息是六厘，很低。没什么，先把振民的事情办了，卖掉烤烟，再还贷款。”

通过梁海燕的关系，款贷出来了。振民的媳妇如期娶到家里。

这一年，振民虚岁二十二岁。

Y县早婚习俗，由来已久。我翻阅民国三十三年编纂的《县志》，在卷二十三《风俗志》里，读到男女婚嫁多在十二三岁的记载。从清代开始，官方便致力于劝改早婚。乾隆年间知县李柄的《劝改早婚示》，附录于《县志》里。全文如下：

清李柄《劝改早婚示》

为劝改早婚旧习，以免夭札，以繁嗣续，以端风化事。照得古者三十而娶，廿而嫁。非故延缓其期，盖以夫妇为人伦之始，宗祀攸关，必至壮盛之年，血气充盈，始谐配偶。故古者胤嗣繁昌，人多寿考。乃本县陋习，每于男女十二三岁时，即图婚嫁。想因情深舐犊，欲令速缔良缘；抑或愿切向平，藉以早完重负。不知男女精血未充，斫丧太早，必多夭折。即令幸免夭亡，而少年纵欲，不知撙节，以致精薄血寒，每艰生育。本邑无子之家，千居四五，均由早婚为之厉阶。又本邑择配，多女长于男，谓早得志成内助，可藉持家。不思男尚音蒙，情窦未启；女子善怀，私忧窃叹，或竟贻羞中篝，更不忍言。查早婚虽不载禁例，为人父母，亦何忍因无益之爱，反酿无穷之祸？为此痛怀晓谕，幸各细思猛省，共鉴前车，力挽陋习。虽三十二十之期，未能骤复古制；亦必俟男已胜冠、女已及笄，方议成礼，则寿算可延，后嗣可广，闺门益正，邑宰不胜颙望之至：须至示者。

振民结婚半年之后，王村钰又遇到一道难题：有人给老三振邦说亲了。

振邦刚满十八岁，说的姑娘十六，他一眼就看中了那姑娘，巴望着把婚订下来。但他知道家中给哥哥办完事后没松一口气，实在没有力量来办这桩事，也就不敢对父母亲讲。王村钰看穿了他的心思，苦苦思索几天之后，对二万子说："订就订吧，还是那句话，瞌睡总要从眼皮底下过，紧就紧一阵子，咬咬牙关也就过去了。"

其实，她的内心相当悲哀。这悲哀并不仅仅因为家里经济困难而生，主要的是她觉得振邦还小，不该早早被婚姻的绳圈套住。她很想说服振邦，让他不要这么早就决定终身大事，可是拿什么理由去说服他？让他珍视自己的前途？他的前途是什么？说早婚不好，为啥不好？早结婚早得子早享天伦之乐，不比光杆一条好？还有，她是继母，这是最敏感的，不论她出于什么动机去阻止这件合乎风俗、顺乎"情理"的事情，村里人都很容易看成是因为她和他不亲，她不愿背也背不起这个指责。思来想去，她只好让步。

她痛苦地发现，在很多方面，她已经被这块地方强大的外部力量同化了。

二万子觉得负担卸掉一个是一个，晚卸不如早卸，便也同意了。

又贷了一笔款，总算给振邦订了婚。

老大老三看来只能如此了，王村钰把全部希望寄托在老二振国身上。

振国 1983 年初中毕业，按照预定的想法报考了中专。他有他的考虑。如果报考高中，那就还要拖累家里三年；再说，高中毕业后，能不能考上大学？本地教育质量很低，考取大学太难，与其如此，不如读一个中专学校，早毕业，早工作，早给家庭减轻负担。

王村钰赞同这个想法。

第一年振国没有考上，成绩离中专分数录取线差十三分。

振国情绪低落。王村钰安慰他说："没什么，明年再考吧。"

她跑到兴寺坪粮站，把国家供应给她的口粮转到石霞中学，免得振国每月再从家里背粮，也免得他为生活上的事情分心影响学习。而她自己，自此便从家里背粮吃了。国家供应的粮食细粮多，家里大半是粗粮，她不在乎。粗粮她吃得下去。

补习了一年，第二年，振国仍然没有考上，离录取线整整差二十分，比第一年还差得远。

一考完试，振国知道这次又黄了。不知为啥，第二次上考场，心里比第一次还紧张。试题摆在面前，明明知道自己会做，可一时就是不知道该咋做，下了考场却又全都明白了。像有个魔鬼在捉弄人。从学校回到家里，他二话没说，心甘情愿地扛起镢头，随哥哥弟弟出工去了。

这件事情给家里带来了沉重的气氛，也带来了一场小小的冲突。依照二万子的意见，振国考了两年没考上，家里尽到了责任，他不成材，没说的，回家劳动算了。王村钰不同意。老大结了婚，老三也订了婚，这两档子事刚刚从她手下经过，她要改变老二前途的想法变得特别强烈。她执意让振国继续补习，明年再考。

二万子被她说服了，可是振国本人任她怎样劝说，高低不肯再去补习。两次落榜，使他觉得无颜再跨进学校大门，更无颜继续拖累父母和兄弟。他已经请村里人把那一边倒的头发剃了，光脑壳明白地显示出他当农民的决心。

王村钰劝说不动，生气了："你就这么不争气？你的骨气呢？"

他不吭声，头垂得很低。

王村钰的火气冒上来，她在孩子们面前从没发过这么大的火："别这么一副死灭灭的样子。没骨头！回到家里提锄头，就对得起你爸、你哥你弟和我啦？谁也对不起！咱家里不是缺提锄把受苦的，缺的是有文化有知识的人，祖祖辈辈都缺这样的人。原指望在你身上把这个老底子翻过来，没想到你竟这么没出息，你亏了我的心了！"

接着，她竟有点伤心，眼圈发红了。

振国的心情显然被这爱恨交织的指责打乱。他呼吸急促，鼻翼扇动，满脸赤红。他望着这个比他大不了多少，不是生母却比生母更懂得爱他的母亲，眼泪几乎要流下来。他低着头，声音沙哑，说："只要我爸和哥哥弟弟没意见，我就去补习。"他抬头望着王村钰的眼睛，咬着牙补充一句："明年我一定要考上！"

让振国再去补习考学，老大老三都不大乐意，但看父亲已向母亲妥协了，二人谁也不敢再说什么。

家里这头问题解决了，学校那头却出了问题——补习班招生也有分数线，振国的成绩离这个分数线差七分。

王村钰又开始为振国入补习班的事奔波。

她跑到石霞中学，找到校长，校长说补习班的事由教导处管。她又找到教导处，好说歹说人家也不答应，原因是像振国这一档子的学生太多，学校只办一个补习班，如果对振国开了口子，其他要求补习的学生就不好对付了。

王村钰不甘心。不能就这么结束。她打听到，石霞中学有个姓佘的老师是北京知青，与教导主任关系挺好。她找到这个余老师。在此人的帮助下，振国总算报上了名。

一年之后，即1985年，振国以全地区第二名的优异成绩，考入了省水利学校。

在楼底卫生院王村钰的房子里，我读了在水利学校当班长的振国写给母亲的一厚叠信件。显然，开创了与父兄不同前途的这位青年，对他的母亲充满感激之情。一封信里有这样一段话：

妈妈，您知道，我是特别喜欢语文的，在石中我有一个同学，也特别喜欢语文。他没有考上学，现在埋头练习写作，想自学成才当作家。他给我来信说很想写一写您，要我向他提供材料。他当然可以试一试，不过，妈妈，在我看来，写您的首先应该是我，而不是别人。我之所以有今天，我们弟兄之所以能够长大成人，我们家庭之所以能够存在并一天天好起来，里边的原因我比别人知道得更清楚。这不是听来的，看来的，而是我经历过来的。

另一封信里叙述了这么一件事情：

今天我们班举行庆祝国庆联欢晚会。同学们起哄，一定要我这个当班长的出个节目。我能出什么节目呢？我给大家讲了一个故事，是一个母亲的故事。我是用普通话讲的，很动感情，同学们也被这个故事迷住了，打动了。联欢会后，许多同学问我这位母亲是谁，她在哪儿，他们可能已经猜出了，一位女同学眼里都有了泪水。但是我没有告诉他们，我不知道为啥我不想告诉人，我只想在心里为这位母亲——我的妈妈一千遍一万遍地祈祷……

除了这种深挚的爱和充盈于心怀的敬意，这位中专生还把母亲作为一个知心的朋友坦诚地在信中叙述他如何爱上一个女孩子，倾诉爱情带给他的煎熬和烦恼，探讨人生的奥秘和意义。而凡属这类信，都是写给王村钰一个人的，不像一般信件那样写给父母亲二人。

我对王村钰的采访临结束前，遇到这样一件事：家里的老大老三为磨面的事情闹起了矛盾——老大振民喂了一头草驴，刚下了驴驹，套不成碾子，便借用老三振邦的驴。碾子正转的当儿，老三媳妇来把驴拉走了，为此两家吵起来。那天二万子正好回到家里，把老大老三好生骂了一通，可是哥俩谁也不服，矛盾解决不了。无奈中，二万子回到楼底来叫王村钰。

王村钰回去后，没有发火，也没有训斥哪个儿子哪个媳妇，兄弟妯娌一见她回来，都变得顺顺溜溜。她不是靠母亲的长辈身份，不是靠疾言厉色，而是靠她人格的力量，在这个家庭成员的心中建立起了毋容置疑的威望。

像1983年那次告别一样，我离开楼底那天，王村钰送我上车，在营业所工作的梁海燕也来了。王村钰抱着她的孙子。先天夜里下过一场雨，空气清新凉爽，高原上空一片纯净透明。车子开动，在我向她们挥手道别的那一瞬，汽车引擎的声音引起我一种奇特的联想，我想起了我曾经听到的黄河的涛声。那涛声隆隆地在我心里回响。我的视线中，抱着孩子的王村钰，此时仿佛不是站在楼底的街道上，而像是站在黄河的浪涛里。不只此时此刻有这种感觉，许久以来，我总是恍惚看到她在黄河里与恶浪搏斗的身影。这种摆脱不掉的幻象，也许正是她命运的象征。

汽车驶过卫生院大门口的时候，我看见二万子正在自个房门口那一小块菜地里耕作。他赤着脚，那双鲜亮的厚底拖鞋挂在西红柿架杆上，他朝着汽车张望，脸上挂着一种怡然的憨厚的笑容。汽车很快就驶过去了。我最后看见他那一眼，他好像在向我招手。

篇三 她的歌声

赵晓华，一个能歌善舞的女知青。初中六八届学生。插队第二年患精神病。食花椒，吞醋精，不辨麻辣苦涩。当地干部安排其与一残疾农民结合，现身边已有三男一女四个孩子。

一件阴丹蓝布褂子，皱巴巴，脏兮兮。市面上早就不出售这种布料了，这是遥远年代在农村妇女中曾经流行过的服饰。这件褂子穿在她的身上。她黏在六月太阳照耀着的斜坡上，凝然不动，仿佛一根枯木。头发灰蓬蓬黏成一团，额前朝前戳，脑后朝后戳，宛如茅草庵的两檐，即便花工夫去梳理，似乎也很难服帖。脸倒白净，眉毛弯弯，一双凤眼，下身穿一条又窄又短的灰裤子，脚上是一双新布鞋，但是有一只不知在哪儿踩湿了，黄土一扑，成了湿土疙瘩。

她面无表情，僵硬地站在仲夏的阳光下，不动；或许一个小时；或许两个小时，三个小时。

我不相信这个人会唱歌，会跳舞。把她与一个能歌善舞百灵鸟一样活泼的姑娘联系在一起，是吃力的。

可是所有了解赵晓华过去情况的人都告诉我，当年她的歌舞才华，相当突出。曾在县知青办工作过多年，现在是县志办副主任的北京知青高敏告诉我，过去县上召开知青大会，她总要动员赵晓华唱几支歌，回回博得掌声。赵晓华村里的一位姑娘说："好哩，赵晓华唱的好哩，那时我们是娃娃家，她一唱我们就拥到窑门口听。"

现在，这个赵晓华的歌声呢？——那欢乐的歌，凄凉的歌。她的歌喉哑了。她只会默然无语地站在烈日暴晒或者风雪交加的高原上，没有欢乐，没有痛苦，没有思维，甚至也没有感觉。世界在她眼中，或许只是一团模糊混沌的色块，一片恍恍惚惚、凌乱杂芜的画面；或许压根儿就是一片空白。

很有可能，那第一个晚上，她的精神就受到了摧残。

那天下大雪。所有那一批下乡的北京知青都不会忘记那个白雪皑皑的日子。火车把他们拉到富平，然后转乘县上派来的卡车。车顶蒙着帆布篷子，车轮子上装着防滑链。车队小心翼翼爬行在白雪覆盖的山道上。车内有人情绪高昂，不时扒开帆布眺望辽阔壮丽的雪原景色，毛主席的《沁园春·雪》在车厢内唱起来。她和几个人挤坐在一只破轮胎上，浑身冷得缩成一团，手脚冻麻了。她不说话，紧迫而来的恐惧袭击着她。她不敢看车厢外面，总担心卡车会翻。有人叫她的名字，让她也来唱一支，她的歌声同伴们非常喜欢听。她企图摆脱恐惧，打起精神，和大家一块乐一乐，可是办不到。会翻车——这种不祥的预感像魔影一样纠缠着她。当她推说晕车，可怜巴巴地把头伏在膝头的时候，有人看见她的身体一阵一阵哆嗦。

车到县上，天已经黑了，街道上的积雪被人踩成稀泥烂浆。欢迎的人很多，敲锣打鼓。也有很多看热闹的男男女女。他们大都穿着黑色家织布棉袄棉裤，在狭窄的街道上一堆儿一堆儿拥挤着，给这些新来的知青一种很刺激的印象。他们不明白为什么当地人喜欢黑颜色。县上的干部拿扩音话筒指挥着人群和车辆。有的车已经停下来，知青们纷纷跳下车；有的车还在泥水中往前走或者往后倒，寻找合适的停车地点。一片乱哄哄的景象。

赵晓华刚跳下车，便听见身旁不远处传来一个尖锐短促的声音。声音刺激极了。她扭头看去，只见一个黑乎乎的影子躺在一辆车轮下。她还没有反应过来是怎么回事，就听见有人大呼大叫："压死人啦！""出事啦！快！快！"

压死的是一个看热闹的小女孩。人们把她从车轮下拉出来的时候，两只胳膊还在抽搐，但是人已经没救了。

赵晓华傻呆呆地站在那里。人们乱纷纷从她身旁跑过，涌向出事地点。她被人撞了一下，猛地清醒过来，随即恐怖地尖叫一声，几乎是被本能驱使着，捂着脸逃向远处。

也许这以后她就一直没能抹去那绝望的、撕心裂肺的短促叫声刻在她心头的印痕。她常常莫名其妙地感到恐惧，不敢听见有人突然发出叫喊。来到陕北的第一印象，成了她不幸的开端。

与很多北京知青不同，赵晓华从一开始，就不愿意插队下乡，尤其不愿意到很远的陕北插队下乡。家里七口人，父亲是工程师，"文化大革命"开始不久，便以反革命罪被抓进监狱。母亲没有工作，哥哥上北工院，姐姐患小儿麻痹后遗症，是个瘫子，两个弟弟都还小，正在读小学。父亲关进监狱后不久，母亲便疯了。动员插队开始后，赵晓华没有报名，想留在北京，照料家里。可是街道、学校一天几次找上门，不走不行，她只得办了插队手续。她难以预料她走后，家里的生活将怎样维持。

她插队的村子叫里沟，地处Y县南部山区，共有十七个知青。像许多知青点一样，这是一个乱哄哄的集体。做饭把袜子下进锅里；一个月的粮食，不到十五天就吃个精光；打架、斗殴；把老乡的狗勒死炖着吃；干起活来却凶得要命，生产队给记工分，他们非常诧异：插队干活还记工分？……

在这群人里，赵晓华一般情况下是个不起眼的角色。她缺乏很多伙伴那种狂热劲头，远不像别人那样洒脱和无忧无虑。”她沉默寡言，总喜欢把自己缩在一个角落。同伴们知道她牵挂北京家里，有些人同情她，有些人因此而瞧不起她，认为她接受再教育的决心不坚定。她默默地接受着外来的一切，在十七个人的小集体里，她是最顺从的一个。

也有显眼的时候。生产队开会，知青给老乡教唱歌曲，这时候大家就要推出她来。她的歌声甜美动听，老乡跟着唱一会，不唱了，干脆叫她一个人唱，大家听。她唱了一支又一支。歌声里，她似乎忘掉了一切，千里之外的家，不幸的父亲，可怜的母亲和姐姐，幼小的弟弟以及自身眼下的处境。她表现出少见的活泼神情来，白净的脸颊和弯眉凤眼显得楚楚动人。老乡听迷了，咂巴着嘴直赞叹：“简直跟广播里的人唱的一样。”

这就是赵晓华插队后最初的情景。

知青点上，乱哄哄的集体生活很快就维持不下去了。这群毫无经验的年轻人把生活弄得一团糟，经常为做饭、吃饭的事情吵架。他们中间，没有几个会做饭的，常有这样的情况：吃饭时，饭盛到碗里了，咬一口，生的，于是便有人抱怨，甚至骂骂咧咧，很容易便导致吵嚷一通。赵晓华在家时经常做饭，但她不会烧陕北的灶火。队上分的干柴早让大伙烧光，抓一把新砍来的湿柴塞进灶洞里，只冒黑烟，不起火苗，急得她用嘴吹，用扇子扇，都不顶事。下工后，大家都回来了，谁也进不了窑，里边呛得人喘不过气。待烟散尽，打开蒸笼一瞧，蒸的窝头稀软瘫散像黄泥巴一样平糊在笼屉上，根本不能吃。没等大伙说什么，赵晓华自己先捂着被烟熏得又红又肿的眼睛，缩在灶角哭开了。

小集体瓦解了。十七个人分开重新打伙。这次赵晓华谁也没跟，独自一个生活。队上给她分了一孔小窑。小窑在一个僻背处。人不常去，她也不大同其他知青们往来。她成了一只离群的孤雁。

她是静心地向远方寄托着自己的思念，或者需要默默地咀嚼牵挂亲人的痛苦？

可以肯定地说，她的内心是极不平衡的，她并不喜欢孤独。不论怎样讲，知青们生活在一块，总有一些欢乐，而一个人的日子总是难挨的。她曾对同村一个知青说："我能像你们一样就好了。"她指的是像他们一样对一切都不在乎，心头没有那么多忧虑。她渴望这样，但是办不到。

有段时间，公社组织文艺队，她被吸收进去。在文艺队里，她又唱又跳，和大家关系处得不错，工作相当努力。看得出，她企图通过一种热烈而丰富多彩的生活来改变自己的心境。她确实做到了这一点。那段时间她显得轻松而愉快，性格变得开朗了，见了人常说说笑笑。可是文艺队一解散，她回到她那孔小窑洞里后，现实世界又在她面前无情地展开，她又回到原先的生活中了。

1970年春节，插队整整一年的知青们早就急不可耐，有钱的打票，没钱的扒车，纷纷回北京过年。

赵晓华随四五个知青，步行一百二十里，来到黄河边。他们打算从这儿渡河，到山西境内扒车回京。他们都没有乘车的盘缠。

到黄河岸边已是日落西山。踏着浓重的暮色，他们走进一个小小的村子。

一拨年轻人，谁也没有见过如此荒凉的村庄。他们插队的村子，虽说偏僻落后，但村子里终归有树木，有高音喇叭。而眼前这个小村子，一棵树木也没有，光秃秃裸露在寒风凛冽的黄河的峭岸上。村里死寂无声。房屋清一色是用从河滩捡来的石块垒起来的。走进村子，除了石块，还是石块，景象之荒凉，宛如一处原始部落。

他们在一个跛子老汉开的“黑店”里住了一夜。

第二天一早来到渡口。从乱石滩上一个小窝棚里叫出船工。船工见是一帮北京知青，知道挣不来钱，推推辞辞不想过河。他们死磨硬缠，每人过河的开价从三毛钱增加到五毛，船工扛不过，说：“船漏水，要过就坐羊皮筏子。”

在寒风呼啸的河滩，他们帮船工吹起浑退。然后再把几只浑退连在一块扎成筏子。筏子拖到河边，船工说：“一次只能坐两个人。”

冬季的黄河里，漂浮着大大小小的冰块。河水翻卷，腾起刺骨的寒气，冰块顺流而下，相互碰撞，发出嘭嘭的响声。皮筏子放进水中，急促地打着旋，不是被冰块撞翻，就是被冲回岸边，船工又吹了几只浑退，加在皮筏子上。分两批先把四个男生送过河，最后来接赵晓华和另外一个女生时，她们却怎么也不敢登上那只颠簸得非常厉害的皮筏子了。

别说登上皮筏子，即便站在岸边，赵晓华和那位女生也觉得一阵阵头晕目眩。她们分明看见那几个男生的衣服已被浪花打湿，在河心里，有几次皮筏子被冰块撞击得几乎翻倾。那情景太可怕了。她们瑟缩在岸边，心里充满恐惧。这趟没有盘缠的长途跋涉，肯定会有没完没了的冒险，她们退却了。

她们回到村里。

那个女生是邻村的，春节期间，里沟村只剩下赵晓华。

这是一段异常难熬的日子。孤单单一个人呆在一孔又小又破的窑洞里，听佳节爆竹声声，闻街巷笑语喧哗，她不能不格外思念远方的家，挂牵亲人的处境。母亲的病时轻时重，轻时还能干点家务活，重时就只会乱说乱跑。有一次跑出去，被自行车撞伤胳膊，邻居送回来又跑出去。姐姐的大小便都得要人照理。弟弟小，不懂事。父亲是冤案，哥哥已为父亲翻了几年案，还没翻过来。她来陕北前哥哥还在为此奔走。插队以来，家中很少给她来信，哥哥偶尔来一封，也绝口不提家中的事。她急于了解一年来家中的情况，可是憋在陕北这深深的山沟里，回不去，她只好瞎猜乱想了。

春节后，回京的同学陆陆续续返回村里，一位女同学告诉赵晓华，她去过一趟她家，她母亲的病更重了，这一阵不再乱跑，一天到晚围床烂被套坐在床上傻笑。她姐夏天生了褥疮，没人管，直到冬季背上还烂着。两个弟弟不再上学，在排水沟里掏煤渣泥向蜂窝煤厂出售。她一听就急哭了，找大队，找公社，要钱，打算立即回北京。

钱没有要来。

于是她又找县知青办。里沟离县城二百里，一星期通一次班车。

没钱坐车，也等不及，她步行着去。路上要钻一条四十里长的老虎沟，还要翻两架山，一天赶不到，人们不知道途中的晚上她是在哪儿度过的。在县知青办哭磨了两天，当她一分钱也没有拿到手，迫不得已返回里沟那孔小窑里时，她便病倒了。

她病得不轻。发高烧，说梦话，水能喝一点，饭一口也吃不进去，躺了四五天。

病未痊愈，有消息传来，说本县一个知青的家长，从北京赶来看望孩子，在黄河滩上，心脏病发作，死了。赵晓华听到这个消息，支撑着虚弱的身体，从窑里跑出来，在野外山梁梁上愣愣地坐了大半天。

从这时开始，可怕的迹象就在她身上出现了。

也许悲剧的根子早就潜伏在她的遗传基因中，不错，这种可能性是存在的。但是，在精神病学的遗传学说中，外界环境因素的影响同样为研究家们所强调和重视。精神病与心理现象有着密不可分的关系，而人的心理活动是具有社会性的。精神病学家指出：人的认识活动、情绪和情感反应、意志行动，是在人的实践活动中同时由外界事物引起，并又在人的实践活动中协调和统一地发挥作用。认识、情绪、情感和意志行动之间，如能保持谐调性，便保证了精神活动的完整和正常地发挥其作用，反之，心理过程便产生障碍，极有可能陷于病态。

假使没有那些强烈的外来刺激，赵晓华也许会健康地生活下去。即便在她的体内潜藏着母亲的遗传因子，那因子也可能处于沉睡状态。它已经沉睡了近二十年，也许会沉睡三十年、五十年，也许终生都不会苏醒。可是，极度的抑郁焦虑把那可怕的魔鬼唤醒了，它开始残酷无情地摧残她的神智。

开始她喜欢到处不停地乱跑，嘴里嘟嘟囔囔，不断地重复一句话："我妈病了，我要回北京。我妈病了，我要回北京。"再就是唱歌，一个人常常坐在小窑洞的门口唱。她唱的是一首知青创作填词的歌曲，这首歌在北京知青中流传很广泛，歌词直白，但曲调（借用一首苏联歌曲的曲调）异常哀婉，它几乎成了北京插队知青的队歌：

从北京到延安，
路途多遥远。
离开了家乡，
告别了父母，
生活多么悲惨。
有一天晚上我做梦，
回到了妈妈身边，
妈妈抚摸着我，
泪水洒在我胸前……

赵晓华唱这首歌时没有任何表情，不带任何感情色彩，跟念诵差不多，在她痴呆呆的眼睛里，却蓄满一眶泪水。她仿佛只是为了自己听，唱的声音不大，但是一首歌翻来覆去地唱，似乎在她唱过的众多歌曲中，存留在记忆中的唯有这一首了。那些平素非常喜欢听她唱歌的老乡，如今再也不忍心去听她的歌声。她的歌听了教人心酸。

后来，她的言语、动作和行为慢慢减少，举止变得缓慢而笨拙。她不再理睬别人，对于别人的问话也不闻不答。但是她还唱歌，唱那首“从北京到延安，路途多遥远”。不过声音更小，更不成调儿。

再后来，她的歌声便哑了。

在守凤乡的院子里，我看见两个孩子正在土地上玩耍。孩子穿得又脏又破烂，一个大点的脱了一只鞋，往鞋壳里装黄土，然后再把土倒进一个破塑料袋里。身旁一个小点的匍匐在地上，嘴里噙着一根葱叶，对着地上噗噗乱吹。有人告诉我，这便是赵晓华的孩子，老大和老二。赵晓华现在已有四个孩子。

老大是男孩子，已经十一岁，但生得又瘦又小，看去最多八九岁。老二是女子，我差点认成了小子。在我注意这兄妹俩的当儿，那老大嘴里失声喊了句什么，扬起胳膊，将装满黄土的塑料袋扔向远处，一溜烟跑了。老二从地上爬起来，地上的黄土兜进裤腿里扑簌簌从裤裆腿直往下溜，急急忙忙去追哥哥。

赵晓华的婚姻，是一个畸形的组合。

她的丈夫李三性，是个身高不到一米五、一条腿有严重残疾的四十多岁的男人。我来后，想见见他，和他聊聊，可是他总躲着我，几次请人和他约好，到时候我去了，却扑了空。开始我很纳闷，不明白什么原因。后来才知道，过去他常打赵晓华，听说我是省上来的，以为我要调查打赵晓华的事，所以怕得不行。赵晓华是他的婆姨，但更重要的还是知青，知青是不能随便动一手指头的，过去村子里的许多事情，都向他提示着这一点。

我不再相约，径直去他家找他。

见到我他有点慌乱，让座让茶，客套当中，不时偷偷拿眼睛瞟我。直到我说明来意，他才稍稍稳住了神。

我让他讲讲有关赵晓华和他们生活的情况，他又误解了，以为我是来调查知青生活状况，准备研究补助或解决什么问题，于是马上发牢骚，诉苦。他坐在一只小矮凳上，脸上现出一副忿然不平的样子，歪着脑袋哼了一声。“不管天东地西，知青下乡，是毛主席的号召。可是搞一搞就没人管了。我婆姨看病的药费还没报哩。四个娃娃，一家六口人，困难大着哩……”

他大约意识到自己有一张很硬的王牌，这就是他是知青家属，有权利发牢骚，有权利抱怨，有权利要求政府特殊对待他和他的家庭。望着这个又瘦又小、头发有些花白的男人，我的心里隐隐涌起一阵痛楚。

1970 年冬，赵晓华的病情已经相当严重，生活几乎都难以自理了，去河里洗衣服，衣服往水里一扔，她便呆呆地站定，水把衣服早冲走，她仍木偶般的站在那里发呆。上厕所，走到厕所门口，一只脚踏上台阶，突然站住不动了，仿佛被一个无形的机关固定在那里，一个姿势一直可以站一两个小时。不梳头，不洗脸，也很少做饭，看见什么吃什么。一次村里有人见她攥着一把什么东西，一粒一粒塞进嘴里咀嚼，要过来一看，竟是花椒！她那孔小窑里又脏又乱，别人很难插进脚。村子里的知青，不再与她来往，大家像逃避瘟疫似的，远远地躲着她。

那年冬天下了一场大雪。大雪覆盖了高原，四野茫茫，天地间的一切都隐蔽起来。烧火无柴，吃水无人担，赵晓华黑夜白天都躺在窑里，饿了吃点炒得半生不熟的玉米粒，渴了吃窑外的雪，村子里的老乡看着不忍心，便有人给她送点糊糊米黄（一种包谷面与小米面混合摊成的饼子），端碗杂豆粥。正月初一，村里一个老汉在硷畔上闲转，见赵晓华的窑洞里烟火动静俱无，便走进去探视。只见赵晓华躺在冰冷的炕上，锅台上一个黑瓦盆里盛了几疙瘩醋糟，一只碗里盛着雪。老汉鼻根一酸，去找支书，支书来看了看，又将队长、党团员叫到一块商量，决定村子里挨家挨户轮流给赵晓华管饭，一家一天，每户再给赵晓华一捆柴禾。此后，赵晓华总算能吃上熟饭，喝上开水，睡上热炕了。

夏天割罢麦，县委书记来大队蹲点，听说里沟有个知青疯了，便到村里来看望。

"赵晓华，县委书记来看你。"队长说。

赵晓华坐在窑门外一块石头上，正给一只又脏又烂的黄胶鞋穿鞋带。鞋带是用几绺麻胚子松松散散捻成的，头儿开花，怎么也穿不到鞋眼里去。她不急，也不明白要把绳头儿搓紧，只久久地继续着她那僵硬迟缓的动作。对于队长的话她毫无反应。

"赵晓华，这是县委书记，是专门来看望你的。"队长又说。

赵晓华抬起直勾勾的眼光，瞥了队长一眼，又专心致志地去穿鞋带。

县委书记叹口气，走了。

几天后，县知青办来人，让队长把赵晓华送到县上去治疗，治疗的同时，县上和北京有关方面联系，要将赵晓华病退回京。北京不接收，而县上又治不好赵晓华的病，于是，这位对什么也浑然不觉的姑娘在辗转于延安西安许多医院以后，又被送回村子里。

赵晓华成了村里的一个负担，尤其成了队干部的一个负担。他们不能不管她，又不知该怎样照管。踌躇中，一个主意想出来：给她找个人家，谁愿意娶她去做婆姨，谁就来照管她。

先是给村里一个小伙说。小伙子是个罗锅腰，年龄不小了，一直娶不下婆姨。小伙子没有同意。村干部又想到李三性。

李三性六岁时母亲便去世，跟着父亲长大。八九岁时，和一帮小孩子玩耍摔跤，跌了一下，不知怎么就落下了腿疼的毛病。时间不长，左边大腿上生了疮，先是一个，随后带出三个来，疮好后，腿上的筋就弯曲了，人成了跛子。三性读过初中，会打算盘，在队里干不成重体力劳动，便时而当会计，时而在某个工地管管灶。倒也能养活自个。可怜的是，直到三十大几，他还没有成家。没有人愿意嫁给他。他的老父亲央告过许多人，给附近村子那些常说媒的人提过点心包包，送过羊肉烟叶子，希望给三性说上个婆姨，不少人给鼓过不少劲，但庄稼人靠身板吃饭，健康强壮的好男人还有打光棍的，何况一个残疾人?

在李三性对娶妻成家彻底绝望之后，村干部来给他说赵晓华。他的心动了。

不错，她是个疯子，但她是个女人。他需要女人，有了女人他就能够组成一个家庭。啊，家庭！家庭！建立一个家庭他盼了多少年！哪怕这是一个最倒霉、最不景气的家哩。人到哪步田地说哪种话。总要把香火续下去，没有什么要他来挑拣的。行，我跟她过。

请示公社，公社同意。于是，赵晓华便算一个有主家的人了。

不可能举行什么仪式。天黑前，村里一个老婆婆把赵晓华的被子抱进三性的窑里，赵晓华又给抱了回去。她好像有点点明白眼前的事情，呆呆的眼神里有种惊恐的神情。村里的老婆婆连说带哄，劝她到三性家去，她抱紧被子坐在墙角不动弹。

她害怕什么？她能对自身眼前的处境和李三性这个人给以明确的判断吗？不知道。也许她害怕的是事情本身。古往今来人类男男女女重复不绝奉行的事情，在她瘫痪的意识深层里，也许仍然秘密地保留着某种印象。虽然麻木不仁，但本能逼她做出反应。这是一种神秘的恐惧，而病态无疑加深了这种恐惧。

村里人见劝说不下，一些妇女便连拉带扯，把赵晓华硬送到三性家。

这天夜里，村里的近邻听见李三性家的窑里传出刺耳的哭叫声。人们说那不像人的声音，像是从动物的嘴里发出来的。

第二天一大早，赵晓华就跑了。谁也不知道她跑到什么地方。三性一家人分头寻找。公社、邻近几个村子找遍，不见人影。三性坐一辆手扶车又去县上寻，寻了一圈，依然没有找见。回来时路过老苇沟，三性意外地发现，赵晓华呆呆地坐在荒沟里一块石头上，一只鞋丢了，腿上被什么东西划破了一块，血流到脚面上，已经结了痂。

以后赵晓华还是不断地跑，每次都弄得李三性到处乱找。找回来忍不住便打。打过之后，三性又长吁短叹，不知往后的日子该怎样过。

可怜的人哟！日子是什么？就是这经久不息动物般的追逐和制服么？就是这悬在心尖的希冀一次次打碎仍抓住不放么？就是人世间那种最简单最本能的要求么？

婚后数月，在一次暴雨袭击高原的时候，赵晓华站在电闪雷鸣的滂沱大雨里，家里人怎么拉她也拉不回去。她垂手恭立，头发、衣服被雨浇透，脸颊像纸一样苍白。她似乎在思索，又似乎在祈祷，样子看去叫人由不得打激凌。雨后，她从窑院的角落摘了片蓖麻叶子，用嘴吮着沾在上边的雨水，慢慢地踱到硷畔上。其时天近黄昏，天空碧蓝，落日如血，高原沐浴在一片神奇的玫瑰红里。她披头散发，对着落日站定。呆呆地站立了好久。当夕阳留下最后一缕光辉的时候，她令人震惊地开口歌唱了。先是嗓子眼里发出一种声音，一种含混、奇怪、难听的声音。渐渐，声音越来越大，越来越清晰，同时也越来越刺激人心。是那首歌。村子里许多人都听见了，是那首揪心扯肺的《从北京到延安》。

从北京到延安，
路途多遥远。
离开了家乡，
告别了父母，
生活多么悲惨。
有一天晚上我做梦，
回到了妈妈身边……

她再也唱不出那动听的旋律，表达不出那丰富复杂的感情了。她的歌声干涩，生硬，直戳戳像棍子一样。可是里沟村听见这歌声的人，都为之震撼。人们不明白究竟是什么原因，使她哑了很久的歌喉又发出声音，是病情好转，抑或是更加厉害了？她那浑浑噩噩的心里在想什么？

在高原的雨后，在黄昏降临的时候，她唱了好久。她好像在举行告别演唱，那天之后，她的歌声便永远哑了。

守风乡党委书记程昭义，是一位北京知青。这位研究员的儿子、原北航附中的高才生，同一位当地农民姑娘结婚，便也留在陕北高原扎根了。他对赵晓华很关照，几年前，他刚一上任，就赶到里沟村去看望赵晓华，此后常想方设法给赵晓华以照顾。程昭义至今清楚地记得他第一次见到赵晓华的情景。他一开口说话，赵晓华便判断出他是北京知青，她对口音仍然保持着分辨能力。她怔怔地看了他一会，突然问："你也没有回去？"其时北京知青在陕北已所剩无多。她显然清楚这一点。程昭义问："你还想着回去吗？"她不回答，脸上又露出呆漠的神情。程昭义告别时，她缓缓走到柜子前，打开盖，抓出两把核桃，递给程昭义。程昭义不要，她目光直直地盯着他，执拗地说："给娃吃。"

我和程昭义曾经讨论过赵晓华的遭遇。这位乡党委书记对事情有着他自己独特的看法。他认为赵晓华的悲剧也许是对其人生旅途更大悲剧的一种逃遁或者适应。"正常人必须享受正常的生活。"他说，"生活已经不正常了，被铁锤打碎了，生活得了神经病，如果还要人用正常的神经去应付，那就更痛苦。而如今，对于赵晓华自身感觉世界来说，再没有什么不幸可言了。"他的话里，透出一股黑色幽默的味道。他是用平淡而郑重的语调说的。他认为赵晓华嫁给李三性，是一种无法逃避，也是一种较为合适的选择。"从理论上讲，我们的社会，应当全部承担起照料赵晓华的责任，可是理论归理论，实际归实际。一场动乱留下的后遗症太多太多，赵晓华的不幸在社会的病历卡上难以记载上去。她嫁给李三性，不过是获得了一个生命的寄存方式，可是除了生命，如今她还有什么？什么也没有。所以说这也就行了。"

这番话，听得我心里冷气森森。

赵晓华为李家生下第一个男孩后，李三性，还有他七十多岁的老父亲，简直高兴得不得了。一个残疾人，几乎连婆姨都讨不上，如今有了根苗，香火有人接续了，这比什么都值得庆贺。

家里不算热闹，却郑重其事地给孩子做了满月仪式。孩子取名叫李明望。明天有希望，明天有盼头，是三性的老父亲给取的。这是一个善良的老人，对赵晓华很好。他知道赵晓华虽说是疯子，可也是个人，是自己的亲人。他不允许村里的娃娃嘲弄欺侮赵晓华，也不允许李三性对她动手动脚，现在，她给他把孙子养上，他更加注意保护她了。

有了儿子，对李三性是个巨大的鼓舞。他心里陡然生出一种男子汉的豪壮之气，决心要把日子变个样儿。

他那样的身体，在队里只能干点轻省活，工分挣得很少。他找到队长，要求替队里拦羊。

拦羊的活不重，但是操心，还要翻沟爬坡到处跑。队长不放心把羊交给他。他立下字据：羊丢了，或从崖上跌下摔死，他赔。队长说：人哩？你跌下去咋办？他说不让队上负责。

把这活儿争到手，见日头他都有工分了。他开始变得贪心起来，一边拦羊，一边挖药材，有时甚至用他那不得劲的腿攀到半崖去挖，他想攒钱再掏两孔窑。他住的窑还是老父亲手里掏的，已经破败不堪了，冬季到来之前，他已给家里砍了不少柴。他一背一背从山梁子上背回家。一走一跛，柴捆子在他背上摇来晃去，弄不好会把他摇到沟里去，他不在乎，他狠了心，要把日子弄出个样样来。

村里有人跟他打趣：“三性，不要命啦！干得这么凶想当老财呀！”

李三性笑笑，说：“想当啥老财哩！你没瞅瞅，屁股后头坠了个跤裆里挂铃的，几年蹿起来，不置点家底拿啥应付嘛！”有了孩子，他有一种掩饰不住的得意之情。他的话里，有意要显示自己的自豪。

还有一件事情让他感到欣慰：有了孩子以后，赵晓华再也不往外跑了。她知道疼爱儿子。她不会侍弄那个小家伙，不知道喂奶，不知道对付孩子的拉屎尿尿，孩子哭了，她的脸上有一种惊慌的神色，但不知道如何去做。尽管如此，母性的本能依然在她身上表现得很充分。她常常盯着孩子的脸蛋一个人笑。那笑容是呆呆的，却透出真诚。村里的婆姨女子来家里，她从炕上抱起孩子，让人家看。人家夸孩子长得亲，她会随声附和：“亲着哩。”或者不说话，但脸上一定现出那呆呆的却又是真诚的笑容。

患病后，她和北京家里的联系就断绝了。那个惟一写信和她联系的哥哥，在她患病后不久，因急性肺炎死于医院。本来不会死的，他去医院太晚了，耽误了治疗。据人讲，死前，家里人他谁也没有提起，只是不停地念叨远在陕北插队的妹妹的名字。他知道妹妹得了病，原打算到陕北看望妹妹。父亲依然被关押着。家中那个烂摊子全凭两个弟弟支撑。赵晓华不知道哥哥的去世，不知道家中的一切，她再也不需要知道了。

李三性开始教她干点家务。别人给孩子送来一些烂衣裳，三性把针线拿给她，她就补起来。动作僵硬迟缓，但针脚密密匝匝，好像生怕补缀得不结实似的。她会擀面，会蒸馍，只是必须由三性把面给她盛好，要不有时做的饭刚够一个人吃，有时多得剩好多。当然，要她干家务，仅仅是凑合，她那突出而奇怪的毛病不论在干什么时都会出现，比如蒸馍时，笼搭到锅上，她应该去烧火，但她突然犹如一架挂钟停摆一样，中止了一切动作，以一种凝固不变的姿势站在锅台前，一站老半天，有时直站到三性回家吃饭的时候。

日复一日，年复一年，生活的轮子也许就这样长久地转下去。

她依然是个精神病患者。

但她偶尔也流露近似于正常人的感情，给李三性带来一线希望：她的病也许有治。

他想试一试。

结果，他领着她，还有几个陪同，到北京走了一圈。

李三性领赵晓华去北京看病，在当地流传着许多笑话。我采访期间，便有人给我讲过这些笑话，有人说他在北京摸不着东南西北，不光差点把婆姨丢了，也差点把自个丢了。有人说他见了警察，吓得就跑，还有人说他在北京找不见厕所，憋得乱打转，好不容易找见了，却尿不出来——见人家厕所干干净净，不敢尿。这些笑话颇多揶揄成分，我听后却笑不出来。李三性给我讲过他去北京为赵晓华治病的过程，我知道他有一些什么样的经历。我听他叙述的时候，心里一直翻腾着一种酸溜溜的感觉。

下边记录的，便是李三性对我的讲述。

1978年，县上没有多少知青了，知青办要撤。当时知青办还有些资金，研究干啥用，正好我找上门，说要给赵晓华看病。人家同意了。

去哪里看？西安、延安都治过，治不好，知青办张主任说干脆去北京。我一听心里蛮高兴，北京大医院多，说不定能治赵晓华的病哩。

回到家，我就给赵晓华家里写信，让他们给联系个医院。我没有和她家通过信，地址是从很早以前她哥给她写信的信封上抄下的。那些信赵晓华乱撂，我替她保藏了一封。隔些日子，来了回信，是她大弟写的，说北医三院能治那病。她大弟信上还说他爸可能要减刑提前释放，组织上去家里了解过情况。收到这封信，我就作动身的准备，能早点去就早点去。

我心里发急，可县上的事情一直办不好。说是给钱，钱却拿不出来，知青办一时半时又撤不了了。不过人家没封口，说病还是要看的。这一推就推到了第二年冬。穿上棉衣的时候，县上捎话来，叫我赶紧准备。我把啥都收拾好了，左等右等，又没了消息。等不住，我去县上问，才知道知青办还要派人去，但是派谁定不下来。回到家里，我把蒸好路上要带的馍掰成馍蛋晾起来，不晾就坏了。家里白面不多，看来还得蒸一次馍。

快过阴历年的时候，县上把人定下来，是知青办张主任带一个人跟我们去，还是坐飞机去。我高兴得不得了。咱陕北山沟沟人，进趟北京城就不简单了，如今倒是要坐上飞机飞进北京城，一辈子再甭想有第二回了。

那时我们已经有了二女子，才几个月。两个娃娃都要带上。我给赵晓华说要回北京给她治病，她听见跟没听见一样，不理会。我看她把啥都丢到脑后了，啥都不在乎了。我给她家里带了一口袋红枣，一口袋核桃，还有一口袋小米。背上这些东西，我领一个娃，她抱一个娃，先到县上，再跟张主任和一个姓杨的一块，搭车到了延安。延安有通北京的飞机。

上了飞机，我就头晕，飞机一飞起来晕得更厉害。心里也害怕，怕飞机猛一下栽下去。大小子明望不懂啥，一坐上飞机只是高兴。赵晓华还是老样子，跟坐在家里一样，看不出她难受，也看不出她觉不觉得新奇。那样儿你知道，跟木头人一样。张主任和老杨坐在另一排座位上，抽着烟，不和我说话。我心里怕，不能给人家讲。

到北京是晚上九点多钟。汽车从机场把我们拉到一个地方就不管了，我们四处找旅馆。除了赵晓华，我们谁也没到过北京，可她跟个没知觉的人一样，你说走她就走，你说停她就停，一点点忙也帮不上。旅馆不少，都住满了，我们一直转到大栅栏，才在一个背胡同的小旅馆里住下。

到了北京，我才知道把件大事忘了——没带她家的地址。信封压在炕席底下，走时一直想着要带，不知咋一岔就忘了。这可叫人作难了。我只记得她家是在一个叫北岸河的地方，问旅馆里的服务员，都不知道。我心里乱了。张主任问赵晓华她家住在啥地方，赵晓华直溜溜坐在那里，瞅着墙角不吭声。张主任叫她慢慢回想，不知她想了没有，反正到底也没说出一个字。

到了第二天，张主任说不着急，先转天安门。在天安门跟前，大小子高兴得很，硬要上去看毛主席。张主任和老杨的兴致也蛮高，一会跑到石狮子跟前，一会又爬到护城河栏杆上，一会又去摸天安门城门扇子上的大铜钉子，我心里总像压着石头，轻松不下来。北京城这么大，一到街上人就眼花，到哪去找这个北岸河？

我猛地想起来，赵晓华他们一伙知青刚到村里时，有人问他们去没去过天安门，村里人都觉得天安门是毛主席住的地方，不能轻易到跟前去。那伙知青笑着说常去哩，每年国庆游行都要去天安门。我想游行赵晓华一定也参加了，这是大事，她兴许能回想起来。我就问她国庆游行时，从她家咋走到天安门来。只要大概说出个方向路线，北岸河也许就好找了。她说不知道。再问，她就不吭声了。张主任指着天安门城楼，问她知道不知道这是啥地方，她摇摇头，她啥也不知道了，啥也想不起来了。可能她光知道怀里抱的娃娃是她的。老杨爱说怪话，说：北京忘了她，她把北京也忘了。

在天安门游了半天，回到旅馆，我猛地想起撂在家里的信封上有海淀两个字。给人一讲，人家说那就先坐105路无轨，到动物园后再打听，张主任和老杨一听蛮高兴，让我先去找找，他们在旅馆等我。我心里怯，这地方人生地不熟，我的腿脚又不好，跑迷了咋办？可是又一想，这是给咱婆姨看病，咱丈人的家咱不找，还能让人家去找？我说那好，你们就在这里等着，我就走了。

找105路无轨车站就费了神。在北京问个地方可不容易，咱说土话，人家听不懂，有的人想指了给指一指，有的人干脆不理你。等我到了动物园，天快黑了。我一看这时光到啥地方去打听北岸河？想了想干脆往回返，明天再来。

坐105路回来，我找不见住的那家旅馆了。想问人，不知道那条胡同和旅馆的名字。心里发毛，东蹿蹿，西钻钻，瞎碰乱闯，游荡了足有一个钟头，这时候我又饿又乏，想找个饭馆先给肚子填点东西。天一黑，饭馆都关了门，找不下。有一个点心铺子开着门，想称点饼干，在柜台前打了半天转转，嫌贵，没称，饿着肚子又跑，心里越发的急，操心赵晓华和娃娃，不知娘们三个吃没吃饭。人家张主任和老杨是陪咱来的，总不能叫人家给咱婆姨娃娃买饭吃吧。转了一阵，我猛地看见一个眼镜店的招牌，我见过这个招牌，我能记住。往前再走几步，又看见了早晨我们吃饭的饭馆。我一下放心了——旅馆就在右手一个胡同里。

他们正在旅馆里着急地等我。晚饭张主任招呼赵晓华和娃娃吃过了。听我说没找见北岸河，张主任说明个坐出租车一块出去找。老二早上抱出去着了凉，正在发烧。旅馆里的服务员很好，给娃拿了点药。这一夜我咋都睡不踏实，光做梦，全是在找北岸河。

第二天坐上出租车，没用我们管，司机把我们直接送到了北岸河。到了那里，很快就打听出了她家。

说也巧，我们到她家的时候，她父亲刚从监狱放出来不几天。是一件冤案，不是减刑释放，是无罪平反释放。可这人霉气透了，刚回到家，不知咋的就食物中毒住了院。她家生活还很困难，母亲的病没有好，瘫子姐是老样子。大弟不小了，还没结婚，在街道厂子当工人，二弟在煤厂干临时工。我把赵晓华领回家，一家人看不出高兴，也看不出不高兴。赵晓华也好像不认得她一家人，跟谁也不打招呼。许多邻居来看她，她像根木头一样坐在床沿，痴呆呆地看着人家。说不上有时候为啥，她会咧嘴一笑，笑过后又像木头人，坐在床沿一动不动。

去北医三院看病，她大弟陪着。本来想让她住院，医生问她吃过啥药，她平时不开口，这时却给人家医生说吃过“氯丙烯”、“弗乃近”。医生说她还知道吃过什么药，就不收她了，只给开了一些药。后来张主任跟北京市知青办接上头，让他们给联系个医院。北京知青办联系的还是北医三院，人家还是不收。没办法，我只好隔几天领赵晓华去看一次门诊。

在北京，我住赵晓华家，张主任和老杨还住大栅栏的旅馆里，有啥事情打电话联系，平时不见面。中间有一回，赵晓华看病的钱用光了，我给旅馆里打电话，一连打了两天都说人不在。我心里着急，坐上车去旅馆里找。到了旅馆还没找见人，服务员说两个人去八达岭还是啥地方了。我只好留下话，第二天张主任才把钱送去。

在北京没少作难，病还是没治好。我一看没啥指望了，住了四十多天后，领着赵晓华和娃娃，跟张主任老杨一块，返回了陕北。

我是坐在李三性家里，听他对我叙述这一切的。其时赵晓华拎着一只大铁壶，正在院子里浇菜。1986 年以后，他们搬到乡政府来住。院子里有一片空地，住在这里的人们一人分得一小畦种菜。三性的地里栽的是辣子和茄子，还种了点豆角。陕北高原节气晚，时值初夏，所有的菜苗才一点点高。菜苗长得不景气，蔫沓沓的。李三性坐在我的对面。他撩起两只裤腿，用手不停地搓着腿上的泥垢。他那条有残疾的腿仅有胳膊粗细。他的第三个孩子是个男孩，五岁，坐在靠近房门的地上，玩弄两块圆木头片儿和几颗石子。八个月大的老四在炕上睡着，身上搭块红乎乎的烂布。这也是个男孩。苍蝇在他脸上爬来爬去，他竟睡得实实在在，纹丝不动。屋子里弥漫着一种霉味儿，还有孩子的尿臊味。

我问李三性："为什么要这么多孩子？"

他尴尬地笑笑，说："没办法。"

"为什么不给赵晓华结扎？"

"不敢。"他连连摆手，"把她的病逗重了咋办哩？"

实际上，人们对我讲过，医生说赵晓华结扎没问题，可他死活不让。他想多要几个孩子。

“这么多孩子，你养活得过来?”

“不怕。”他把裤腿扯下去，身子一挺，干脆地说，“不怕多，单怕无，有苗不愁长。能吃到嘴，娃娃就能养得起。娃娃身上能花几个钱？人一辈子，山珍海味是个活法，粗茶淡饭也是个活法，咱不贪图享受，只图个没灾没病，人丁兴旺。”

我很想给他讲讲有关精神病遗传方面的知识，话到嘴边又咽了回去。在这一刻，我看到他陡然增长的激情，看到一种与他低矮的身形不那么谐调的豪气，我暗暗叹了口气。

他像突然意识到什么，接着说：“当然政策上叫计划生育，咱不是反抗政策，咱是特殊情况。”

我再一次把目光投向窗外，注视着那依然忙碌的母亲和孩子的身影。我久久无言，一种怜悯的情感在我胸中翻腾。我不能过多地去责备坐在我对面的这个人，责任不能完全归咎于他。他不过反映了一种存在，一种历经几千年积淀的存在。

人类生命存在的方式多种多样。在这里，在这个身肢带有残疾的男人和那个拎着水壶动作僵硬的女人以及身穿破烂衣裳的孩子身上，我看到了生命呈现出的一种奇异形态——脆弱而强韧，盲目而自信。

县知青办又拖了几年，到1981年冬才撤销。撤销前做善后工作，李三性被叫去，让他办理赵晓华的脱钩手续。

“脱钩？脱了钩你们就不管啦?”李三性担心起来。

“管是不好管了，不过组织上要给你们作出安排。”知青办的人说。

知青办给了李三性一千五百块钱（比别的脱钩知青多五百块），又把村上原来知青住的两孔石窑拨给他，作为一次性照顾，赵晓华就算与知青脱钩，今后不再享受对于知青的照顾了。李三性接受了组织的安排。他很满意。一千五百块钱，叫他攒一辈子也攒不下这么多。早先计划拼死拼活干上几年，掏两孔土窑，如今没费啥力气，两孔石窑就到手了。还是社会主义好！

可是，过了没多久，听说别的知青没要钱，而是让组织上给安排了工作，他心里便不那么稳实了。两相比较，翻来覆去想了一回，觉得自己不划算。钱是一碗水，放在那里只会少不会多，咋能有铁饭碗重要？端上铁饭碗，国家就得管你一辈子。两孔石窑算啥？有了工作，当上公家人，自有公家的房子让你住。越想越觉得吃亏，越觉得自己憨。他一刻也没耽搁，跑到县上，要求退钱退窑换成工作。

县上没有答应，说工作只给知青本人安排，不给家属安排，赵晓华有病，不可能给她安排什么工作。他硬跟人家磨，到底没有顶事。工作没指望了，商品粮吃不上了，公家人当不成了。他只好叹一阵气，怅怅地回到家里。

一千五百块钱，他没敢存到银行里。这钱不是他挣的，是国家给的，假若哪天政策一变，要往回收，存在银行不就等于交到国家腰包里了嘛！谁也不知道他把钱藏在哪里。平时过日子，这个钱一分钱也不动，少盐没醋的粗茶淡饭，絮絮络络的破衣烂裳一如往昔。他有他的想法。儿长大要娶，女长大要嫁，这些花钱的大事情，没有一二十年的积攒，一下子能要了人的命。特别是娶媳妇，事到临头拿不出硬沓沓票子，媒人不摆手，媳妇不进门，真有急得上吊的。他家是个烂摊子，将来给娃娶媳妇不知要作啥难哩，他心里虚得很。

没办法的时候，过日子走一步看一步。有了一点办法，就得谋算哩。

这一年村里实行生产责任制，地分到各家各户耕种。这一来，上山干活，就等于给自己干了。李三性贪心地一下子要了九亩地。他的老父亲年高体弱，他把老父亲的三亩地也要过来，一共十二亩。家里只他一人干活，而他只能算半个劳力。春种秋收，从不叫人帮忙，终日一个人拼死拼活地在地里刨挖。村里人都说：这个跛腿家伙不要命了。

有地，没有牛不行。他买了两头牛，过了半年，又买了一头驴。牛拉犁耕地，驴驮水驮粪。大小子还没上学，他就逼着去放牲畜。赵晓华指靠不上，就让她在家洗衣做饭。管她饭做得咋样，哄饱肚子就行。

对于丈夫的这一切谋划，一切做法，赵晓华什么也不知道，什么也不理会。她依旧懵懵怔怔，生活当中的任何变化，都不能给她带来一点点影响。洗衣服的时候，她照旧把衣服扔进水里，愣愣地看着水把衣服冲走。吆牲口到泉边去饮水，跟在牲口后边走着走着，蓦地便收住脚步。牲口早没影儿了，她依然钉在那里。日出日落，刮风下雨，野外的草木都有知觉，可是她感觉不出来。有时在窑外做件什么事情，突然雨来了，她不避，仍然在原地做她的事情，甚至头也不抬。做饭常烧从崖畔上砍下的酸枣刺。三性给她做了只捅柴的杈子，她不用，用手抓，手常被酸枣刺扎得稀烂。她好像没有知觉。她从不收拾自己，也不知道收拾孩子。头发成了毡片子，孩子脸上污脏，她自己不梳理，也不替孩子洗涮。村里有的妇女看不过眼，时常帮她梳梳头，给孩子洗一洗。也许知道这些人帮助她，她喜欢和村里的妇女们接近。几个婆姨女子凑在一堆拉话。她会缓缓地踱过来站在旁边，虽一言不发，虽不知她听了没听，但可以看出，她愿意站在那儿。这时候她倒显得有那么一点感觉，保持着一点人的灵性。

一次，村里的大喇叭播放歌曲，有人惊异地发现，她呆呆地站在那里仿佛凝神谛听。好久没有听见她的歌声了。她会不会跟着广播，重新歌唱？发现这一情况的人没敢惊扰她，悄悄地在一旁观望。不错，她真的在听。她的头微微偏斜着，脸上呈现出一种安适宁静的神情。这样儿跟她平时呆站在那里的样儿是不同的。然而，直到广播里的歌声停止，她一声未吭。她再也不会唱了。是的，她的歌声永远消失了。

那么，在她凝神谛听广播播放歌曲的时候，那回荡的旋律是否唤起她的某种心理活动？她那懵懵懂懂的感觉，还能感应到歌声的美妙动听吗？

不知道，一切都无从知道。

也许歌声如同现实，现实如同歌声，在她的思维里，全是破碎的，不完整的，也是模模糊糊混沌迷离的。她的歌已唱完了，路也走完了。之所以现在还往前走，不过是生命的惯性在推促着她。

1985 年夏，李三性听到一个消息：凡与当地人结婚的北京知青，政府都给转商品粮。他立即赶到县上。知青办早已撤销，他不知道该去找谁。正在街上乱转，碰见一个在县公安局工作的同村人。此人说确有其事，就在公安局办理手续。这回简单，公安局、粮食局跑了一圈，手续全部办妥，一家六口全转成商品粮户口。

吃上了商品粮，村里便把一家人的地收了。没地不要紧，可是没工作，没收入，拿什么买粮？有人给三性说，这事要找劳动局。找了几次，没结果。他不敢坐等下去，花五十块钱，买了台补鞋的机器。干脆摆上个摊子，弄点收入。看街上那些修鞋摊子，营生蛮不错哩。

机子弄回家，三性把他的、赵晓华的、娃娃的破鞋收揽了一大堆，学着用机子补。三天后，守风逢集，他带着机子上集了。

他选择供销社门口，作为安营下寨的地点，这里人多热闹。

摊子摆起来，围观的人多，补鞋的人少。山沟沟小地方，四邻八村的人大都认识，他又是个特殊人物，平日就招眼，这会儿见他弄来这么个洋玩意儿兜生意，看新奇的、取笑的都有。有的让他讲机器原理，有的要摇一摇试试。有时挡都挡不住，旁边伸过一只手来抓住机器摇把就摇。他害怕把机器弄坏，两只胳膊紧紧护着机子。这样儿又逗得众人一阵哄笑。

到了后半晌，他才补了两双鞋，一双皮的，一双布的，挣了三毛钱。

挣得少点，不怕，慢慢来，往后活儿会越来越多。他这样想，守风逢集，他都去，摊子摆在老地方。果然，找他补鞋的人慢慢多了，一集下来，有时挣块儿八角，有时挣到两块出头，看样子往后还能多挣点。

然而，他没有干多长时间。一次补皮鞋，刚轧了两针，机器上的一个零件就坏了。哪儿也配不上这个零件。他和机器都只好闲呆在家里。

李三性意想不到的是，1985 年冬，有消息传来，说政府要给他们这种人安排工作。消息不久得到证实。1986 年春，他被安排到乡政府管灶，每月四十块钱工资，三个月试用期满，工资转为五十八元。赵晓华每月从乡政府领取四十六元生活费。一家六口人，都搬到乡政府的院子里，和那些国家干部住到一块了。

一天黄昏，我看见赵晓华抱着孩子，站在乡政府院子外边的一个绿色草坡上，对着不远处那条夕阳涂染的小河痴痴地发呆。我向她走过去。

我以为她在注视那条小河。河水很浅，露出白色的石头，浪花就在石头间跳来跳去，像一簇簇耀眼的星星在闪烁。待我走近，见她什么也没有注视，眼里是一种茫然空洞的神情。孩子在她怀里把头扭来扭去，用小手揪扯她的衣襟。看见我，小家伙笑了笑。

她毫不理会我走到她的身边，依然呆呆地站着。

我想找话和她聊聊。

“你在看什么?”

没有回答。

“孩子多大了?”

没有回答。

“老抱着不累吗?”

还是没有回答。

看来要和她聊一聊是不可能的。但我禁不住仍然问下去。

“听说你唱歌不错，过去大家都喜欢听你唱歌，你还能回想起来吗?”

这次她把脸转向我，缓慢地瞥了我一眼，接着把脸慢慢地转过去，神情麻木如旧。

我极想试一试。

我小声地唱起那首《从北京到延安》。在Y县，我让几个知青给我唱过这首歌，我已经学会了。她曾经那么动情地唱过它，即使是病后，在那个雨后高原的黄昏，也还放声唱过一次。这是一首她忘不了的歌。也许她会有点什么反应。

没有。

但我又细心地观察时，发现她似乎在认真地听，心里似乎略有所动。这是很难觉察的，但我相信我的判断。我决定继续试下去。

又唱了几首过去时代她可能唱过的歌。我越发相信她在专注地聆听。她的脸上有种平和安详的神情，与平素的呆痴板滞是不同的。当我刚刚唱起“让我们荡起双桨，小船儿推开波浪”，她神奇地开口说话了：“《小船》。”

我赶紧点头。她报出了这首歌的名字。

然而她并没有看我。她凝然不动，依旧望着前方不远的小河。孩子在她怀里拱来拱去，拱了一阵之后，抬起头来，小眼睛定定地看着母亲的脸。

我重新唱下去。

让我们荡起双桨，
小船儿推开波浪……

她在听。她唱过这首歌。好多在50年代度过童年时光的人，都唱过这首歌。它能勾起人们多少充满诗意的回想啊！

哦，童年！童年！每个人都有自己难忘的童年。她的童年生活一定是甜美的。北海荡舟，草地上游戏，牵着妈妈的手去逛动物园，排着队伍，唱着歌儿，和老师同学一起郊游……也许这是童年生活里平平常常的片断，然而对于成年人来说，这些片断会变成多么美好的记忆啊！

她想起什么来了吗？她的童年，她的过去，在她脑海里是否存在？

小船儿轻轻，
漂荡在水中，迎面吹来了凉爽的风
……

她一直在静静地听。

夕阳渐渐被西边的山头遮掩，晚霞在山顶燃烧。风轻轻地吹，是凉爽的风。可我心头有一股热辣辣的风掠过。

不远处的一片菜地里，一个男孩在追逐一只小猪。小猪和他兜圈子，怎么也从菜地里赶不出去。夕阳的余晖勾勒出小孩身体的轮廓，裸露的小光腿很快地跑动着。小孩嘴里发出一种奇怪的呼喊，不时猫下腰，从地上拣起土块向小猪掷去。我认出这是赵晓华的大儿子明望。这时从乡政府院子旁的斜坡上，传来李三性的喊声，他叮嘱明望把小猪赶出菜地就行了，不要打人家的猪。他提着一只桶，叮嘱完一颠一颠地走了。铁桶在他身体的一侧闪烁着黯淡的微光。

我收回目光，又望着眼前的赵晓华。

我想，假如我们的生活里多一点歌声，多一点美妙动听、富有诗意的歌声，也许能够唤回她做人的灵性。即使不可能，她的病也不至于发展、加重。

我为她祈祷。

篇四 高原的风

梁海燕，王村钰情同手足的好朋友。王嫁给农民后，为给好友做伴，遂亦嫁农民。之后悔意渐生。星移斗转，世事更迭，外部世界的新鲜来风搅动了高原，也搅动了梁海燕的心，于是在她的家庭以及她个人的命运中，发生了种种波折。

见她还费了一番小小的周折。

先是营业所的人说她逛去了。去哪儿？不知道。几个存款取款的农民也在等她。楼底公社小小一块地方，没有什么好逛的去处，我估计她不会走远，时间不会太长。午前又去了一趟，还没见到人影。午后再去，营业所那位长着一副哭相的老主任朝一个挂着半截门帘的房间努努嘴，说："回来了，正睡觉哩。"

我犹豫了半晌，觉得不便去敲门叫醒人家，打算转身离去。老主任说："我替你叫。"接着就喊："梁海燕，有人找！"

房间里没有声响。

老主任又喊："不是取款的，是西安来的记者。"

这一声真灵，房子里马上应了声："叫等等，我就开门。"

老主任表情古怪地朝我做了一个笑脸，走了。

半截门帘后边的门随即打开。穿着一条浅灰色裤子的腿和趿着一双大红塑料拖鞋的脚在门帘后边显现，但人却没有出来。灰色的裤子和大红塑料拖鞋一闪，又在门帘后边消失了。

我不能进，也不能退，只好站在原地。

我想像着她是一个什么样的人。当地流传着许多关于她的议论，那些议论把她描绘成一个随心所欲的女人，工作上马大哈，常出差错，生活作风上也有些不太检点。她真是那样一个人吗？

房子里有往脸盆里倒水的声音，还有关抽屉、挪凳子的声音。过了足有几分钟，门帘一挑，她才露出身影来。

她和我的想像不太一样。在别人的描述中，我想像她一定敦敦实实，很茁壮，要不怎么去和男人打架？可是出现在我面前的她，一副小巧玲珑的模样。除了脚上那双耀目的红拖鞋，一身装束普普通通。给我以深刻印象的，是她头顶发式的那条大中缝。几乎所有北京女知青，刚到陕北时，脑顶上都顶着一条从正中把头发分开的大中缝。这是北京姑娘区别于当地乃至其他城市姑娘的一个明显标记。这标记维持了许多年，后来渐渐被时兴的多种多样新发式所取代。像她这样还分一条大中缝，在当地留下来的那些知青中，已经很少见了。

她热情地把我让进房间。

房间不大，盘着炕，墙角支着一个铸铁炉子。有大立柜，有箱子，还有其他一些家什，房间里留下的空间已不多了。她请我在一张老式靠背椅上坐下来。

“早就听说你来了，可我这又脏又乱的小窝儿，不敢请你来。”她笑着说，抓起暖瓶，问：“喝什么？沏茶？还是冲蜂蜜？”

我谢过，说不必麻烦。

“哟嗬，嫌我这儿不卫生？”她拿眼睛盯住我，嗓门很高，完全一副质问的语气。

我赶紧摇头，说：“那就喝点茶吧。”

她给茶杯里放了茶叶，又从一个小柜子里取出一瓶蜂蜜，往茶杯里倒了些，然后沏上水，递到我的手中。

“别嫌弃啊，咱是天涯沦落人，没什么好的招待你这远客，蜂蜜是老乡送的，多的是。”

她在炕沿坐下来。还没坐稳，又腾地弹起，说屋里有股酸菜味。她从一只抽屉里翻出一把卫生香，抽出一根，点着，插在桌上一个硬纸盒的小缝里。一边干这件事儿，一边忿忿不平地抱怨，说这鬼地方，一年之中有大半年吃不上青菜，没办法，只好泡酸菜。吃了酸菜，屋子里，人身上都是酸菜味儿，酸烘烘像臊味儿一样熏人。“这鬼地方，简直不是人呆的。”她厌恶地紧蹙眉头对我说，“当初不知咋鬼迷心窍要在这地方成家，灵醒过来，后悔都来不及了。”

我惊异于她的坦率，她却平平静静，看来这类牢骚她发惯了。她无须顾忌我是一个初次见面的陌生人，随便而大胆，想说什么就说什么。这一点，倒是非常准确地印证了别人对她的描述。

我告诉她，我已找过她几次。

她笑笑，说：“恐怕不止你一个吧，我们那哭丧脸主任也会找我的，他总拿眼睛盯着我。”

“还有几个存款取款的农民。”

“随他们去。”她把脸一扬，干脆地说，“营业所从来没个礼拜天，我还不能休息一晌半晌？我在河沟里看打鳖去了。”

她兴致勃勃地告诉我，兴寺坪粮站来了两个人，拿着小口径步枪在河沟里打鳖，她觉得好玩，就跟着去看。河沟里鳖很大，一动不动，像块石头一样爬在岸边晒盖，人远远地瞄准了，一枪打过去，打中了就过去捡，打不中，那鳖就翻个跟头栽进水里逃走。她津津乐道，看来她玩得很开心。

我又想起了人们对她的那些议论。我不敢肯定她真是不是那种人，但此刻，我已相信那些议论不是没有来由的了。

我一到楼底，便有人对我讲起这个名叫梁海燕的女知青，说她有一套一套的故事，写出书来和王村钰一样吸引人。我怀着极大的兴趣听着人们的讲述，之后我便陷入沉思之中。她的故事不同于王村钰的故事，尽管两人是好伙伴，过去在一起，现在仍然在一起，但她们却是截然不同的两种类型，甚或可以说，是两种典型。王村钰是古典式的，而梁海燕则是现代式的，她的身上，似乎比王村钰包含着更多更复杂的历史与时代的影子和社会生活的蕴涵。

当初，她见王村钰嫁给农民二万子，为了留在当地给王村钰做伴，她也嫁给了一位比她大七岁的农民。后来慢慢后悔了，可是悔之已晚，她已经给那个农民生了两个孩子。生活不如意，她就破罐破摔，对家里的事不管不顾，三天两头跟丈夫打架。后来从农村招出来，在农业银行楼底营业所参加了工作，跟丈夫的关系就更加恶化了，常常因为跟别的男人来往而招惹丈夫跟她干架。她什么也不在乎，刚和丈夫打完架，又笑嘻嘻地站在楼底集上买油糕吃。“真是一个少见的女人。”介绍过上边这类事情后，很多人都这样对我说。

“少见的女人”是个含混不清的评价，很难判断出感情倾向。实际上，人们真的也很难对她作出一个明确的评判。凡是跟我谈到她的人，大都同情她，同时也都程度不同地指责她；佩服作为一个女人她所具备的胆量和勇气，同时对她的一些做法看不惯。她在人们感情的天平上晃来荡去。她像一颗逸出正常轨道作不规则运动的行星，搅乱了人们的惯性思维。人们难以理解她，只能把她看成一个“少见的女人”。

从一个出于友情而甘做农民妻子与朋友为伴的天真幼稚的少女，到一个“少见的女人”，这中间的变化太大了。这变化是怎样产生的呢？

电话铃响了。

这是一部陈旧的手摇式电话，蹲在大队广播室墙角的泥台子上。她走过去，抓起话筒。

王村钰和二万子结婚后，梁海燕就被大队抽上来管广播，同时兼管接电话。这是一件轻松活儿，可是她并不太高兴，一来因为坐在这儿就得听从大队领导们的使唤，常得干点提水倒茶之类侍候人的事情，二来因为不能和王村钰整日呆在一块了。从小学到中学，直到插队，她同王村钰都形影不离，王村钰是她最知心的伙伴。王村钰结婚时，二人搂在一块儿大哭了一场，之后，除了晚上两人必须分开外，白天很多时间，两人仍常常呆在一起。可是到大队来管广播，看不见王村钰，孤单单一个人，她就禁不住有些心慌了。一有闲空，她就要跑回村上，和王村钰说一阵话，或者帮她干点事情，这样才不至于过分心慌。

她把话筒拿起老半天，对方还在另一头不歇气地摇机子，话筒里传出难听的咔达达咔达达的声音。她心想对方一定是个又呆又笨的家伙。待到对方不摇了，话筒里传出“喂喂”的喊话声，她故意半天不搭腔。对方急了，大声喊起来，她才慢吞吞地问：“你是谁？”

对方回答说是五里梁大队。她问有什么事，对方说公社书记在他们大队，叫她那个大队的书记赶紧到五里梁，公社书记有要紧事情。她问他是什么人，对方说是五里梁大队管电话的。她知道五里梁原来管电话的是个姑娘，此人一定刚刚换上，突然起了一个念头：捉弄一下这个笨家伙。她让他再把要说的话重复一遍，对方果真重复了一遍，她又说电话里声音太小，听不清，让他声音再大些，对方真就可着嗓门在那边喊着讲，她捂着话筒哧哧直笑。

此后，因为两个大队间的事情，在电话上她又和这个人讲过几次话。她得知此人叫李顺兴，而对方也得知她叫梁海燕。

一天，李顺兴又打来电话。不是公事，他告诉她：他们村今晚有人说书，请她去听。她答应了。

五里梁离她所在的里底村只有三里路。天黑前她到了那里，村里的场畔上已经坐了许多大人小孩。此地没有剧团来演戏，也很少放映电影，听民间艺人说书便是生活中最大的娱乐。说书人还没来，场畔上就先热闹成一片。她先到大队部去找李顺兴，电话上讲好的，他在那里等她。

大队部一排五孔窑洞。她没有走到跟前，从第二孔窑洞里便走出一个人来，大个子，长条脸，一身黑，近三十岁年纪。她猜想此人一定便是李顺兴。他迎着她走来，脸上带着讪讪的笑，好像想同她打招呼，又不知怎样搭茬儿才好。她忍不住想笑，脑子里又冒出个怪念头：再捉弄他一回。

她板平脸走到他面前。没待他搭腔，便问：“你们大队书记呢？”

对方愣了一下：“你寻……你不是梁……”

她一脸严肃：“我是公社的，寻你们大队书记。”

对方显得很吃惊，脸上的讪笑消失了，目光狐疑地从头到脚打量着她，看样子好像还想问什么，可是终于没敢问，狼狈地转身就要去找大队书记。

他刚走出几步，她就大笑起采，笑得好不开心。笑声使他灵醒过来。他走回她面前，也嘿嘿地笑着，说：“就说嘛，说话声一模一样，咋又变成公社来的哩。”

“你就这么容易上当受骗?”她止住笑，问。

“心里疑惑，可我敢不信嘛，万一真是公社来的哩?”他嘟嘟囔囔地说。

她随他走进窑洞。他殷勤地为她倒水，问她冷不冷，把火炉子戳旺，让她坐在火炉子跟前先暖和会儿。临离开大队部去场畔时，他要带上两只早已准备好的凳子，她没让带。“站在人窝里就行啦，想听就听，不想听走也方便。”她说。

说书的是个外地来的瞎老汉，坐定后，拨弄了几下弦索，静了场子，先郑重其事地背诵了几条毛主席语录，然后再弹响三弦正式开讲。讲的是《说岳》，但跟岳飞打仗的金兀术改变了国籍，成了日本人，岳飞跃马挺枪乃一大抗日英雄。听书的人群里不时发出哄笑。瞎老汉不这样变通是不行的，复辟“四旧”就要被踢了摊子，砸了饭碗。

听了会儿，梁海燕觉得没多大意思，要回去，李顺兴跟着她走出人群，硬要她去他家坐坐。

李顺兴家有个很大的院子，三孔窑洞。看来家境不错，炕上铺着毡子，中窑里扎了两个粮囤，院子里一棵柿树上还架着玉米。家里没人，李顺兴说都听书去了。梁海燕问他有几个娃娃，他难为情地支吾着说，他没有娃娃，也没有婆姨。梁海燕心里纳闷，但不便再问什么。喝了一杯水，尝了尝他拿出来的柿饼，走的时候，他把她一直送到里底村口。

随后几乎每一天，有事没事，李顺兴都要在电话上跟梁海燕拉拉话。梁海燕从别人那里知道，李顺兴原来结过婚，婆姨人样儿怪俊的，但没跟他过多长时间，就跟着一个绥德箍窑匠跑了。她随即便觉得李顺兴可怜，后悔自己不该几次拿这个老实人寻开心。

一天，李顺兴来里底大队部找梁海燕。天正下着小雪疹子，他捂着一身又厚又笨的棉衣，但裤腿很短，小腿腕子裸露出一大截。一进门就直跺脚。他拿来一团毛线，让梁海燕替他织双毛袜子。梁海燕量了量他脚的长短，收下了毛线。这一天，他在她那里坐了很长时间。

两天后，毛袜子织好了。还剩点毛线，梁海燕又替李顺兴织了条脖套。大队会计正好去五里梁，她让会计把东西捎给李顺兴，还附带着她给他的一封短信。

短信的大意是：他生活上如有什么困难，需要她帮着做的，请不要客气，她乐意为他帮忙。

李顺兴收到东西看罢信，第二天便跑到里底来找她。他觉得她对他有意思。这位老实人，不知为什么在这件事情上竟如此自信而大胆，他开始起劲地追起她来。这是梁海燕始料不及的。她慌得有点不知所措，只会支支吾吾地敷衍人家。这一来李顺兴更相信自己的感觉和判断，追她追得更来劲了。

看来事情逃避不开了。梁海燕不得不认真地思考。

几天后，她来到王村钰家。

“我要结婚了。”她对王村钰说。

王村钰正在喂猪，听她的话吃了一惊：“结婚？跟谁？”

“五里梁的李顺兴。我给你说过，就是那个管电话的。”

“怎么，你跟他……”王村钰放下猪食盆，茫然不解地望着她。

“这个人挺厚道。”她说，接着吭地笑了，“干嘛这样看着我？我不能嫁人吗？”

王村钰问：“你喜欢他？”

梁海燕说：“有一点。谈不上特别喜欢。不过谁都要结婚的，五里梁离咱们村才三里路，跟他结婚，咱俩这一辈子都好做伴啦！”她的语调像谈论一件平平常常的事情那样轻松随便，“你知道，我就怕和你分开，上初中把我分到另外一个学校，我不去，硬叫家里人找教育局，找学校，最后不光转到跟你一个学校，还在一个班。插队又把咱俩分开，我又闹，最后终于又在一起。人家说棒打不散的鸳鸯，咱们是棒打不散的伙伴……”

“这是件大事，你要慎重考虑。”王村钰打断梁海燕的话，犹豫地说，“结了婚就要在农村呆一辈子，这地方这么苦……

“苦？你都不怕，我怕什么？”梁海燕又急匆匆打断王村钰的话，“现在还不苦吗？无着无落的，像片枯叶漂在水上……别说这些了，我已拿定主意。我一结婚，咱们两家就走亲，像本地人亲戚之间一样，逢年过节你来我往的，高高兴兴，亲亲热热，谁也不孤单。离得不远，平常想串门就串门，想去楼底逛集，你叫二万子拉上毛驴，我叫李顺兴拉上毛驴，咱俩坐上，一扭一扭的，嘻嘻，那真成本地婆姨了。”她说着便信口乱扯起来。她自己哈哈大笑，王村钰禁不住也被逗笑了。

“不过，你还得慎重考虑考虑。”王村钰仍然不无忧虑地叮咛，“说是说，笑是笑，事情真那样来了，怕后悔都来不及哩。”

“你后悔啦？”梁海燕咄咄逼人地问。

王村钰摇摇头。

“这不就得啦！不就是回不了北京？心甘情愿不就得了呗。”梁海燕执拗地说。

梁海燕结婚了。

从认识李顺兴到结婚，不到两个月时间。

我想见见李顺兴。

“见他干什么？一个蔫萝卜，黑不溜秋的榆木疙瘩。”梁海燕满腹怨气。这人不会掩饰自己，喜怒哀乐全都表现在嘴上脸上。

我还是执意要见见，并说还想去村里看看她的那个家。

“那就抽个时间去吧。”她见阻止不住我，垂下眼帘，沉吟着说。

隔了一天，她到公社来找我。“走吧，去我家。”

“今天你能抽出空？”我问。

“什么时候都能抽出空。”她大咧咧一笑，“想走就走，谁管得着？”

她在公社借了两辆自行车，她骑一辆，我骑一辆。她刚跨上车子，又跳下来，说那车子头太死，不好骑。我要和她调换一下，她说：“把你栽到沟里咋办？”说罢转身回到公社打算另借一辆。进门后见农技员在院子里闲转悠没事，又变了主意，不管人家乐意不乐意，硬叫人家骑上车子带她走。高大老实的农技员推托不掉，只好做了苦力，和我们一道奔往五里梁。

五里梁是个大村子，六七十户人家的窑院错错落落散布在一道背阴朝南的斜坡上。刚进村口，车子正沿大斜坡朝下滑行，梁海燕突然从农技员自行车的后座上跳下，尖着嗓门厉声对着远处一个崖畔喊起来。

“死熊娃，跑到那里干啥?”她怒气冲冲，声音很大，“回来！再乱跑小心我敲死你俩!”

高高的崖畔上有两个小娃娃，听见她的喊声，撒开脚丫子，一溜烟就蹿得不见踪影。梁海燕转过头，笑笑对我说：“是我的两个小死鬼，野荒了。”

梁海燕的家在一个凹陷进去的半崖畔上。大门锁着，她从门框旁的一个墙窟窿里掏出钥匙，打开门。院子里，一群鸡正在粪堆柴禾堆里刨食，粪土柴草被刨得乱七八糟。她把鸡轰开，让我和农技员进到窑里。

梁海燕告诉我，这是一院新窑，她和李顺兴结婚不久就和家里分开了，但好几年时间仍和公婆住在一起，直到前几年才掏了两孔窑搬出来。她指指窑里好久没有清扫的地面和家具上的一层灰尘，没好气地说：“你看，那死人懒得跟猪一样，叫人一看就有气。”

“你丈夫不在?”我问。

“谁知他蹿到啥地方去了。”她厌恶地说，随手拉起一块烂布，擦了擦凳子，让我和农技员坐下。

她去倒水，拎起暖瓶，是空的，就更有些窝火。“看看，一口热水也没有。这个家一辈子不进来我都不想。进来就叫人丧气，就叫人想吵架。”

我和农技员都说不渴。她从一只板框里翻出一包生葵花子，倒在桌子上，让我们嗑。她一边怨气冲天地发牢骚，一边收拾起窑里来：扫地、擦桌子，末了还把李顺兴脱下的一条脏裤子泡在洗衣盆里。

不大工夫，一个老太婆从大门外走进来，后边跟着两个孩子。从孩子的衣服颜色上，我认出这就是刚才在崖畔上玩耍、被梁海燕唤作

“小死鬼”的那两个小家伙。一个男孩，一个女孩，女孩八九岁，男孩比女孩小一点。看来孩子都有些怯梁海燕，不敢走上前来。梁海燕也没有理睬他们，只是向我介绍说，老太婆是孩子他奶。

老太婆问我们吃了没有，喝了没有，又扭头问梁海燕见到没见到李顺兴。梁海燕回答说没有见到。

“他买化肥去了。”老太婆说。

梁海燕似乎不愿意过多理睬婆婆，老太婆又说了几句有关孩子的话，便走了。

两个孩子想跟奶奶一块离去，梁海燕一声断喝：“站住！”

两个孩子乖乖地站住了。

“还想跑出去野？”她把孩子拉过来，没好气地说，“看你们脏成这样儿，谁见了谁恶心。”她给脸盆里倒了些水，按住两个孩子的脖子给洗脸和手，又从板框里翻出衣服替孩子换过。孩子自始至终由她摆布，不敢吭一声。她盯住孩子，问：“我是老虎？这样怕我？”问罢，自己竟先咯咯笑起来。来的时候，我明明见她空着手，却不知她在身上啥地方装着一包水果糖。她变戏法似的，把水果糖拿出来给了孩子，又凶声凶气地说：“不准一次吃完。”接着又说：“不准到东崖畔上去耍，那里塌土，小心砸死你们。滚吧！”

两个孩子得到糖果，欢天喜地，一溜烟跑了。

梁海燕告诉我，两个孩子由婆婆管着，婆婆把孩子放了羊，根本就不管，弄得孩子野得没法说。她一边说话，一边开始匆匆搓洗刚扔进洗脸盆里的几件脏衣服。搓完，她把脸盆往旁边一推，说：“不透了，叫那死鬼一天到晚轻松自在，留给他透去。”

李顺兴不在家，我们没有多呆，骑上车又回公社。

半道上，我看见对面远远走来一辆毛驴车。车上坐着一个双手抱着膝盖的人，头上捂顶破草帽，破草帽随着驴车的颠簸一扇一扇。路上空空荡荡，这辆从远处走来的毛驴车特别惹人眼目。头天晚上下了场小雨，空气湿润清新，黄土路面清清爽爽，路旁的塄坎上簇簇拥拥地开放着各色各样的野花。像观赏一幅油画似的，这空寂的旷野，远处缓缓走来的毛驴车，以及车上那凝然不动戴顶破草帽的人影，勾起我一种新鲜的感觉。我仔细地体味着这种感觉。待到我们的自行车与毛驴车对面错过时，突然一声粗野的叫骂让我吃了一惊。

"妈的×！小心把你狗日的栽到沟里摔死！"

是毛驴车上戴草帽的人的骂声。他抬手指着坐在农技员自行车后座上的梁海燕，一副恶狠狠的表情。我看见这是一个脸孔长长的中年汉子。我还没有反应过来是怎么回事，梁海燕在前边的自行车上接了腔。

"你妈的×！"她也用粗话大声骂道，"栽不死，小心把你狗日的气死！"

"你就不是个好东西！"

"你是个好东西？看你那熊样！"

我赶紧跳下车。梁海燕在前边向我一摆手，说："甭理，走！"

我愣怔了半天，才醒悟到毛驴车上的长脸汉子，便是梁海燕的丈夫李顺兴。

我感到深深的不安。回头再望远去的毛驴车，那汉子嘴里不知还在骂些什么，攥拳捶打着毛驴，破草帽的帽檐在加速行驶的毛驴车的颠簸中扇动得更欢了。

我追上了农技员和梁海燕。

“那就是我那货。”梁海燕仍旧稳稳当当地坐在农技员的车子上，对我说。

“怎么好好的你们就骂起来？”

梁海燕嘻嘻一笑，一副毫不在意的样子。“他嫌我把他锁在房门外。”她说，“早饭后，我在供销社碰见他来买化肥，我没理，可能后来他去营业所找我，碰了一把大铁锁。”

“你知道他来了还要回家？”我问。

“就是想避开他。一见他就有气。”她说。和丈夫对骂了一场，好像使她很兴奋。她在农技员的背上捶了一把，又说：那死货骂我，还有个原因，就是看见我坐在别的男人车子上。大醋罐子一个，让他难受去。”说罢，又开心地笑了。

农技员一听这话，蹭地刹住闸，从车子上跳下来，说：“这么说我不该带你，替人下苦不落好反倒落下了是非。”

梁海燕赶紧说：“没事没事。他把老娘不敢怎么样，把你也就不敢怎么样。”

回到公社，我的眼前还不时现出半道上梁海燕与丈夫对骂的情景。还有梁海燕开心的笑，那个坐在毛驴车上、破草帽忽悠忽悠扇动的远去的身影……

梁海燕婚后一段生活还是比较顺心的。丈夫李顺兴仍在大队管电话，她被安排到五里梁小学当民办教师。她没看错，丈夫人很老实厚道，待她不错。地里有公公劳动，家里有婆婆做饭。她用不着像王村钰那样，事事都要自己下苦力、伤脑筋。她挺满意。

但是舒心满意的日子并没有过多久。

她是个不受约束的人，喜欢自由自在，想干什么就干什么，想去哪儿就去哪儿。婆婆却是个脑子里装满老规矩的老太婆。她喜欢交往，常爱往王村钰那里跑，每当吃完饭她要出去，每当学校里的同事来家里、她递烟端茶地招待，婆婆就要拉下脸给她看。她看见只当没看见，不理。婆婆终于忍不住了。

“我们年轻时当媳妇，敢像今个年轻人这么疯张?”婆婆拉出一些陈年老事给她亮耳朵，“早晨一起来，先到公公婆婆窑里去倒尿盆。吃饭不能自个先吃，要等一家人吃完，才敢蹲在厨房里把剩饭刨进肚子。没事干就坐在炕上做针线，敢到处胡跑？不打断你的腿!”

梁海燕我行我素，只把这些唠叨当成耳边风。

“如今这世事越来越没样样啦。”婆婆见她根本不理会，气哼哼地对着李顺兴嚷嚷，“就说这是不是你的家？吃完饭，你尻子一拍走啦，媳妇也来了个大撒手，啥事不管，到底该媳妇侍候公婆，还是公婆侍候媳妇?”

李顺兴叹口气，悄悄对梁海燕说：“往后少去外边串门，家里的活儿也得干干。”

梁海燕说：“家里的活儿可以干，但是我想去哪儿，谁也管不着。”

梁海燕咋说咋做。放学回来，洗碗，喂猪，垫厕所掏羊圈，家务活没少干，可一有时间还是爱出去串门，尤其爱往王村钰那儿跑。这使婆婆仍然看不惯。婆婆看不惯她的地方很多，一次为洗脚，婆媳之间第一次吵起来。

梁海燕天天晚上都要洗脚。家里用水要下一条三里多路的井坡去驮，水也就被看得特别金贵。婆婆早对她晚上洗脚有意见，一天见她又拿脸盆舀水，憋不住便开了腔。

“把脚洗得那么勤，是叫人闻呀？”婆婆的话说得不好听，脸上的颜色也很难看，“试着三五十天不洗，看能不能生蛆！”

她没有理睬，洗脚时，有意把水弄得哗哗地响。

婆婆又对儿子发脾气：“你驮过几次水？都不是你爸吆着驴吭哧吭哧爬井坡？水不花钱，不花力气啦？农村过日子又不是在北京城，穷讲究个啥！”

李顺兴蔫头耷脑不吭声。

洗脚水本来还可以留下给猪拌食，可是今天，梁海燕洗完脚，端出窑门，哗一声泼在院子里。婆婆一蹦从窑门口的石凳上蹦起来。

“你这是有意跟我当对头是不是？你泼，你泼，厨房里还有一缸，你都泼净！”

梁海燕居然还能笑着说：“明个洗了脚再泼。”

婆婆气得说不出话。梁海燕转身回到窑里，被子一拉蒙头便睡。

随后不久，梁海燕与婆婆之间又闹了一场更大的风波。

婆婆过日子特别细，用梁海燕的话说，是太抠门。家里粮食明明吃不完，可是有揭不开锅的人家来借，一粒也甭想拿走。梁海燕早想接济一下王村钰，知道不行，一直没敢开口。后来眼见得王村钰家的日子过不下去了，她便先给丈夫说，想借点谷子给王村钰。丈夫做不了主，去跟公公婆婆商量，结果碰了一鼻子灰。“一不沾亲，二不带故，替人家操个啥心！”婆婆斥责丈夫，“再说，那个家是个没底窟窿，把谷子借给她，她拿啥还？”

梁海燕在隔壁窑里听见这话，恨得咬牙切齿。

过了两天，婆婆蒸了一锅窝窝头，碱放多了，梁海燕吃着不是味儿，便去中窑里拿蒜，想蘸酱油就着吃。蒜在一堆烂套子下放着，她把套子搬开。后晌，婆婆去中窑拿东西，发现套子挪了地方，便从中窑出来，冲着刚刚放学走进家门的梁海燕大吵大闹。梁海燕摸不着头脑，不知发生了什么事情，听了半天才听清，婆婆怀疑她把那堆烂套子偷出去送给王村钰。

这回梁海燕忍不住了，婆媳间大吵了一通。

看来和婆婆很难相处下去了，梁海燕提出分家。李顺兴还有些犹豫，但公公婆婆倒痛快，立即请来亲戚邻人以及生产队的干部，摆了一桌酒席，吃喝中没费多少口舌事情就说定：李顺兴和梁海燕分得一孔窑，一石谷子，五斗玉米，两斗小麦，还有些旧家具。从此以后，一家变两家，各过各的日子。

梁海燕对我说：分家后她感到轻松了许多，没有那么多约束，不用看婆婆的脸，凡事她都能做主。“那时李顺兴事事都听我的，”她露出得意的神情。

她和丈夫的矛盾，是在婚后第二年开始的。

五里梁有十七八个北京插队知青。梁海燕嫁过来后，和这些知青关系都很好。婚后第二年，大批招工开始，知青一个一个都像鸟儿一样飞了。结了婚，招工自然轮不到梁海燕头上，可是她并不后悔。每走一个知青，她都要去送。关系特别要好的，就请到家里来，做几样菜，大家又高兴又伤心地吃一顿离别饭。头一两次请人吃饭李顺兴没说什么，再往后，李顺兴就不高兴了。一次送走客人，李顺兴的脸拉得很长，对梁海燕说：“往后这档子事能不能免了？”

“为什么？”

“花钱费粮食，图个啥?”

“你呀，跟你妈一个样!”

“我还看不惯你跟那些男男女女说呀、唱呀、哭呀、笑呀的。”

“哭呀笑呀又怎么啦?我愿意!那都是我的朋友，看不惯你躲着点。”

“我躲?叫我躲?这是我的家!”一向顺顺贴贴的李顺兴，竟然发起火来。老实人发火非同一般，喘着粗气，歪瞪着眼，脸孔抽搐，一副凶狠蛮横的样子。梁海燕吃惊地注视着他，没有再和他吵。

这次吵嘴使梁海燕很伤心。她没有想到老实的丈夫性子里还潜藏着凶悍的一面。这个发现使她改变了对于丈夫的看法。一层阴影落在她的心头。

这一年九月她怀了孕。此前，结婚近两年时间，她一直怀不上。怀孕后反应很大，不时呕吐，有时肚子里吐空了，连绿乎乎的胆汁也吐了出来。去楼底卫生院看，医生说是妊娠反应，正常现象，可是她难受得不行。李顺兴已经老大不小年纪，但他不像一般男人那样，知道自己快要做父亲了，高兴得不得了；他的脸上看不出丝毫惊喜，跟以前一样，还是那么一副冷冰冰、蔫乎乎的样子。也许他不懂怎样体贴怀孕的妻子，她难受时，他呆呆地在旁边看着，有时还会冷冷抱怨一句两句：“看看，刚吃了又吐!”她气得直想骂他。

五个月后，梁海燕去医院检查，医生说胎位不正。她心里害怕了，禁不住胡思乱想起来。

刚来插队时，她听说过早年间这个地方有种风俗：生孩子死去的妇女，下葬时，棺盖不钉。棺材落到墓坑里，由丈夫在坑底掀开棺盖，拿刀子剖开女人肚子，取出死婴，然后才把棺盖钉死掩土安埋。

取出的死婴必须断肢，扔到荒沟里让野狗吃掉。之所以这样，解释是：女人肚子里的娃娃能害死大人，必是妖物怪物，不取出来断肢荒野，便会在死人肚子里继续生长，随后就要兴妖作怪。

开始听到这传说，梁海燕根本不信。“这么野蛮？准是胡说。”可是后来许多当地人证实了这说法，一个在兴寺坪医院工作的熟人甚至告诉她：即使在当今，个别死在医院里的产妇，家里人还硬要医生做手术把死孩子拿出来。她听得心里直发毛。

这种可怕的事情，过去只是当做闲话听听，眼下她一下子跟自己联系起来。她摆脱不掉这种恐怖的联想。这是一种无可名状的似乎既实在又似乎很虚幻的恐怖。其实可能什么事情也不会发生，但她禁不住总朝最坏处想。在家里，李顺兴来到她面前，她便以一种古怪的心情和眼光审度他，判断假如她真有个三长两短，他会不会像传说的那样去做。一会儿得出肯定的结论，一会儿又在心里否定了。

“他不是那种人，他不至于那么心硬，他不会。”她暗自安慰自己说。

一天夜里，黄鼠狼钻进院子，把一只老母鸡的脖子咬了一个大窟窿。第二天一早，梁海燕从鸡窝里把浑身被血涂染得花花道道的伤鸡拎出来，心疼地说：“快寻点药抹上，说不定还能救过来。”

“咬成这样子，还能活？”李顺兴蔫蔫地说。

他进了厨房。出来时手里提着菜刀。梁海燕还没看清楚，他手起刀落，鸡脑袋就滚落到一边。

看着掉了脑袋还在蹬腿的老母鸡，看着地上流的血，再看看脸上堆着满不在乎神情的丈夫，梁海燕两条腿一下子软了。闪电似的，脑子里划过多少天来折磨着她的那个想法，她毫不怀疑地作出判断：

“他会的！如果搁在过去，他一定会的！”

最终她顺利分娩，但是冥蒙中对于丈夫所产生的那个强烈印象，却像刀刻一样，在她心里抹不掉了。

不错，截至现在，她相信丈夫还是爱她的。然而不论他怎样爱她，他终归是个农民，一个偏远落后、文化荒芜地区的狭隘自私、思想陈旧的农民。他的身上，承袭了许多祖先遗传下来的可怕东西。这是难以改变的，因为本人没有意识到，因为渗透到了血液中，即使他爱她，也保不准会产生些什么名堂。他和她接受的是完全不同的两种教养、两种文化熏陶，这就注定在两人关系中，必将产生没完没了的摩擦和冲撞。

她突然才觉悟到这一点，但是她知道，一切都晚了。

坐月子期间，大队小学另聘请了一位教师顶替她。不知那位临时教师搞了哪些活动，月子坐完，她想去学校继续代课，大队头头却推说她有了累赘，她的工作由那位请去的民办教师长期接替了。

这对她是个打击。她没吭一声，认了。

可是没过几天，丈夫李顺兴在大队管电话的差事，也被解除了。顶替他的是大队书记刚从初中毕业的侄子。这个打击使李顺兴蔫得几乎抬不起头来。她把大队那些头头大骂了一通，然后气愤地对丈夫说：“怕什么？不干那事儿，就不活啦？抬起头来，看你那蔫样子！”

公社里做饭的大师傅是五里梁人，他对我讲，梁海燕是个泼辣女人，书教不成，把孩子给婆婆一扔（尽管分了家，但婆婆乐意给她看孩子），裤腿一挽，就跟着人们出工下地，像男人一样干包工活。她不喜欢在家里做饭，李顺兴倒好像成了一个屋里人，包揽起做饭喂猪这些家务事儿。大师傅说：那阵儿谁都以为梁海燕铁了心要在五里梁呆下去，谁知道她后来竟闹腾得那么厉害。

我明白，大师傅所说的闹腾，是指梁海燕与一些留在当地的北京知青串联起来，集资自费赴京上访的事。

我向梁海燕了解过这件事情。梁海燕说："广播报纸天天宣传要彻底否定'文化大革命'，上山下乡是'文化大革命'产物，该不该否定？既否定，就该让所有知青都回北京。"

"结果怎么样？"

"屁！上头官员说知青上山下乡是'文化大革命'前主席提出来的，与否定'文化大革命'挂不上。尽胡说八道！'文化大革命'前总共才有多点儿知青上山下乡？没有'文化大革命'，能有那么多人被赶下来？"

"孩子丈夫都在这里，就是叫你回北京，你走得脱？"

"咋走不脱？叫我去美国，也走得脱。"她目光灼灼地说，"这是个啥鬼地方，我五叔在西安工作，给我买了双皮鞋托人捎来，穿半天土就扑满了不说，不几天鞋跟就歪掉了。这鬼地方，不是人呆的。我箱底压了几件连衣裙，都是回北京买的，就是一次也穿不出去，穿上人们拿白眼珠瞪你，没准屁股后边还会跟一群娃娃看稀罕。"说到这里，她话锋一转，笑着告诉我："为集资上访的事，我还同李顺兴干了一仗，你不知道吧？"

我问："干得厉害吗？"

她点头道："厉害。差点就血里捞骨头了。"

1982年春，留在县上的几十个北京知青串联起来，几次碰头，研究去北京上访的事。

梁海燕是这中间的积极分子。本来她还动员王村钰参加，王村钰没有同意。她便时而县上、时而公社地奔波起来。

从一开始，李顺兴就不同意她参与这件事情。他怕她变心，扔下他和孩子飞走。去年冬，几个民办教师考上地区师范，他以前教过书，便被吸收当了民办教师。其实梁海燕对上访的事也没有多大信心。说真的，不管她嘴上怎样讲，这阵儿真要叫她回北京，她心里不能不打格腾。她知道她跟其他知青情况不一样，别人两口子都有工作，说走一齐走，在这里交了粮本，在北京还能领到粮本。她呢？丈夫是个农民，已经有了两个娃娃（她后来又生了一个），想走绝没那么容易。退一步说，即便北京接收她一家人，北京有她的生活位置吗？北京早就不是她的北京了。她参与上访，并不打算求得什么实惠，不过想闹出一番热闹来。日子过得太乏味了，她要寻求一番刺激。不论咋说，闹腾起来，就有人注意你，就有人要伤脑筋，这就让她觉得开心，这就得啦！

一天，邻近几个公社打算上访的知青到她家碰头，共有七八个人。她款待了一顿吃喝。走时，她交给他们十元钱。这是大家都要交纳的集资款。

送他们回来，她见李顺兴黑着脸，知道他不高兴。她刚端起盆子想洗几件衣服，李顺兴走过来，一把把盆子夺下，扔到一边去了。

“你说，你整日价疯跑不说，还给他们交钱干啥？”他歪扭脖梗，像啄架的公鸡一样盯住她，话语中火气十足。

“你管得着吗？”她也火了，“我也劳动，钱又不是你一个人挣的，管我爱怎么用不爱怎么用！”

“嘴还能翻，我叫你翻！我叫你翻！”李顺兴一把抓住她的领口，看样子想揍她，不过抓住领口往下再没有动作。

但这已经让梁海燕不能容忍了。她动手了。她扇了丈夫一个耳光。

李顺兴松开手，倒退了两步，随即又扑上来。脸上的表情很可怕。鼻子眼睛仿佛挪了位置，嘴里骂着粗话，拳头向梁海燕抡过来。

梁海燕也不示弱，猫身从地上抓起一根硬柴，对着李顺兴乱抡。

先一年他们修起新窑，从父母亲的老窑里搬了过来。独门独院，两口子打架没有人来劝解，两个便没遮没拦地干起来。大女儿在奶奶那边放着，一岁多的小儿子坐在地上哇哇大哭，谁也不去管。最终吃亏的自然是梁海燕，挨了李顺兴不少老拳。李顺兴也没有讨上便宜，小腿肚子被梁海燕用硬柴抡了条血口子。

这一仗干得假戏演成了真戏。梁海燕铁了心，要在外边找工作。

她离开家，去西安五叔家呆了二十来天，希望五叔在西安帮她找个工作。五叔知道她是为两口子打架跑出来的，只是安慰她并没有为她奔波。不得已，她又回到家里。

从西安回来，她心里增添了一种新的难以形容的烦躁。在西安期间，她曾经去看望过一位从五里梁招工招到省上一家大医院的插队伙伴。这位伙伴叫刘莹，在村里时人挺老实，爱哭，谁也瞧不起。但是几年后，当她见到这位在大医院化验室里工作的刘莹时，几乎不敢认了——原来头发又黄又干巴，总像梳不展，如今一头黑油油潇洒飘逸的披肩发；轻轻地描着眉，淡淡地抹着唇膏，脸蛋儿白白净净，一双眼睛水灵灵，就连身段儿好像也变苗条变高了。脱去白大褂，一身清爽淡雅的春装，鹅黄色薄毛衣的高统领子翻了几个褶儿，松松软软垂落在胸前，透出一种舒适洒脱的劲头。她惊异于这位昔日毫不起眼的伙伴，怎么竟奇迹般地变得这么漂亮，这么富有韵味。相形之下，从上到下，从里到外，她简直是一个土拉巴儿的乡巴佬。

刘莹热情地邀她去她家玩。刘莹的家是个只有一间半房子的小单元，地方不大，却收拾得舒适整洁。墙上挂着书法家的墨品和世界名画年历，屋外的阳台上养着花。沙发电视机收录机都有。刘莹的爱人是一个机关的小车司机，长得精精干干，炒得一手好菜。她随刘莹进门时，他正在厨房里烧黄鳝，香味飘满整个屋子。一个男孩，放在幼儿园全托，到了礼拜六才接回家，吃完饭，刘莹的爱人拿出别人送的两张音乐会票，让她和刘莹去。她谢绝了。她起身告辞，刘莹两口子忙着穿戴打扮了一番，同她一块出门去听音乐会。

与刘莹的见面仿佛掀起一江春水，梁海燕的心里更不能平静了。人家的生活才叫真正的生活，人家活得才真正像个人样，她想。她不敢扭回头来再看自己，再看自己所过的生活。在刘莹那里获得的强烈印象与她面对的一切形成强烈反差。以前心里尽管有过懊悔，但从来没有像现在这样严重地失去平衡。她痛切地感到，命运捉弄了她，生活把她欺骗了。

但是这种感受她不能对人讲，只能埋在心里。

她仍然必须带孩子，守着碾子磨面，吆着毛驴驮水，去地里劳动。

一天晌午，她正在锄地，听见远处村里的高音喇叭响起来，隐隐约约像是叫人。公社和大队，利用高音喇叭叫人是常事。有时猛不防大喇叭哇一声响起来，一个嗓门在里边喊：“×××，你男人在工地把一只鞋掉到河沟里去了，你男人叫你赶紧给他送一双鞋去!”或者："×××，你家老母猪配种的钱还没给公社配种站交，配种站限你三天内交钱。"大喇叭里常喊这类事情。她只顾低头锄地，没有在意。但是一阵风吹来，她听见大喇叭里像是喊她的名字，侧耳静听，果真是叫她。

"里底的王村钰、五里梁的梁海燕、官庄的郭爱荣，你几个听着。"大喇叭里重新喊道，"你几个今后晌到公社来一趟，有事情要跟你们说。王村钰，梁海燕，郭爱荣，听见了没有？"

她拄着锄头，愣愣地想：有什么事呢？

后晌，梁海燕先到里底找王村钰，然后两人一块儿来到公社。

原来是好事。县上要给与当地农民结婚的知青安排工作，不愿工作的，可以得到一千块钱。梁海燕兴奋异常。她见王村钰默然不语，并不像她那样高兴，捅了好伙伴一把，问："怎么了？这不是熬到头了吗？为什么不说话？"

回家的路上，王村钰顾虑重重地说她还得想想。她要是出来工作，家里扔下二万子和四个孩子，将怎么过活？梁海燕笑了，说："你呀，还管那么多！有机会不抓住，后悔时干哭没眼泪。"

一回到家，梁海燕便对丈夫讲了县上的安排。她告诉李顺兴：她要出去工作。

李顺兴心里有点慌乱，喘气声都听得见。嘴里吭哧吭哧半天，才嗫嚅道："咱们再想想，看出去合适，还是要钱合适。一个合同工……说到底是个合同工，稀罕不稀罕？……"

李顺兴没说完，梁海燕便火冒三丈："合同工怎么样？你不稀罕我稀罕！"

没过几天，她便办了手续。她被安排在农业银行楼底营业所工作。

临离家头天夜里，李顺兴忧心忡忡，翻来覆去睡不着。梁海燕也睡不着，但她不去理他。李顺兴折腾了许久，翻身坐起，说："我有话跟你说。"

她照旧躺着："有话就说。"

"你出去工作，我不拦挡。"李顺兴说，"不过有个条件。"

她在心里说：你拦挡得住吗？嘴里问："什么条件？"

"咱们得定几条规矩。"

"怎么？要约法三章？"

"没有三章，只两条。"

"哪两条？"

"第一，你拿工资了，可我和娃娃还在农村，咱们得说定，你不能大撒手不管家里，每月要给家里拿回一些钱来。"

"第二条呢？"

"不准跟别的男人来往，不准跟他们吃吃喝喝，嘻嘻哈哈。那些吃国库粮的男人，婆姨都不在身边，骚货多得很！"

梁海燕哼了一声，说："第一条可以答应。第二条嘛，你管不着！"

她想有意刺激李顺兴。

李顺兴气得脖子一梗："你！……"

不知是不是逆反心理在作怪，梁海燕到楼底工作后，就喜欢和别的男人们来往。我在采访过程中，不止一次听到人们议论她这方面的事情。

有人对我说起这样一件事：有次李顺兴来看她，她正在屋里和几个男的说说笑笑，见李顺兴进来，却带理不理的，李顺兴便一肚子气。过了会儿，她把他扔下出去了。她在学校打了半天乒乓球，估计丈夫离开了才回去。回屋一看，人果真走了，但茶壶被摔碎，脸盆架子被推倒，半脸盆水流了一地，墨水瓶在墙上炸开一朵花，箱子被单上溅上了墨水点子。别人料她一定会大叫大骂，谁知她却平静地笑笑，说："死货！屋子里这么多东西，怎么不砸光呢？"

后来我在梁海燕的屋子里，见到了她的丈夫李顺兴。这是距那次从五里梁回公社、半道上两口子对骂不几天之后。小儿子发高烧，李顺兴送孩子来看病。看完病，孩子躺在床上，梁海燕在炉子上做饭，李顺兴靠着桌腿蹲在地上，我和他拉着他家里的一些事情。

他并没有因为头次在那样一个场合和我见面显得难为情。他并不觉得尴尬。他只是关切地向我打听，像他这种人国家该不该照顾。"为啥不安排工作？"他向我质问，仿佛面对他的是县安置办主任，或者劳动局长。"知青下乡是响应毛主席的号召，毛主席死了，就没人管啦？遗留问题没解决，我们这种人谁也不关心，就好像和知青没关系，合不合乎情理？"

梁海燕插嘴说："你给人家讲这些干什么？"

李顺兴翻了梁海燕一眼："叫他给上边反映反映嘛。"

梁海燕说："谁管你的事！"

李顺兴把头扭向一边，不再吭声。

饭后，我正在公社客房里整理采访笔记，梁海燕来了。像卸去一个沉重的负担，她长出一口气，说："走了。我把孩子留下，叫他回去了。"

她似乎很难忍受丈夫在她身边多呆一分钟。

我知道，她曾经企图躲开丈夫，在楼底工作不长时间，便要求调到四十里外的兴寺坪营业所。在兴寺坪呆了一段时间，外界便对她的生活作风传出一些风言风语。呆不下去，只好又调回楼底。

她毫不掩饰对丈夫的厌恶，忿忿地骂道："看那蔫萝卜样儿，呆货一个，一无外财，二无内秀，当初不知图他个什么！"

我只能安慰她，不能讲别的什么。

"有人说我爱跟别的男人往一块粘，为什么不能粘？我喜欢！我想跟谁来往就跟谁来往，我男人都管不着，旁人管得着吗？在北京，我还跟人跳舞哩，可惜这里没人看见。"

我说："跳舞并不是坏事，想跳就跳，不值得大惊小怪。"

"可这儿就不行。"她说，"看见男的女的搂着转圈圈，不大呼小叫才怪哩，没准还会跑到公安局去报案。这鬼地方，简直不是人呆的！"她又说起常挂在嘴头的那句话。

1982 年冬，参加工作后的第一个春节，梁海燕回了一趟北京。

父母亲对她的婚事本不满意，当初劝阻她，没有挡住，后来见她有了孩子，如今又参加了工作，便又怕她中途横生变故，做出不道义的事情，反过来常常劝导她安心跟丈夫过日子。父母亲在心里也可怜她，她一回到北京，便好吃好喝地待承她，吩咐弟弟妹妹陪她看电影、转公园，一心叫她玩得高高兴兴。她也有一副好兴头，怎么开心怎么玩，其他一切全扔在脑后。

这些年，北京一年一个样，城里的变化不说，即是三环路以外的郊区，变得她几乎不敢认了。街上青年男女个个打扮入时，神清气爽。喇叭裤刚在延安城流行不久，Y县小城里仅有为数不多几个“新潮人物”试试探探穿上身，而在北京已经过时了，时髦青年们已经穿上紧绷绷窄裤腿的西裤。商店里货架上琳琅满目，要什么有什么。背上顶块TAXI标记的小车明显多起来。坐TAXI的不一定都是外国人、出差干部或做生意的暴发户，常见一对对青年男女在街边手一招，车一停便双双钻进去。电影院里新片子一个接一个换着放映，大剧院里常常有外国艺术家来演出……所有这一切，都使长久憋在陕北农村的梁海燕，产生一种恍若隔世的感觉。

她随妹妹去了一回舞场。舞会是一个机关办的。她不会跳，起先只是坐在一旁呆呆地看。妹妹请了一位熟人教她。简单地懂得了步子应该怎样走，她就跟妹妹跳，随后鼓起勇气跟相识的或不相识的男伴跳。舞曲悠扬，彩灯明灭，她宛若置身一处仙境，忘掉了一切，只是旋转、旋转……

这一回她玩得太痛快了，一辈子还没有这样痛快过。

春节过后，她回到陕北，一踏进县城，她就觉得那条惟一的街道又窄又短又肮脏，房屋都是灰蒙蒙的，商店里的门都大敞开，货架上却没有什么东西，柜台前也没有什么顾客。街上的人跟土拨鼠一样，脸上黄黄的，身上的衣服不说干净不干净，单看那样儿，咋看都不顺眼。

从繁华文明的大都市，回归到她生活的位置上，她仿佛突然间从现代化社会跌落到洪荒时代。以前每次从北京回到陕北，她都有这种感觉，但这一回格外鲜明强烈。这感觉使她的情绪糟透了。

紧跟着发生的一件事情，使她的情绪恶劣到了极点。

与她和王村钰同时招出来的郭爱荣，也是一个嫁给当地农民的北京知青，被安排在楼底供销社工作。郭爱荣的丈夫是个不务正业的游手好闲之徒，郭爱荣工作后，他便不在农村劳动了，天经地义地住在郭爱荣那里尽吃尽喝，当上了无所事事的“随干家属”。郭爱荣三十几块钱工资，既要养活一个患有先天性心脏病的孩子，又要养活丈夫，本人身体又不好，弄得相当狼狈。即使如此，她的那个丈夫也不让她轻松——闲呆着腻味，就去钻赌场。郭爱荣很老实，只有丈夫呵斥她的份儿，她不敢说丈夫一句。别人都指她丈夫的脊梁，她却甘愿忍气吞声。

正月十五那天，供销社的灶上吃粉蒸肉，三毛钱一份，郭爱荣买了一份。刚端回屋子，丈夫从外边回来了。一进门脸上气色就很难看，她知道他肯定又输了钱。这个时候她更不敢招惹他。她悄无声息地把饭菜摆放好，准备同他一块吃饭。谁知他一见那碗粉蒸肉，顿时怒火中烧，冲着她厉声呵斥起来。

“吃肉，吃肉，钱哩？没有钱还爱吃肉，退了去！”

丈夫硬逼她把那份粉蒸肉退了去，郭爱荣端起碗，眼泪蓬蓬，硬着头皮把端回来的菜又送回灶上。

正月二十三，郭爱荣莫名其妙地病倒了。这天梁海燕刚从北京回来。她去看郭爱荣时，王村钰也在那儿，郭爱荣关着门，脱了裤子，把布鞋脱下来，用鞋底在腿上身上狠劲地蹭。她说头晕、恶心，浑身痒得难受。毫不懂事患有心脏病的小女儿，看见母亲的样子很可笑，兴高采烈地在旁边看热闹。

“你男人哩？”梁海燕问。

郭爱荣说不知道。

这天夜里，郭爱荣发起高烧来。半夜，男人回来了。他说郭爱荣是着了凉，不要紧，扛一扛就会过去。天明时，他又不见了影儿。

第二天，郭爱荣高烧不退。卫生院几个医生来看过，诊断不清是什么病症。楼底卫生院不能化验，药物也不全，医生建议送到兴寺坪地段医院去看看。

供销社派人把郭爱荣送去了。

三天后，郭爱荣死在兴寺坪地段医院里。是什么病，一直没有弄清。

梁海燕和王村钰去兴寺坪，和供销社的人一块把郭爱荣的尸体运回楼底。拉运尸体的还有郭爱荣的丈夫，他是在郭爱荣快不行时，才赶到医院的。

郭爱荣的丈夫给北京郭爱荣家拍了电报。

不可能等到北京家里来人才下葬。埋葬郭爱荣那天，梁海燕和王村钰去送葬。一路她们泪水不断。在墓地，她们终于忍不住，搂着郭爱荣留下的那个可怜的患有心脏病的女儿，放声大哭了一场。

将近一个礼拜，郭爱荣的弟弟才从北京赶来。这位弟弟来后什么也没说，去坟上看了看，住了一夜，第二天便把郭爱荣的女儿一领，回北京了。

这件事情对梁海燕和王村钰刺激很大。王村钰遇事常埋在心里，不爱吭声，梁海燕做不到这一点。她扬起脖子大骂起来。她把一切忿恨都集中到郭爱荣的丈夫身上。

“坏东西！牲畜不如，不通一点点人性！郭爱荣倒了什么霉，跟了这么一个王八蛋！郭爱荣的病怎么不让他得上死去！”

骂完郭爱荣的丈夫，又莫名其妙地骂起自己的丈夫来。随后便哭，哭得好不伤心。

梁海燕曾陪着我去看郭爱荣住过的房间。

供销社后院有一排平房，郭爱荣住在第二个房间。那间房子至今空着，房门上着一把几乎快要生锈的锁。透过窗纸的破洞，我看见房间内积满了灰尘，蛛网絮絮络络横挂在墙角。地上扔着一只有个大缺口的破碗，碗旁边倒扣着一个铁簸箕，不知压着一堆黑乎乎的什么。靠窗户前有张破桌子，除此而外没有其他家具。小土坑的角上，有个包着塑料布、扎着绳子的大卷儿。梁海燕说，那是郭爱荣的铺盖和杂物，郭爱荣的丈夫原打算叫她弟弟带回北京去，郭爱荣的弟弟没有带。

我默默地注视着这晦暗空洞的房间，心里涌上一种难以言说的酸楚感觉。

梁海燕说：郭爱荣一死，孩子被领走后，郭爱荣的丈夫就跑得没了影儿。有人说他在外边做生意，从山西往黄河这边倒腾炭。一次拉炭的汽车翻了车，他受了伤，生意做砸了。又有人说曾看见他在县城里经常露面，头发留得长长的，和一些不三不四的人逛大街，泡酒馆。家里的责任田让给别人代种，他从不回村，连“租子”也不收。“简直成了一个流氓无产者。”梁海燕说。

她还给我讲了一个她自己的观点：人不能心太善，马善被人骑，人善被人欺。“郭爱荣心地不善良？落个什么下场？想起郭爱荣我就寒心。瞧瞧如今外头世界的样儿，我们这些人什么也享受不上，牺牲了过去，又牺牲了今天，明天也没什么指望，活得还有什么味儿？”

“所以你要及时行乐？”

“乐？哪来的乐？苦中作乐！”

她神情黯淡，情绪很低沉。过了一会儿，又抬起头来笑着说："不过我有一种本事，苦中也能乐起来。高兴一天是一天，要不怎么办？愁眉苦脸，何必哩！"

1986年，我第二次到Y县，先奔楼底。

梁海燕不在。营业所那个一副哭相的老主任告诉我，她和公路上一帮子北京知青，到南原林区的一个水库春游去了。

时已仲夏，不知那是一场什么样的"春游"。我知道，Y县在公路上工作的北京知青，大都是过去工读学校的一帮学生。1972年前后，县上集中将这些人招到公路道班工作，后来也很难找到机会回北京。如今留在县上的其他北京知青，平素不大愿意同这帮人来往。梁海燕倒不顾忌这个，竟随他们结伴去那么远的地方玩——南原林区距楼底，至少二百多里路。

三天后，梁海燕回来了。

同我上次见她相比，她没有怎么变样儿，还是顶着大中缝发式，还是一身平平常常的衣服。性情也没有变，还是那种大大咧咧、满不在乎的神气。不同的是她似乎更健谈，更爱发表议论。一见我，就大谈起人为什么要回归自然。看来她还读了一点书，知道一些古老而又时髦的理论。她说她懂得了西方人为什么喜欢在荒郊野外建造别墅。"回归到大自然的怀抱，人性才能最充分地体现，尘世上纷纷杂杂的事情才躲得没有踪影。谁也看不着，谁也管不着，想怎么生活就怎么生活，好不痛快！"

不知是她去了一趟山林水库，获得了这种感觉，还是早就有这种认识。我说："这么说来，你不想回大城市，愿意呆在这个地方啰！"

“谁愿意呆在这儿？有机会我还想回城市。”

“这岂不自相矛盾？”

“一点也不矛盾。”她雄辩地说，“一些人要回归自然，是大城市的繁华生活过腻了，就像吃肉，肉再好吃，腻味了就不行，可是像我们这些人，肉没有吃到嘴，更谈不上腻味。现在需要的是尝尝现代化生活的滋味。假如说让我明日离开这个地方，回城市，我铺盖卷儿都不打，拧身就走。”

我把话题转到她的丈夫身上。我知道，当地政府已为北京知青在农村的配偶都安排了工作，但梁海燕身在银行系统，属省地县垂直领导，她丈夫的安置问题县上推给了地区银行解决。而像她这样的问题在银行系统极为个别，地区银行没有得到上边的指示，解决不了，所以她丈夫至今仍然没有从农村拔出腿来。

“提他干什么？他的事我管不着。”她满脸不悦，不愿和我谈论她的丈夫。

看来她与丈夫的关系仍然很僵。

李顺兴够倒霉的。

这位蔫不沓沓的老实人，非但没有像别的北京女知青的丈夫一样，在当地政府领到一份工作，反而在年初县上组织的一次教材过关考试中，被从小学民办教师的位置上刷了下来。

其实他考得不错，得了八十一点五分。但有人给上边反映他不安心教书，把心思用在了营私发财上。上边一查，真有其事，没容他辩解，就把他清退了。

所谓营私发财，指的是他种泡桐的事。1984 年冬，他从别人那里转手包过来五亩责任田，全育上了泡桐苗子。在学校里教书，只用去他大半天时间，他想利用剩余时间搞点其他经营赚些钱。泡桐成材快、木质好，务弄三五年就会有收益。他的算盘打得不错，谁知竟为此事，丢了教书的饭碗。

他满腹怨气，又无处发泄，便一门心思扑在五亩桐树地上，指望泡桐能给他带来好运气。可是在他被从学校刷下来后不几天，乡政府划分烤烟基地，把他转手承包来的那五亩泡桐地划了进去。硬性划分，国家种植计划，谁也不能对抗。他只好强忍心疼挖了泡桐。贷款买泡桐根花了三百八十二元，还利息二十多元，一年零三个月的土地承包费二百七十元。还买了两袋化肥，四十多元，共花去七百多元。卖了从地里挖出的桐树苗，一千棵大苗，一棵二角到二角五分，七百棵小苗，一棵一角六七，收入三百五十元钱。一出一进，亏了近四百元。李顺兴恼火透了。

还有一件更让他恼火，也更让梁海燕瞧不起的事情——为了图个好价钱，他搭熟人的汽车，把一些树苗拉到县城去卖。卖完树苗，身子困乏，往百货商店门口的台阶上一坐，只说歇歇脚，不料竟睡着了。醒来一看，随身带的人造革手提包不见了，里边装着卖树苗的五十多块钱，三斤粮票，一条擦汗的毛巾和半块吃剩下的油旋饼。睡着前他把包搂在怀里，他不明白怎么就松了胳膊，让小偷钻了空子。

这一事件摧毁了他的精神，回到家里，他在炕上躺了一整天。

本来，李顺兴不想把这件丢人败兴的事情告诉梁海燕。他知道她会是一种什么态度。可是他又觉得自己太委屈，太可怜，为了多少从她那里博取一点同情，他忍不住还是对她讲了。

梁海燕听后讥诮地说：“跟我讲有什么用？”

李顺兴说：“你看我眼前这处境，啥事都不顺。你能不能再向上头催催我的工作?"

梁海燕正在营业所的柜台里点票子，头也没抬，说："你没长腿？你自个跑呀?"

李顺兴叹口气，走了。

梁海燕嘴上很硬，心里却也想赶紧给丈夫有个安顿。她往县上跑了几趟，又往地区人事局跑了一趟。地区人事局说安排北京知青配偶工作的文已发到银行。再去找银行，银行说文已报到省上，解决人事指标问题，必须请示省上。这一来，梁海燕急也没办法，只好静心等待省上的答复。

这一等，就一直等了下来。

两个孩子的户口已转成商品粮，家里只有李顺兴一个人的责任田，活儿不经干就光了。眼见得丈夫无所事事，愁眉苦脸，梁海燕保持不住自己的矜持了。一天，她托人捎话把李顺兴从家里叫来。

"给，拿去!"她甩过一瓶江口白酒，一条延安牌香烟，"给乡政府水管员送去。乡政府要挖水管子，我给人家讲好了，你插在工队里干。先去谢谢人家。"

李顺兴倒能下得一身好苦。挖水管子是包工活儿，初春天气只穿件背心，光着膀子猛干。干了二十多天，二百多元挣到手里。

挖完水管子，又无事可干。梁海燕去找卫生院院长。卫生院配制老鼠药诱饵，需雇用人手。梁海燕去迟了一步，人家把人已经雇好了。她软磨硬缠院长，院长只好辞退原先雇的人，把配制老鼠药诱饵的营生交给了李顺兴。

干了四天，挣了二十五元钱。

而这四天却让梁海燕懊悔痛恨一辈子。

梁海燕是个粗心大意的人，工作上常出纰漏，但从来没有什么大差错。然而有一天，保险柜里的现金和账面相差三百六十元。查来查去，问题闹清楚了，有一张支取烤烟款的发票，发票上是四十元，她却看成四百元。领取卖烟款的农民没吭声，把钱领走了。

问题肯定出在这里。查遍当天取款发票，没有一个四百元，而她清楚地记得，她曾经给一个人付出过四百元。

她找到了那个农民。

事情也太偏巧了。那个农民不是别人，正是卫生院起先雇用而后又被李顺兴挤走的那个人。那人一口咬定他只领走四十元，不承认多领一分。这种事情，没有见证，他这一说，谁拿他有什么办法？

梁海燕只好自认倒霉。

但是事情并没有完。李顺兴丢了五十元钱，被梁海燕不冷不热地嘲弄了一顿，这回该李顺兴跟她算账了。

"你瞎啦，还是七老八十眼花啦？四十块钱能看成四百！"李顺兴脸气成了紫青色，冲她大声吼叫，"咋给公家补？你想办法，我这里没有一分！"

梁海燕也没好声气："把你的臭钱给我，我也不要！"

夫妻俩吵完嘴第二天，楼底逢集。到营业所来取款存款的人一个接一个。梁海燕看见这些人，难以扭转心里一种憋气的感觉：这些看去老实巴交的人，跟那个多领款的同属一类，面目可憎，都是骗子，都不讲良心。干了一阵，情绪越来越糟，便哗啦把桌上的东西往抽屉里一撸，上了锁，推说头疼去看病，径自走了。

她先到卫生院，想跟王村钰拉拉闲话。王村钰正忙着，她转了一圈又出了卫生院。来到街道，见集市上人群熙攘，热热闹闹，转念一想：何必自寻烦恼，跟自个过不去？别人高高兴兴，我就不能痛痛快快？管它哩，该吃就吃，该玩就玩！这么一想，心情顿时开朗了许多。

在一个卖麻花的小摊前，她见那麻花炸得又黄又酥，手一扬，丢过去一张两块钱的票子。“尽两块钱包。”她说。“两块钱二十根哩！”卖麻花的小女孩大概惊异她一次买得太多。她笑笑，说：“拿回去慢慢吃。”

在一个卖梅李的老汉前，她又称了二斤梅李。

提着麻花，捧着梅李，刚转过邮电所旁边的丁字路口，李顺兴不知从哪儿闪出来，横立在她的面前。

“妈的×，丢了那么多钱，×嘴还害馋！”他粗鲁地骂着，声音不大，神情格外阴沉。

“你妈的×，你管得着！”她不想多理他，抬脚就走。

“你给我站住！”他在背后吼。

她没回头，快到营业所门口了，她听见背后响起紧促的脚步声，还有呼哧呼哧喘粗气的声音。她没有看见丈夫跟随着她。她估计李顺兴一定无可奈何地呆立在原地，盯着她的背影傻瞪眼。就在她刚要扭头看时，一条胳膊抡过来，她手中的麻花和梅李被打落在地。脸孔气得歪歪扭扭的李顺兴又冲到她的面前来了。

她无论如何也不能容忍了。她蹦过去打丈夫，李顺兴就势抓住她的手，一甩，她便扑倒在地。她爬起来，又朝丈夫扑去。

赶集的人蜂拥着上来看热闹。她什么也不顾忌了，与丈夫厮打成一团……

梁海燕只给我讲在楼底集上与丈夫吵嘴，没有说打架。她可能感到耻辱。但是李顺兴给我讲了。

那是一个黄昏，我和他蹲在五里梁一片谷地边上。西边遥远的山头背后，残阳的余晖渐渐敛去，暮霭正从田野里缓缓升起，风开始凉下来。谷地邻近一条沟壑，几只灰色的野兔从沟里蹿出来，大胆地在田塄子上蹦上蹦下。他给我讲了许多事情。他说梁海燕根本无心跟他过日子。还说：他的第一个婆姨跟人跑了，这第二个婆姨，如果外头有人勾引，还会跟人家跑。一个男人说出这话是很伤情的。他叹息自己命苦，四十出头的人，如今高不能高，低不能低，进不能进，退不能退。最后他说：早知讨个北京婆姨过日子这么吃力，不如当初……他把后半截话咽了下去。

看来两个人都后悔。

然而我知道，无论这个家庭表面上晃荡得多么厉害，想叫彻底垮架，并不那么容易。无论是梁海燕，还是李顺兴，谁也不可能像现代都市人那样把离婚看得较淡，不可能无所顾忌地各走各的路。他们系在一条命运绳索的两头，吵归吵，闹归闹，结果还是难以相互挣脱。以后会怎样，我不敢判断，但起码目前景况如此。

我之所以得出这个结论，是因为我知道梁海燕曾经有过一幕什么样的演出。

1984 年冬，梁海燕来到西安五叔家。

五叔在西郊庆安公司工作，离市中心十多里路。一天晚上，她乘电车来到市中心，逛了会儿夜市，然后钻进一家咖啡馆。

她身旁另一张桌子上，一个看去顶多二十出头、歪戴一顶哥萨克人造毛帽的男青年，不时拿目光斜瞟她。她没去理会。

不一会儿，“哥萨克”端着杯子来到她的桌前。

“你单崩一个?”“哥萨克”讪笑着用西安土话问。

他想干什么?她想。心里警惕，喝着咖啡，没有回答。

“单崩一个有啥意思?谝一谝好不好?”“哥萨克”在桌子旁边坐下来。

“谝?跟你谝?”她放下杯子，盯着对方。

“哟嗬，八频道!”“哥萨克”舌头在嘴里砸了一下，把椅子朝她跟前挪了挪。

她揣摸“八频道”的意思，是指她讲普通话。在西安，中央电视台的节目是由八频道播放的。她又盯住对方，不由生出一种好奇心，她要看看这个小青年想干什么。

“再续一杯咋样?”“哥萨克”问。

她把杯子一推，说：“可以。”

“哥萨克”唤来服务员，替她把杯子续满。她的态度显然对他是一种鼓舞，他说他是一个电器厂供销科的干部，喜欢结交朋友，五湖四海都有熟识的人。

她暗暗感到好笑，嘴上却不讲什么，注视着这位“哥萨克”还会有什么举动。

“哥萨克”有意显示自己的阔绰大方，又要来些桔子水和冷饮。她毫不推让，一切侍奉全然接受。天阔海空，不着边际地乱扯了一通，“哥萨克”邀请她去跳舞。

“跟前就有一家舞厅，挺排场的。”

她随他去了。

这是一家营业性舞会，一块钱一张门票，“哥萨克”买了两张。

里边人很多。她只在北京跳过一次舞，时隔两年，步子怎样走，几乎全忘了。她发现“哥萨克”跳得也不怎么样。当然，他的舞步比她熟练得多，还会不时闹出一些花样，但那舞姿带有一股“流动”，实在不敢恭维。一曲没有跳完，她便推说头晕，坐到边上去了。

接下来乐队演奏一曲迪斯科。“哥萨克”在人群里疯狂地蹦跶，腰往后一弓一弓，头往前一探一探，像只啄食的大公鸡。显然，他自我感觉良好，一边跳，一边不时扭转头朝她嘻笑。她觉得挺滑稽，但她鼓励地笑着朝他点头。“哥萨克”蹦得更来劲了。

曲终，“哥萨克”气喘吁吁回到她的身边，抓下头上的高罐帽子，往淌着汗水的脸上扇着风，问：“跳得怎么样？”

“帅极啦。”

“我就爱跳来劲的，有刺激。”

“可是我爱跳交际舞。”

“得是？没说的，一会陪你再跳。”

曲子再响起的时候，她没有跟“哥萨克”跳，而是接受了另一位男子的邀请。这是一支华尔兹，中三步子跳起来，她觉得很舒坦。这男子带人自如轻盈，很快她便沉浸在一种忘我动情的境界里，宛若置身于温柔的波浪间，惬意地随着铜钗和鼓点的节奏起伏旋转。她是何人，今夕何方，她出来干什么，全然被她抛在九霄云外。当然，被抛在九霄云外的还有那位“哥萨克”。

当她全部身心正为一种美妙熨贴的感觉浸润的时候，她的舞伴戛然止步。一只手扳住了对方的肩头。是“哥萨克”。

她想他大概恼火了。然而，“哥萨克”彬彬有礼地对那位男子说：“我们是一块的，有个急事，对不起。”

他把她拉到边上，拉长声调说："你还跳得不错呀。"

她说："比起你那鸡啄食，差一点！"

他不在乎她的话。他对她说，跳舞没啥意思，他愿意陪她去逛逛大街。

情致一旦被破坏，这个嘈嘈杂杂的场所也就没有什么呆头了。看看表，估计舞会也快散场。她随他走出舞厅。

出了门，她问："去哪儿？"

"哥萨克"不怀好意地笑着，说："好地方多的是，就看你愿不愿意去。"

她也笑了，笑得神气而又诡谲："随你去？你养活得起我吗？知道我还有谁？一个丈夫，两个孩子。"她又换上讥笑夹杂着怜悯的口气："电器厂供销科的干部？见鬼去吧，我看你不过是个可怜兮兮的待业青年。"

说完，转身径自走去。

"哥萨克"被这突如其来的奚落弄得不知所措。见她即将逝去，又不甘心地追了上去。"你叫啥？住在哪里？"

她停住脚步："怎么，打问这么清楚干什么？"

"哥萨克"涎皮厚脸地笑道："往后交个朋友嘛。"

"有这个必要吗？"她笑着反问，接着把手一扬，"谢谢你的殷勤款待。"头也不回地走了。

她蹬上电车时，看见那个可笑的"哥萨克"仍呆鸡似的站在原地。

梁海燕给我讲这件事情时，露出几分得意的神情。

"一个女人，走到哪里也好混，就看你有没有那份胆量。"她说。

“别人都说这个世界是男人的世界，男人要这个世界干什么？还不是为了女人！所以男人很容易被女人握在手心，别看男人咋咋呼呼的，女人真要干起事来，男人未必比得上。”随后她便谈起武则天、撒切尔夫人、中国女排，还有邻县一个把丈夫砍了三十七镬头的二十多岁的年轻媳妇。

我笑道：“你倒挺会寻找论据。”

她也笑了：“当然这些都是胡扯，不过说真的，我有时真想到外边浪荡几个月，一分钱不带，看看能不能活下去。”

“还想干什么？”

“还想做生意，当老板娘。”她说，看不出她是在说笑话。“如今人认什么？就认钱。我们初来插队那阵，鸡蛋五分钱一个，你心里过不去，想多给老乡几个钱，老乡多一分也不要，什么梨呀枣呀，老乡拿筐子给你送。如今呢？你去集上看看，同样是这些东西，老乡咋都变着法儿要从你手里多抠几个钱。见钱眼开，钱把人心都熏黑了。”

“你当老板娘不是为了赚钱？”

“当然是，不过我赚钱，是为了证实自己的价值，不像有些人光知道撸、撸，钱撸了不少，人还像动物一样活着。”

“现在的钱，不见得那么好赚。”

“事在人为，笨蛋当然赚不来钱。”她显得相当自信，讲话的口气毋容置疑，“我要做生意，不出Y县就能把钱赚来。我先在县城里办个罐头厂，专门加工各种野味罐头。南原上沟多林深，再远一点还有大山老林子，里边野猪一伙一伙，羊鹿子一群一群，打猎的人没有空着手回来的。打下的野味公家收购，野猪肉三毛七一斤，羊鹿子肉四毛二一斤，然后用汽车拉到外地交给罐头厂。你看看，做这种事不是太傻啦？——硬把赚钱的事让给了人家。我要办起一个罐头厂来，保证赚大钱。”

我说：“看来你都有构思了。”

她接口讲下去：“那当然。实话对你讲，有时我真想辞了眼前这工作。有什么意思？不过是人家看你可怜，赏赐给你一个饭碗。你不知道，当初给我们这些人安排工作，就有人心里不顺，说我们呆在农村心甘情愿，是自找的，为什么要照顾？后来安排我们这些人的丈夫，有人心里就更不平，说什么的都有，有的话难听死了，说：‘不就是讨了个北京知青婆姨，在一个炕上睡了几年觉？凭啥国家要把他们包锁起来？‘包锁’这话你不懂，是本地土话，小娃娃脖子上套个项圈就叫包锁，说这话的意思是嫌国家包揽得太宽了。不知为什么人心现在变得这么狠。我们这些人牺牲了自己的青春、前途，给当地人做了老婆，早先还有人觉得你好，你可怜，尊敬你，照顾你。现在哩？活该！你愿意！谁强迫你跟农民结婚来？——这就是很多人的看法。一切都变了，跟我们选择生活方向那阵儿不一样了。我们作出的所有牺牲，都变得一钱不值，十多年酸辣苦甜，一觉醒来原来是个梦。我不知道自己的价值在哪里，我没有价值，真实的生活里并没有我。所以，滚它的蛋去，我讨厌眼前的生活。总有一天，我要在人们面前证实一下自己的真实存在和真正价值。”

她说得很激动。也许这是埋藏在她心中很深很久的一番感触，冲动的情绪像犁铧翻地一样把它翻出来了。

这使我加深了对于梁海燕的认识。

我离开楼底前一天，又见到了梁海燕的丈夫李顺兴。

李顺兴为工作的事情心急如焚，在家里呆不住。尽管明知会遭梁海燕的白眼，但他仍然三天两头往她这儿跑。每次来先打听事情有无新的进展，然后便愁眉苦脸地唉声叹气。梁海燕最看不惯他那一副可怜巴巴的样子，一见他摆出那样子，就由不得恼火，专拿些刻薄的话刺他，要么干脆理也不理。

这一次他来先找我。不知什么古怪念头支配着他，他提了一瓶酒，邀我去梁海燕那儿喝几杯。

我猜想他一定有某种打算。究竟是什么打算，我猜不透。

我答应随他过去，但说明只拉话，不喝酒。

到了梁海燕那里，我第一次看见他摆出丈夫的架势，吩咐梁海燕弄几个菜。我急忙阻止。梁海燕诧异地看着我，又看看李顺兴，破例地顺从了丈夫的吩咐，点火生起炉子来。

我无可奈何地坐了下来。

有凳子不坐，李顺兴贴着炕沿蹲着，先和我扯一些闲话。我估计他的中心话题，等到喝起酒来后才肯讲。

梁海燕手边没有什么东西，勉为其难地弄了几个菜。李顺兴拿起酒瓶，给我和他各倒了一杯，然后问梁海燕："你喝不喝?"

梁海燕说不喝。

他仰起脖子自先灌了一杯。

还是说一些闲话。酒精改变了他以往蔫沓沓的模样，变得兴奋起来。他先骂乡上的文教专干，又骂县文教局，说把他从学校里撵回家不公平。接着，又抱怨如今当官的光知道给自己捞好处，不管别人的死活。"像我这问题，有啥难办的，说声批就批了，可是你推我，我推你，推到牛年马年去?"他的脸孔显出赤红，话音落点，又仰起脖子灌了一杯。

我仍费力地揣摸他此番举动的中心意图，等待着他讲出最重要的话来。

然而事情并没有按这个方向发展。李顺兴仅仅喝了三四杯，便不胜酒力，舌根发硬，坐也坐不稳了。他由兴奋转为阴郁，不再讲话，低着头，目光直直地盯着桌面。他勉勉强强还要给杯子里倒酒，我劝阻了他。

他朝我摆摆手，示意不要紧。做完这个姿势，身子一软，已歪头从凳子上出溜到地上了。

我和梁海燕把他扶起来，移放到炕上。梁海燕瞥了一眼人事不省的丈夫，哼了一声，眼里露出厌弃的神情。

好像在演一出滑稽戏，我尚不明白什么意思，便如此奇特地收场了。我感到茫然。

“也没掂量自己有多大本事，就想用这一套来买赂人。”梁海燕不屑地说。

“他有什么事情？”我问。

“还看不出？请你为他的工作帮忙呗。”

“我？”

“他可能觉得你认识的人多，能给他帮上忙。”

这是我无能为力的。我固然认识人不少，但没有谁能为他的事情插上手。我看看躺在炕上已经抽开鼾声的他，心里生出一种歉然与怜悯混杂的感觉。

第二天，我就要离开楼底了。临走前，我突然想起一位在延安地区行署工作的熟人。此人头几年给专员当秘书，不知近来干什么。我匆匆给这位熟人写了封信，他或许能为李顺兴的事情帮上忙。

我来到营业所。昨天李顺兴酒醒后，就被梁海燕撵回五里梁。我把信交给梁海燕，告诉她：让李顺兴拿着这封信，去找我那位熟人碰碰运气。

“他去？连话都说不到一块儿，能办成事情？”

“你去也行。”

“我才懒得管他的事呢。”

话是这么说，我走出营业所，她把我送到门口，却向我追问我的那位熟人的确切住址。看来她还是要去的。

最终她去了没有？不知道。但我在心里祝愿他们交上好运气。

篇五　弯弯井坡

李娅，原名李茹，1952 年生。先在 Y 县马庄公社插队。为躲避不轨之徒的戕害，后转到黑峪公社。在黑峪，爱上已婚青年农民刘超远，遂因种种纠葛，被逮捕判刑，在女监服刑五年。刑满释放，在 Y 县工作安家，竭力保护自己的人格和尊严，数年后，终成一位令人刮目相看的人物。

在 Y 县，她的名气可谓不小。

这不仅因为她曾被押在刑车上，在全县三个镇子十九个公社周游了一遭，还因为后来她居然在全县千人大会上登上领奖台，从县委书记手里接过“先进人物”的奖状和奖品。人们对她的评价，像她自身的经历一样矛盾：有人说她是个不正经的女人，有人说她是个大好人，各执一端，莫衷一是。她呢？对外界舆论毫不理会，只是顺着自己的心性做人。她使眼界狭窄的 Y 县人见识了一种奇特的性格。

这就是李娅。

我去采访她时，出现在我面前的是一位穿戴整洁、文静干练的女人。中等个头，烫发，眼睛黑而大。明白我的来意后，她用一种不信任的眼光把我从上到下打量了一遍，这是我在整个采访过程中几乎没有碰见过的眼光。显然，她把我看成一个猎奇的、好打听轶闻趣事的人。我理解她的这种警惕心理，在她的生活环境中，也许这号人太多了。但她最终还是相信了我。她需要别人的理解，而她周围，真正能够从深层理解她的人并不多。

然而，她并不是毫无保留地向我讲述了有关她的一切。有些事情，她显然不愿提及。但为了再现一个完整的她，我从别处了解到的那些事情，不能不在这里写出来。

也许这是她不乐意的，我只能祈求她的原谅。

十九岁以前，她叫李茹。

她插队的那个地方是马庄公社一个十分偏僻的村子。村于里大都是王姓一个家族的人，她与十多个老初一、初二的学生，分散住在老乡家里。

她住在队长家。

队长是个复转军人，党员，叫王仓满。三十二岁，已经有了六个孩子。她本不愿意住进这家，这家喂了一只大黑狗，动不动就朝她呲牙咧嘴。可是队长一家很热情，大黑狗过了几天转而变得对她亲热了，她也就安心住了下来。

她与队长的两个女儿住一个窑。饭在知青集体灶上吃，劳动随村里妇女一块出工，开始的日子平平静静。

与很多知青不同的是，从一开始，李茹就不相信插队生活会长久过下去。她认为发出知青上山下乡的号召，不过是“文化大革命”把一切闹得乱了套，国家难以替中学毕业生找到出路才采取的权宜之计。一个最简单的看法支撑着她的这种认识——人总是要老、要死的，厂矿、机关、商店、学校总得不断补充新人手。学校毕业生全在乡下，不从乡下招人从哪里去招？所以她并没有打算在农村呆多久。当然她也不敢奢望回北京，如果三年五年之后，能在本地为她安排一份工作，她也就心满意足了。

怀有这种思想的人，被看做是不安心与贫下中农相结合，在知青中是要遭到谴责的。她不会掩饰自己的思想，在一群刚刚插队热情勃勃决心终生献身农村的同伴当中，她很快就遭到了冷落。

她落落寡合，除了劳动、吃饭，然后就是想家。父母亲都是中学模范教师，她的家庭年年被街道居委会评为五好家庭。父母亲很疼爱她，但从小就对她要求很严。在家里，她曾非常反感父母亲过于严厉的管束，但来到陕北农村，尝到生活里面的滋味，才觉得家庭终归是温暖的。

队长王仓满是个五大三粗的汉子，脸上黑苍苍一圈络腮胡子，左眼下边有一块疤。那块疤据说是在新疆当兵时，在一次纠纷中被维族人拿匕首戳的。他性情粗暴，年龄虽说不算大，但在村子里辈分不低，常常见他站在街畔上，手指着鼻子把那些干活偷懒的人骂得龟孙子似的。他的婆姨也长得人高马大，粗壮结实。村子里的男人都敢打婆姨，王仓满不敢，动婆姨一指头，那婆姨就会跟他拼命。

这一对厉害男女，对李茹却不错。王仓满的孩子多，婆姨照应不过来，李茹有时便帮着干点洗洗涮涮、缝缝补补的活儿，那婆姨便亲姊热妹一样待她。家里日子过得不景气，但做一顿可口饭，一定要留下李茹来吃。王仓满是一队之长，手里捏着给全村人派活的权力，他常常有意照顾李茹，给她派些轻松活儿。比如，别的知青都去掏地，她却被派去看护庄稼；全队劳力都在运粪，她却被安排站在路口给运粪的人发票。她觉得总是这样不大合适，把她的感觉婉言对王仓满讲了。王仓满嘿嘿一笑，说："就是特意照顾你哩，我看他谁敢放半个屁！"

第二年，李茹当上了队上的记工员。

这一切，李茹全看做是她和队长一家有层特殊关系，队长好心好意照顾她。她并没有往其他方面想。她不能不感激王仓满。特别是王仓满知道她不愿在农村长期呆下去，许愿说一有机会，他一定给大队公社推荐她出去，这以后，她更把王仓满看成一个可依赖的人。

她没有料到会发生那样可怕的事情。

那天她不舒服，没有出工。王仓满的婆姨出工去了，孩子们有的在街畔上玩耍，家里只剩她一个人。她正在窑里写家信，王仓满从外边回来了。

她听见他的脚步声在窑院里转了一圈，最后停在她的窗户前。过了一会儿他又走开。大门响了一下。接着，他走进她住的窑里。他在她的面前出现时，她吃了一惊，只见他目光发直，脸孔发紫，肥厚的嘴唇打着哆嗦，像被什么事情强烈地激动着。她恐骇地问："你……怎么啦?"

他不说话，勉强地、很不自然地笑笑。突然，他一步冲向前，把她紧紧地抱住。

是这样意外，她惊惧得浑身打颤，想喊喊不出来。本能使她不顾一切地推他，企图从他的搂抱中挣脱。王仓满不松手，把嘴巴直往她的脸上贴。她扭动脑袋躲避着。她觉得她已喘不上气来，眼前一切都在旋转。她听见王仓满用干燥的声音在耳边一声声急唤："叫我亲亲，叫我亲亲。"她仍企图挣脱，推他的下巴，掰他的手指头。然而她的力气太小了，他的嘴巴按在了她的脸颊上，一条胳膊死死把她搂住，另一只手向她的衣服里边伸探。她终于叫出声来，像被蛇咬那样尖叫了一声。王仓满愣了一下。她流出了眼泪，不再叫喊，低声苦苦哀求他松手。王仓满收住激烈的动作，在她脸上看了半天，很不情愿然而又无可奈何地慢慢松开手。

她冲出窑，打开院门，奔过街畔，扑进村边一片玉米地里，软沓沓坐在地上，动也不能动了。泪水在她的脸上恣意流淌。

她搬出王仓满的家，住进知青的公窑里。

她不愿意将这件事情张扬出去。搬家的理由，她告诉别人是因为王仓满的两个女儿睡觉不老实，弄得她睡不安稳。

也许王仓满料她不敢吭声，一点也不在乎他曾经做出的事情，在她面前显出一副若无其事的样子。她恨他，怕他，尽量躲着他。也恨自己太傻，知人知面不知心，老掉牙的古谚，可是她居然长久以来都把他当成一个可信赖的人。

王仓满照旧给她派些轻松活。她不能拗着不去干。

一天，她在原坡照看秋庄稼。她坐在地头，忽然听见玉米叶子一阵唰啦啦响，她以为是贼偷庄稼，正想喊几声把贼吓跑，却见王仓满从玉米地里闪了出来。她心里一阵恐惧。没容她多想。王仓满已经蹿到跟前抱住了她，什么也不讲，像猛兽一样，把她往玉米地里拖。

天苍苍，野茫茫，荒郊野外阒无一人。她不敢喊叫，苦苦地挣扎、哀求，王仓满哪里理会，看来这一回他决不会轻易放手了。眼看她已没有力气反抗，就在此刻，不远处传来一个女人的喊声："三焕子，你个死鬼钻在啥地方去啦?"

是本村的三焕子他妈。她正在野外扒猪草，一定是看见了这边这幕情景，才有意嚷叫。

王仓满像被抽了一鞭子，慌忙松开手，一猫腰，钻到玉米地里消失了。

肯定三焕子他妈把这件事情给王仓满婆姨讲了。这天后晌，李茹正在知青窑里掉眼泪，王仓满婆姨闯了进来。这个把李茹当亲姊热妹一样对待的女人，气势汹汹，指着李茹破口大骂："不要脸的骚货，狐狸精，卖×的贱坯子，勾引开我的男人啦！我叫你拉汉子！我叫你拉汉子!"一边骂一边伸手抓李茹的脸。李茹惊慌地抵挡着。隔壁窑里几个知青闻声赶过来。他们不明白什么事情，但见同伴被欺，不问三七二十一，先把那个撒泼的高大粗壮的女人按倒，然后才问怎么回事。

李茹只是哭，不说话。王仓满的婆姨在几个男知青的手下挣扎，嘴里叫骂不止："她勾引我的男人！妖精，骚货！我要撕她的脸皮!"

几个知青迷茫地看看李茹，又迷茫地相互看看，然后，把王仓满的婆姨连推带搡，轰出了知青院子。

他们回到窑里再次追问情由。李茹哽哽咽咽把前后两次发生的事情讲了一遍。

"告！妈的，贼胆不小!"知青们激忿难奈，一哇声开了腔。

没等知青们上告，王仓满的婆姨倒先告到了大队。她认定是李茹勾引她的男人。去跟李茹算账时，又被一帮子知青撂倒在地，这口气她怎么也咽不下。

事情闹大了。

先是大队、公社来人调查，后来县公安局的人也来了。

王仓满的婆姨自讨苦吃，调查结束后，王仓满被抓了起来。

但是，李茹在村里也呆不下去。村子里王姓人多势众，王家门上出了丑事，全家族的人都恨她。她只好改名李娅，被县知青办从北原上的马庄公社远远地迁到南原上的黑峪公社插队。

这只是她的故事的序曲。

李娅新的插队地点，就在黑峪镇子上。

从镇口一条沟拐进去，靠着一条小河的半坡上，有三孔窑洞，附近有一片苹果园。窑洞是早先看守苹果园的人住的，后来苹果园遭虫害，荒芜了，窑洞再没人住。李娅一个人住在边上一孔窑洞里。这条沟叫河沟，是黑峪镇埋死人的地方，从窑洞口望下去，一边是几户农院，一边是公社大院。往上看，沟两边的坡地上，坟包一个挨一个，有些新坟头上还残留着飘零的花圈和纸幡。镇子上有电，但不通河沟这三孔窑洞。一到晚上，李娅早早就关了窑门，不再出去。门外那条黑乎乎的沟，令她心惊胆战。

有关她的传说，随同她一块来到黑峪镇。事实在传说中严重地走了样儿，她成了一个在作风上出了事儿、在原来插队地方混不下去才迫不得已转队的风骚女子。这种传说，使她既成为黑峪镇人们注目的对象，又是众人不大愿意理睬的一个人。孤独和痛苦使她变得沉默寡言。她没有朋友，没有欢乐。她把自己看成一个不过暂存在这里的物件，等待着慈善的命运之神有一天把她召唤到一个新的生活天地里去。

然而她的希望一次次落空。此时招工已经开始，知青走了一个又一个，一拨又一拨，始终没有她的份儿。她宁肯默默地等待，不愿再去求助于任何人。

她天天随社员们出工，队上干部派什么活儿，她就干什么。掏地、背庄稼、拿粪，无论活儿多苦，她不吭一声。苦熬吧，一切总会有个终期。她想。

一次，她从山上往下背高粱秆。一捆高粱秆，竖起来比人还高，背在背上头重脚轻，下山时，不是朝后仰，就是朝前折。她不会捆高粱秆，背绳留得过长，走起路来高粱秆碰磕在地上，脚步就更不稳当。深秋天气，小路上落了一层薄薄的白霜。下一个塄坎时，她只防不让高粱秆磕在地上，不小心脚下一滑，一下子折了个跟头，连人带背上的高粱秆，一块滚到旁边一条沟里。

幸亏沟不深，但这一跟头也摔得不轻。她昏昏沉沉躺在沟底，半天爬不起来。她听见头顶有谁惊叫了一声，接着便听到有人顺着坡坎溜下来。是本队青年刘超远。他急急奔到她跟前，先拿掉套在她肩上的背绳，踢开高粱捆，搀扶着她坐起来。见她膝盖被磕破，额上鼓起一个大包，慌忙问她还有哪儿受了伤。她勉强站起来，试了试，还能走路，便摇摇头。他嘘出一口气，让她坐在一个土塄上歇了歇。待她缓过劲儿，他背起她的高粱秆，扶着她绕了一个大弯，从沟底攀上来。

他把她一直护送到她住的窑里，又替她把高粱秆给队上送去。

经历了这件事情，李娅心里非常感激本队这位平时给她印象并不深的小伙子。

刘超远是队上为数不多的几个初中毕业生之一，高挑挑个头，人长得挺文气，不爱多讲话，跟不熟悉的人讲几句话就脸红。他是生产队的出纳，家住在离河沟不远的一个半山坡上。在这件事前，李娅从没跟他说过话，只知道他是大队支书的女婿。即使在他救护李娅之后，她心里感激他，但见面也只是打个招呼。她已经变得不善于同人交往了。

一天，生产队分谷草，刘超远称秤。分到李娅跟前，刘超远说："放下吧，我一会儿给你背回去。"

李娅说："不用。"自个把谷草背回住处。

回到窑里，李娅面前不时浮现出刘超远那关切的眼神。她忽然觉得自己有些不近情理，从他救护她的那天直到今天，她连一句感谢话也没有对他讲过。箱子里有一包北京家里寄来的水果糖，她决定找机会把这包水果糖送给刘超远。

机会是在一个下午来临的。当时刘超远正在他家门前一块石头上磨镢头，李娅从跟前路过。她在他身边站住了。

"你能到我窑里去一下吗？"她问。

他眼里有种迷茫的神情，但是点了点头。

不一会儿，刘超远来了。她拿出水果糖，刘超远不接受。她说："给孩子吃吧。"刘超远说："我还没有孩子哩。"她说："那就给你吃。"刘超远说："这么大的人，还吃啥糖？"说罢，拔脚就要走。

她拦住他，叹了一口气，说："你是不是也信了那些传闻，可怜我，又怕我给你带来不好影响？"

刘超远笑笑说："啥话！我是队干部，对你的情况知道得一清二楚，你一转来上边就交待过。我是觉得你过于费心思了。”

他接受了那包水果糖。

这一年冬季，生产队大搞农田基本建设，全队劳力齐上，不分男女，都是包工活。给李娅分的活儿，无论她怎样努力，天黑前咋都干不完。眼见着别人完工回家，暮霭在山坡上散漫涌起，她的心里便一阵阵焦急。这时她的体力已快耗尽，几乎难以支撑下去了。蓦然，浓浓暮色中，她发现一个高挑挑身影朝她走来，是刘超远。他不声不响帮她干起来。她心里一热，身上也有了劲儿。干完活，两人一块回镇子。他知道她害怕进河沟那条路，一直把她送到窑门口。

每天，他都这样帮助她。她不知该怎样来表达自己的感激。两人虽说比以前稔熟多了，彼此间也喜欢拉拉话，但她仍摆脱不掉拘束的感觉。他呢，好像也不愿意谈论自己，特别是不愿意谈论自己的家庭。接触了好长时间，她对他的情况所知甚少。

直到过年的时候，李娅才第一次见到刘超远的妻子。

大年三十，队长派李娅和几个女子挨家挨户贴“破四旧、立四新”的对联。贴到刘超远门上，刘超远走出来，让她们进去坐坐。

进了院子，李娅看见一个歪脖颈、个子很小的女人正往厨房里抱柴禾。她不知这是刘超远的什么人。在窑里坐下，几个女子正和刘超远说笑，那个女人进来了，问她们渴不渴。从几个女子与那女人的谈笑中，李娅听出，站在她面前的这个身材矮小、脑袋歪扭、近乎半残疾的女人，就是刘超远的婆姨。

她感到非常惊讶。

从刘超远家出来，几个女子对她讲起刘超远和他婆姨的事情——刘超远的婆姨生下来就是个歪脖，以后个子又不长，她的父亲、大队支书怕她日后找不到婆家，在她十四岁时就托人找到刘家门上。刘超远比女的小两岁，那年刚刚十二岁，小学还没有毕业。虽说还憨着，但对女人也能分出个好赖，高低不同意。可是刘超远的父亲觉得女方家底子厚，能和书记攀上亲，脸面上有光，保不准还能沾上啥便宜，便做主把这门亲事定下来。刘超远十八岁那年，双方家长硬逼着他和歪脖姑娘结了婚。女人不能上山劳动，结婚几年，也没有生下娃娃。刘超远除了自认倒霉，一点法儿也没有。

几个女子对刘超远抱有明显的同情态度。李娅听罢这番叙述，也为刘超远深深感慨起来。

李娅是个不易动感情的人，起码今天，她给我的印象如此。但时过境迁若干年，当她向我谈起刘超远对她的关切及刘超远的不幸婚配时，我看她依然深深地感激和同情这个命运不济的小伙子。她丝毫不想避讳这一点，尽管后来的一切事端均由此而生。她动情地回忆着往事，语调低缓轻慢，眼睛里闪烁着星星亮光。

我访问那些熟悉李娅过去生活的人们，他们说李娅在黑峪镇跟谁也不来往，后来见她跟刘超远接触渐渐多起来，心里生出疑惑，但都知道刘超远老实本分，料定不会发生丢人现眼的事情，谁知……说到这里，有人便摇头叹气。让我奇怪的是，这些人了解的只是发生了什么事情，几乎没人能说清楚这中间的详情。事情在他们眼里很简单——不过是千古以来男男女女那种苟且之事。可是，当我追踪着李娅的感情脉络深入了解下去的时候，我发现，这里边有许多深挚真诚的东西。

开春以后，又有单位在农村招工。李娅忐忑不安地等待着，看这一次有没有她的份儿。

刘超远知道她想出去，给她想了一个办法——去公社找北京知青带队干部老宋。

“你去给老宋说说，让他推荐你。这种事，北京带队干部是要参与意见的。”

李娅没有去找老宋。说不清为什么，她有点反感那个长着一张小白脸的男人。即便不反感，她也不愿意求情于任何人。既然地方上的干部了解她在马庄公社那档子事，她来黑峪镇后又不惜气力地在队里劳动，那么这次招工轮也该轮到她了。想归这么想，她仍然不免有些担心。她知道在这么一个偏远小地方，什么事都是掌权的说了算，自己的命运是在别人手里捏着。

刘超远同样为她担心。一天，她正在队上切洋芋籽，他来到她身边，说：“大队马上就要定人了。”

她问会定谁，他说不知道。

刘超远在她身边蹲下来，拾起两个洋芋，拿在手里看了看，又扔在地上，说：“要不，我去给我丈人说说。”

“起作用吗？”她问。

“不知道。”他说，“我跟我丈人不太来往，他可能对我有意见，不过这件事情，兴许他能给点面子。”

当晚，刘超远来到她的窑里。一看他的脸色，她便知道事情没有办成。

“不行，人定了。”他沮丧地说。

“定的谁？”她问。

“二队一个北京知青，还有三队一个当地回乡青年。”他有点耿耿不平，“三队那个回乡青年，给我丈人提了二斤点心、一条卷烟，我丈人就把名额给他了。”

她不说话，呆呆地看着窑壁。他想安慰她，又似乎很难找到适当的话，闷闷不乐地坐了会儿，走了。

这次没有走成，对李娅情绪影响很大。她实在不愿意再在这个地方呆下去，不愿意清白无辜地背着一个不干不净的名声，再去忍受别人看她时那种奇怪的眼光。沉重的体力劳动，恶劣的生活条件，对于她倒是次要的，只要有希望在心里支撑，她什么苦都能吃。怕只怕失去了希望。

夏天，又招了一次工，还是没有她。

这一次使她对刘超远曾经讲过的那句话怀疑起来——这里的干部，是不是真的清楚她转队的真实原因？他们了解的情况，会不会像风传的那样，她是在马庄犯了作风错误才被转送到这里？也许上边有关方面可能给这里的干部交代过事情的原委，但也有可能，这里的干部谁也不信，把那一切不过看成一种托词。人们对男女间的事情最敏感，最能驰骋丰富的想像力。如果是这样，她有口也难为自己辩解了，而干部们，有谁愿意落下话柄去为一个“作风不好”的女人的前途着想？

想到这层，她不寒而栗。她绝望了，精神一下子垮下来。

一连两天，她没有出工。

晚上，刘超远来看她。她和他的关系已经变得越来越亲近。他心地善良，和她谈得来，什么事情都替她着想，常常帮她干这干那。他知道她心情不好，给她拿来两个白馍馍，还有厚厚一本书。书已被撕得无头无尾，书角翻卷起来，纸张脏乎乎的。

“是《林海雪原》。”他告诉她，“很好看，我在过去一个同学家专门给你借的，闷得慌了看一看，换换心情。”

《林海雪原》李娅早在上小学高年级时就读过，这是一本她很熟悉的书。她见刘超远如此为她着想，心里不由涌起一股热流。

他看她脸色黄黄的，又说：“这次走不成，还有下次，不要自个跟自个过不去。你一个人生活，身子垮了，就麻烦了。”

李娅知道这是宽心话。她不再相信还有什么机会。不过，她很想在刘超远跟前证实一下她那个推测。

她问刘超远：“你说我来黑峪时，上边把我的事情向这里干部交代过？”

“交待过。”

“你相信吗？”

“咋不信？”

“别人呢？”

刘超远不言语了，看着她，隔了好大会儿才说：“你咋又想起说这件事情？”

“你先说别的干部信不信？”

刘超远诚实地摇摇头，说不知道。

无须再刨根问底，看来事情就是这个样子。李娅心里凉透了。

刘超远一再劝慰她，该吃就吃，该喝就喝，不要把身体弄出毛病来。

刘超远的耽心不是多余的，祸不单行这句话在李娅身上应验了——相隔三天，李娅便上吐下泻，脑袋昏昏沉沉，一阵阵发晕，身子也很难挺起来了。

这病好像不是自个折腾出来的。李娅浑身软瘫地躺在窑里。没有人知道她闹病。这一天刘超远也没有到她这儿来。到了后晌，她愈发难受，恐惧随之像魔影一样钻进她的心里。她勉强支撑起身体，走出窑洞，摇摇晃晃地向镇子上的医院走去。

半道上，本队一个妇女看她那副模样，惊骇地搀扶着她一同来到医院。

检查结果：食物中毒，很可能是蓖麻油。

刘超远闻讯赶到医院。她正挂着吊针。他问她怎么能吃蓖麻油，她摇摇头，也不清楚是怎么回事。

刘超远问："你吃的油是哪里来的？"

她强打精神说：队上分的麻籽，她不会榨油，跟老乡兑换了。她吃的油，是用麻籽换来的。

刘超远追问："跟谁兑换的？"

她回答："随子婆姨。"

他拔腿就走。

他先来到李娅窑里，找见油瓶子，闻闻，再用舌头舔舔，舌尖涩麻，没错，是蓖麻油。他气愤地大骂："黑了心肝，敢这样坑人！"提起油瓶子，就去找随子婆姨。

随子婆姨一口咬定她换给李娅的是麻籽油。刘超远平日不愿与人多说一句话，但对这件事情不能容忍，与随子婆姨大吵了一通，油瓶子被他摔碎在随子家门口。

他气呼呼跑到医院，把事情给李娅叙说了一遍。

"何必呢，"李娅见这位平素腼腼腆腆的好心人为她的事激忿难平，心里发热，眼眶发潮，嘴里却说着另一样话："把人认清就行了，不值得去吵。"

住了一天一夜医院，第二天后晌，李娅回到她的窑里。还有些头晕目眩，心里也苦极了，在炕沿上坐下，环顾寂寞冷清的破窑，心里更生出无限凄楚与悲凉。她不知道以后还会遭遇到什么，不知往后的日子该怎么过，她没有勇气，也没有力量再去对付朝她袭来的种种不测。无论是身体，还是精神，都变得非常虚弱。她想哭，想北京的家，想父母。她知道北京的父母也在为她着急，他们不断来信，询问她的情况，盼望她早日从农村拔出脚。然而几个月来，她一封信也没有给家里写过。她无法向亲人谈她的情况。此刻，她却很想给北京家里写信，真实地倾诉她的境遇，她的痛苦，她的思念。她真想一头扑进亲人怀里，痛痛快快大哭一场。

她找出笔和纸，伏在炕栏上写起来。刚写了爸爸妈妈四个字，泪水便涌出来。这一哭便收不住了，直哭得心口一阵阵刺痛。她扔开笔，把纸揉成一团。不能，不能带着这种情绪给爸爸妈妈写信，他们得知她的境况，不定会难过成什么样子。

伤心的泪水断线似的在她的脸颊上流淌。

当夜，一阵迅猛的雷声把李娅从迷迷糊糊的梦中惊醒。下暴雨了。她听见风的呼啸和雨点在黄土上、石头上的击打。风在河沟里穿过的声音像野马奔腾，又像一群人在悲哭。惨白的闪电不时把窗纸刺亮，映出破窑里一团团黯淡的影子。雷声不断，远的像铁轮碾过天际，近的像在窑背上炸响，叫人一阵阵发怵。李娅感到恐惧，莫名其妙的恐惧。这种恐惧在她心里不断加重。蓦地，她好像听见窑外有谁扑沓扑沓走动的响声，时轻时重，时断时续。风裹着雨斜淋在窗棂上，窗户纸被打得啪啪作响。她不敢往窗户那儿看，总觉得那儿有人，脚步声就在窗户下边响着。她战战兢兢穿上衣服，想看看窑门关好没有，脚探出去够着了鞋，但又不敢挪动脚步了。她强迫自己定下心。也许是心里犯疑，耳朵听岔了，她给自己壮胆。再屏息静听，扑沓扑沓的声音还在响，而且，隐隐地，她听见仿佛有另一种脚步声自远而近响过来。真的，真有另一个人的脚步声，沉重地踩在地上，一步一步朝她的窑洞走来了。这一回，恐惧更像窑外的暴风雨一般呼啸着袭来，她浑身软瘫，几乎快喘不上气来。在一道刺目的闪电和随之而响的炸雷之后，风声雨声里，自远而近的脚步声在离窑门不远的地方停住，哗啦一声，有什么东西重重地摔倒在地。她听得太清楚了，说不出的恐惧令她不由得惊叫了一声。

她的叫声无疑惊动了窑外的人。脚步声急促地走向窑门，随即响起了敲门声。她惊恐得缩成一团，一声不敢吭，连企图躲藏的力量也没有了。

敲门声还在继续。一个男人的声音大声询问："李娅，你咋啦?"

像是刘超远的声音。李娅探了探身子，颤声问："谁?"

外面回答："是我，刘超远。"

李娅一下子蹿起来，奔过去开了窑门，急慌慌一把拽进刘超远，赶紧又关上窑门，嘴唇哆哆嗦嗦地说："外边还有一个人!"

刘超远说："没有呀，就是我在外边。"

李娅惊魂未定，说："你听!"

扑沓——扑沓——那声音还在响。

刘超远听了听，打开窑门走出去。李娅不知他去干什么，不知所措的当儿，刘超远又回来了。

“是墙根一块牛皮纸在响。”刘超远对她说。

她一下子松弛下来。

直到这时，她才借着闪电的亮光，看见刘超远头发贴在头皮上，脸上挂着水珠子，浑身上下被暴雨浇得透湿。

“你来干什么?”她问。

“前天我给你背了一捆柴，撂在河沟路边晒着。刚才正睡觉，听见下开暴雨，我怕河沟发水把柴冲走，就把柴背了上来。”刘超远淡淡地说道。

李娅再也控制不住自己了。她一下子扑到他的怀里，把头俯在他湿漉漉的胸脯上，呜呜的哭起来。

李娅给我讲上边这件事情时，我看见她眼角闪烁着点点泪花。

这是在县招待所的房间里。房间背后，招待所正建锅炉房，打夯机的声音震得窗户玻璃嗡嗡作响，震得人心里一揪一揪的。工队的人大声指挥一辆运砖的手扶拖拉机停靠在什么地点，手扶拖拉机可能没有听从指挥，工队的人用粗鲁的话呵斥。隔壁房间里，不知哪里来的两位客人正在下象棋，啪啪的吃子声和互不服气斗嘴皮子的声音从敞开的房门飞到楼道，飞到这边房间来，这一切，都使人感到一种躁动不安的气息。

后来发生的事情，李娅这次没有给我讲。在以后的采访中，她也谈得很简单。我知道，她不愿意回首那段给她终生留下巨大阴影的日子。

李娅与刘超远的关系，急速地发展起来。

她和他都已陷入感情的泥沼，难以自拔。他的爱，他的关心，使她感觉到从未体验过的激动和温暖，同时又忍受着难以消除的恐惧和不安。她知道自己走上了一条危险的路子，但是她无法对付自己，无法控制她对他的感情。在这黯淡无望的日子里，既需要人的爱，也需要爱别人。惟有爱，才使她觉得生活有一丝暖意，才不至于痛苦得窒息。这爱不是轻飘飘抛出去的，它含着血，带着泪，连接着她甘愿作出牺牲的献身渴望。她不知道这种爱会有什么结果，冥冥中那种鼓荡着感情的力量，迫使她不容多想地朝前走去。

然而这种爱也是胆怯的，躲躲藏藏的，像一只提心吊胆跑到水潭边饮水的小鹿。刘超远对她的关心照顾比以前更加细腻周到，但却不能像以前那样坦然了。他害怕众人眼光的注视，不能不注意影响，不能不保护自己和他心爱的人。虽说结婚多年，他却没有尝到过爱情的滋味，一旦获得爱情，便像一个焦渴的跋涉者俯身于一泓清凉沁脾的泉水狂嗡痛饮。他有着说不出的激动，但这种激动只能深深地埋藏在内心，他总是悄悄地来到李娅身边，然后又悄悄地离去。他表面平静，内心却如狂涛翻卷。

这种状况自然不可能持久地维持。刘超远想到了与妻子离婚。

他把他的打算给李娅讲了。

李娅默不作声。许久，她才不无忧虑地问："离得掉吗？"

他说："我已拿定了主意。"

刘超远回到家，不知怎样给婆姨讲的，那个可怜的女人睡了一夜，第二天早晨起来喝了半瓶子煤油。刘超远发现时，她已难受得在炕上打滚。于是一家人惊慌失措地撬开她的嘴巴往肚里灌醋，又拿手指头挠她的喉咙，迫使她呕吐。可怜的歪脖女人没有发生意外，一家人也不敢声张这件事情，刘超远暂时不敢再提离婚的话了。

李娅得知这件事情后，难过得暗自哭了一场，为那个歪脖女人，也为她，为刘超远。

也许注定这是一场无望的爱情？一首悲酸的人生插曲？也许一切应该就此打住？李娅心里乱了。她曾下定决心：为了她与刘超远的爱，她甘愿留在黑峪镇，甘愿接受命运的所有挑战，然而现在，横在她面前的障碍不光有那个不幸的女人，还有自己的道德良心。她缺乏跨过这双重障碍的勇气。她心里敲起了退堂鼓。

但是刘超远却不愿意失去她。他鼓励她，相信总会有随心如愿的一天。他依然经常悄悄地来到她的窑里，把炽烈的爱情献给她。她抵御不住这种烈焰般的爱的进袭。幸福与痛苦复杂地交织在她的内心。

然而，不久后发生的一件事情，把她彻底推向了痛苦屈辱的深渊。

一天清晨，刘超远正打算从李娅的窑里离去，外边有人敲门。

李娅和刘超远都吓得不知如何是好，不敢吭声。敲门声不断点地响。看着很难扛过去，李娅硬着头皮把门打开。

来人是北京知青带队干部老宋。老宋惊愕地瞥了一眼惶悚不安的李娅，又飞快移动目光盯住神色惊慌、手足无措的刘超远。刘超远钻出窑，急慌慌地走了，老宋这才问李娅："你们队里的？"

李娅迫不得已点点头。

"叫什么？"

她没有告诉老宋。

大清早老宋来找她肯定有事。但老宋不再对她说什么，用一种难以琢磨的眼光看了她一阵子，走了。

她怕得要命，六神无主地在窑里坐下，站起，又坐下。她不知道老宋会拿这件事情怎么办。

一连几天没有动静，她还是悬着心。

又是几天过去。没有发生任何事情，也没有见到老宋。她渐觉安心。北京干部总归会袒护北京知青，老宋一定好心眼儿，不愿意把事情捅出去。她在心里开始感激这位宽厚的人了。

刘超远也松了口气。他对李娅说，如果有人追问，啥都不要承认。不承认谁也没有办法。

七八天后，一个晚上，老宋来到李娅的窑里。

李娅忐忑地接待着这位三十多岁、白白净净的知青带队干部。老宋坐下来，先把窑内环顾了一圈，然后盯住她。她低下头，不敢看他的眼睛。沉默中，李娅已经明白，老宋此趟来这里，肯定要谈那件麻烦事情。

老宋比她想像的和蔼客气得多。他是用一种深切惋惜的语调谈起那件事情的。他说她太年轻，容易上当受骗，往往分不清谁是好心谁是坏心，他抱怨她不应该抛弃自己的前程，对生活应该有更高的追求。他告诉李娅：他已经辨认出来了，那男的叫刘超远。“简直想像不来，你怎能甘愿与这种人保持那种关系？”老宋痛心而又大惑不解地说。

见老宋一片诚心，又什么都知道，李娅便把她与刘超远前前后后的事情对老宋讲了一遍。

老宋听后叹口气，久久不语。他仿佛有着重重心事。过了半天，问李娅：“你知道这种事情的严重后果吗？”

李娅不安地望着他。

老宋要说什么，又摇摇手：“不说了，这后果你知道，只要有人捅出去，就难以收场。”他瞥了李娅一眼。李娅把头低了下去。

老宋又说：“当然，有感情了，这事情可以理解，人嘛，谁没有个七情六欲，问题是你找的那个农民……唉，叫人真可怜你!”

老宋坐了很久，才站起身来准备离去。她送他出门。他走到窑门跟前，手扶门扇，愣了一下，忽然把门翕上，转过身来，一把拉住她的手。

“我真同情你，可怜你，你是个好姑娘，你太善良了……”他脸色苍白，嘴唇哆嗦，一边喃喃低语，一边把她的手往他怀里拉。

李娅被他的举动吓懵了，想抽出手，却被对方使劲攥着。她嗓眼里打颤，问：“你怎么啦？你怎么啦？”

老宋鼻子嘴里喷出一股滚烫的气息，一下子把她揽到怀里。她不知哪来的一股力量，一把把他推开，跳到一边，恐惧和愤怒使她连气都喘不上来。她想呵斥他出去，但是发出来的声音却是哀求：“你不能这样，不能这样。”

老宋有些垂头丧气。他重新在炕沿坐下，望着远远躲开的她，乞怜地用颤悠悠的调子说：“我真的同情你，也喜欢你……我也过得很苦，有家不能回，你不要把我想得太坏……你和刘超远的事，我对谁也不讲，我能设法保护你们。你可以看我是不是真心……”

李娅没让他讲下去。“你出去，出去!”她觉得自己不能再软了。

老宋望着她，没动。

“你再不出去，我就出去啦。”

老宋灰灰地站起来，脸上白白净净的肌肉一阵抽搐，勉强笑着说：“好，我走。不过我的话你再想想，刘超远和你的关系已经有人议论，如果事情捅开……也许你们能保护自己，不过刘超远婆姨喝煤油自杀的事……”老宋把话说了半截打住。他又笑了笑。这一回笑得一点也不勉强。然后，又悻悻地看了她一眼，这才朝门外走去。

李娅像木头人一样站在那里。老宋最后几句话，还有那种笑，那种眼光，使她突然意识到可能发生的可怕后果。她胆怯了，害怕了。在心慌意乱的一瞬间，神差鬼使似的，她冲出门，喊住了正朝坡下走去的老宋。

老宋又踅回来。

她祈求地望着他，急促地说：“我和刘超远的事，我求你……”

老宋没待她说下去，就把她抱在怀里。她喉头哽咽，说不出话来，也没有力量反抗挣扎。她像被人抽去了骨头，抽去了灵魂，软沓沓成了一堆动也不能动的瘫肉，脑子里一片麻木。她什么也感觉不出来，惟觉到从眼睛里滚落到脸颊上的温热的泪水。

像秋天的豆秧子遭了霜，李娅蔫得挺不起脖颈。

她痛恨自己，心里涌起一种难以名状的龃龉的滋味。她不愿意再见刘超远。每次刘超远到她这里来，她就急急地催他快点离开。刘超远不明白中间原委，以为她怨恨他迟迟没有离婚。他向她解释，她显得愈加烦躁，说她谁也不怨恨，只怨恨自己。这更让刘超远摸不着头脑，苦苦地思来想去，最后得出这样一个结论：她厌倦了，后悔了，不再爱他了。

这对刘超远是个很大的打击。在李娅面前，他本来就有一种难以摆脱的自卑，现在只好沮丧而知趣地退下。

但是，爱的火焰仍在他心中噼噼啪啪地燃烧，他将这爱火牢牢地锁在心里。他变得少言寡语，无精打采。有些时候，肝火却特别旺盛，动辄就跟人吵架。一次为磨面的事，跟他父亲吵起来，起因莫名其妙：他父亲说把面罗四遍，他偏偏只罗三遍，他父亲去罗时，他却从磨道里把牲口卸了。他父亲气得直骂他犯邪。

李娅清楚刘超远的痛苦。她的心像被人揪扯似的难受。她不忍心让刘超远再感到冷落。她又一次把握不住自己那颗脆弱的心。

几个月后，李娅发现自己怀了孕。

她不敢声张，恐惧得不知如何是好。刘超远知道的时候，她已经隐约显出形状了。

刘超远抱怨她没有早说，她低头啜泣不止。

第二天，刘超远悄悄把她送到县上。刘超远在一个熟人那里落下脚，她独自来到县医院。

县医院的大夫一听她的口音，便明白是怎么回事。推说时间长了，不给她手术。她没有料到的是，大夫马上又给县知青办挂了个电话。知青办来人把她带走了。

知青办追问男方的名字，李娅死活不吭声。偏偏在此时，刘超远不知事已暴露，在熟人家等不住她，跑到县医院去找，又跑到知青办来打问。知青办的人立即怀疑到他。李娅见刘超远不知深浅干了蠢事，绝境立即迫在眼前，心一横，报出了男方的姓名。

她说的是带队干部老宋。

老宋立即被隔离审查。

她被知青办送到医院，做完手术，又被送回黑峪镇。这时候，黑峪镇对于她的议论已是满城风雨了。人们早已看出她跟刘超远的蹊跷，现在抓起来的却是带队干部老宋，既让人们惊疑，又使人们的兴趣更加浓郁。有议论传出：刘超远拔了萝卜，老宋不过填了个坑儿。议论归议论，并无人去追究。而老宋除了承认自己的问题，其余多一个字也没说。于是，舆论沸沸扬扬了一阵子，慢慢也就平息了。

李娅在众人面前，再很难抬起头了。

又过去几个月，到了 1974 年底。

刘超远结出纳账，发现随子家借队里三十元钱没有还，便去催要。随子婆姨说还了，是她还的，说得有鼻子有眼。刘超远怎么也想不起这女人还过钱。他记得随子借钱时打过一张借条，找那借条，却找不出来。于是刘超远只好自认倒霉。

过了几天，刘超远的歪脖婆姨从炕席底下翻出一张条子，正是那张借条。刘超远拿着条子又去找随子婆姨。

那女人仍不认账，反咬刘超远在她还钱时有意不抽条子，存心坑她。刘超远气得牙根打颤，和那女人大吵起来。

这一架，吵得刘超远彻底翻了船。

随子婆姨寻小队干部哭闹，寻大队干部哭闹，末了，又去公社，捅出刘超远和李娅的事情。有人出面告状，公社便派人调查，一查，事情全抖露开了。

刘超远被公社隔离看管起来。

刘超远一关，李娅料定一切全完了，谁也难救刘超远了。老宋被隔离审查，后被送回北京处理，她虽说心里负疚，觉得坑苦了老宋，但刘超远被保护下来，使她稍觉安慰。她感激老宋只字未讲她与刘超远的关系。她清楚自己横竖丢了人，一辈子算完了，重要的是不能再给刘超远惹灾带祸。然而，她最担心的事情终于还是发生了。

她最怕给刘超远判刑。

刘超远被关在镇子粮站。四五天后，公社一个干部的婆姨来到河沟李娅的窑里，说了会话，那婆姨请李娅下去为她起个毛衣头儿。

李娅跟随那婆姨来到公社。

进了房子，那婆姨又出去了。不一会儿，门里进来两个穿公安服装的人。李娅知道这回轮到自己了。公安人员让李娅交代作风问题。其中一个扬扬手里一沓材料，告诉她，刘超远把事情全交待了，现在要看看她的态度老实不老实。

“没有什么好讲的，责任全在我身上，怎么处理，由你们。”李娅说。

她被留在公社，由本队三个女子看管起来。

黄昏时，一个与刘超远相好的小伙子来看她，悄悄告诉她说：晚上刘超远要见她。

夜里，看管她的几个女子在隔壁房子睡了，门锁着。她从窗户跳出来。

夜很黑。刘超远在粮站后墙根下等她。看管他的也是本队几个人，平素和他关系不错，他说服他们把他偷偷放了出来。

一见面，刘超远头一句话就说他什么也没有承认，让她也别承认什么。

李娅闭上眼睛，慢慢扬起头，有气无力地告诉刘超远：她已经承认，并且把责任全揽了。

刘超远立即像垮了一样，靠在身后的土墙上。

夜，寂静无声。寒风冷漠地贴着他们的脸颊和肩头擦过。

刘超远先被抓起来。公捕大会在黑峪镇粮站门口的空场子上召开。绳子把刘超远的脸勒得乌青。

李娅仍在公社隔离审查。有一件事情让她感到恼火和莫名其妙——审查中，公安人员不厌其烦地询问她在马庄公社的那段经历。她隐约觉出这里边有什么蹊跷。早先，她曾从过去的熟人那儿风闻到，王仓满被抓后，他的婆姨一直不服，咬住说是她李娅勾引了王仓满。现在旧事重提，莫非公安人员也起了疑心？

羞辱和气愤逼得她透不过气来。她不愿意重提过去的事情，连眼前的事情，也不愿意再讲什么了。她的态度惹恼了公安机关的人。几天后，她被送到县拘留所。

换了一茬审问的人，又让她把事情经过从头叙述一遍。那些审问她的人，仿佛对某些具体过程特别感兴趣，非叫她如实详细道来不可。她不讲。一次被逼急了，她冷冷说道："那个过程跟你们的还不一样？"审问者拍案而起："好啊，叫你顶！叫你顶！"随即，咔嚓一声，把铐子给她带上了。

在县拘留所关了一个月，然后是公判大会。因破坏知识青年上山下乡罪，刘超远被判处有期徒刑两年，戴上坏分子帽子，监外执行。因流氓罪，李娅被判处有期徒刑五年。公判大会之后，刘超远、李娅，还有几个赌博犯，被押上一辆安着大喇叭的刑车游街示众。刑车载着他们，转遍了全县所有的公社。

县文化馆馆长老裴，向我叙述过多年前那场公判大会的情景。他讲了一个笑话：当时他在县革委会通讯组工作，大会交给他的任务是管广播。大会马上开始，在广播员插放大会纪律的间歇，他随手操起一张唱片播放起来。稍顷，威严一排坐在台上的本县党、政、军领导人中间一阵骚动，一位县革委会副主任急得白着脸离开座席向他冲来，嘴里喊着：“广播！广播！”

广播响得好好的，声音很大，他莫名其妙。那位副主任见他瓷愣愣的，更加恼火：“唱片！唱片放错啦！”

他侧耳一听，顿时一头冷汗——大喇叭里李玉和正在慷慨激昂地唱道：“狱警传，似狼嚎，我迈步出监……”

老裴给我讲罢这个笑话，笑了笑，说：“为此我一连写了四五份检查，当时党组织正准备发展我入党，结果黄了。”

我问：“当时县上一般群众对处理这案件有何看法？”

老裴说：“啥看法都有。有人说处理重了，有人说处理轻了。那阵儿，啥事都没个准头，处理一件案子，关键看碰在啥碴口。中央26号文件刚下发的时候，当地人一跟北京知青发生关系，抓起来就判十年、十五年。后来觉得判得太重，对北京知青又太宽容，于是一遇到这种事，对北京知青也不客气了，李娅正碰在这碴口上。”老裴说到这里，停了一下，沉吟着又说：“刘超远的丈人在中间做工作，也有可能。虽说是个大队书记，职位不高，但也有些能量。李娅判得越重，他女婿的罪就越轻。我是这么想。”

老裴说罢，缓缓地摇摇头，叹了口气。

五年后，李娅服刑期满，从西安女监放回来了。

两个监狱管教人员直接把她送到县公安局，要求县上给她安排工作。

这五年她大变了样儿。不光岁月在她额头刻上了浅浅的皱纹，显得老相了许多，她的性格也变得更加内向了。五年间，她跟外界没有任何来往。监狱里可以与外界通信，但是没有任何人给她写信，她也没有向外发过一封。北京的父母知道她出了事，气得死去活来。这一对非常疼爱女儿，但把名誉看得更为重要的模范教师，毅然决然地和她断绝了关系。她在监狱中搞缝纫，做绒手套，寂寞冷清地度过了五年劳改时光。

县上并不好安排她的工作。公安局与很多单位联系过，都推说她年龄大，不要。后来县印刷厂一个头头表示愿意接收，可是一上会，又吹了。县建筑社是公安局看准的单位，说服了两个头儿，另外三个头儿的工作却怎么也做不通。他们推说她是女的，到建筑社来没有合适的安排。她无着无落，像一件弃物，冷落地被闲挂起来。

她暂且在公安局吃住。

这一住就是一个多月。没有工作，自然没有收入，而在公安局是要掏饭钱的。她心里着急，但她执意不求任何人。听天由命好了，总能活下去。

刘超远获悉她出狱，并且了解到她眼下的处境，打发一个朋友来看望她。刘超远实际只服了一年刑，另一年被免了，坏分子帽子也摘掉了。他托那位朋友给她捎来五十元钱。她没有收钱，对刘超远的情况也只字未问，冷淡地把来人打发走了。

她觉得她的心早已枯死，人世间什么事情也勾不起她的热情了。

然而，她面临这样一种处境，竟然还有人来给她提说婚事。

来人是县中队的大师傅马师。马师要把她给他的一个徒弟介绍。那徒弟姓屈，宁夏人，孤儿出身，原在县中队当兵，因为生性极其老实，干活很能吃苦。服役期满后，县中队舍不得把他复员回老家去，便把他的户口落到城关公社一个村子，人留在灶上当了炊事员。在县中队灶上干了三年，县招待所又看上这个人，硬下手挖了过去。如今这姓屈的将近三十岁，只因人太老实，还没有成家。马师说：姓屈的户口虽在农村，但每月拿工资，说是农民，又不是农民。马师还对李娅说，只要她愿意，他徒弟那头没意见，人家对她的情况一概尽知，不弹嫌。

胖乎乎的马师正经八板说了一河滩，然而李娅根本无心去听。她毫不犹豫，一口就回绝了。

她这一辈子，已经不打算结婚成家了。

她的去处，依然悬而未解。

公安局仍在四处努力。后来工作做到县食品公司，食品公司的张经理是个五十多岁的老头子，沉吟片刻，拳头往桌上一砸，呼地站起来说："谁不跌跤？跌了跤就不给人一条活路啦？这个人，我要！"

从此，李娅成为县食品公司的一名职工。

开始工作几年，李娅被安排在食品公司下属的七里坪养鸡场工作。

养鸡场共六个人，喂了一千多只鸡，有混合饲料，工作并不累。这地方离县城七里路，不算远，但李娅从不进县城。生活中的必需品，有人去县上，就托人家捎买回来。给县上送鸡送蛋，场领导知道她的心思，从未派过她。干完活，她便钻进她的那间位于养鸡场角落的住室，不同任何人来往。她过上了一种近似隐居的生活。

日子缓慢向前流淌。

一天，县上一个干部来买鸡蛋。她过完秤，那干部又向她要水喝，并跟随着来到她的住室。她倒水的时候，那干部嬉皮笑脸地说："你叫李娅，我认识。"

她没吭声，把水放到桌子上。

那干部过来没端水杯，却说：“你比过去胖了。”话落，伸手在她的胳膊上捏了一把。

她一转身，拿起靠在墙根的火通条，毫不客气地朝那人胳膊抡过去。那人狼狈地溜了。

是的，她是一个风尘沦落人，但她并不认为这就失去了人格的尊严。她要保护这尊严。

命运，把她的一切剥夺殆尽，惟一能够保留在身边的，也许只有这一样东西了。

然而她发现，即使想保护住这最后一点属于她的东西，也是非常困难的。

养鸡场总要来一些买鸡蛋的。来人当中，不时会碰到这样一种人：他们用窃贼一样的眼光在她身上瞟来瞟去，变着法儿搭讪和她讲话，有的甚至敢嬉皮笑脸地说出一些带有挑逗意味的话来。在这些人眼里，她是一个不正经的女人，是一块已经被揉搓烂了的抹布，他们认为也许很容易就能在她跟前讨点便宜。可是，当他们尝过她那火辣辣的教训之后，这才明白，他们估计错了。

不时地要鼓荡起力量，抵御这一类事情，李娅感到一种难捺的心理上的疲惫。她知道，她不能松懈，丝毫不能。她牢固坚守的并不单纯是一道防线，也是向苍凉人生进击的一道冲锋线。然而她还是感到疲惫。她脚下的坑坑洼洼太多了。

一天，她正喂鸡，觉得身后走来一个人，那人一声不吭地在离她很近的地方站住。

她回过头，顿时愣住了。站在她眼前的，是刘超远。

“你！是你！”她脸色苍白，喃喃说道。

刘超远嘴角抽搐，说：“知道你在这里，早就说来看你，可……”他手里提着一只篮子，上边盖着一张黑麻纸。大热天气，他整整齐齐捂了一身长衣服。他黑了，瘦了，也显老了，背竟然驼下去，原来的高挑挑身材，显得矮了许多。

李娅心里猛地擂起乱鼓。她把刘超远带到自己住室。

她给他倒水。他端起杯子喝水。沉默。谁也不看谁，谁也不知道该说什么。好像无话可说。分手五年多，经历了人生的巨大事变，两人之间仿佛一下子变得相当陌生。时间和灾难在他们之间垒起了一道高墙，这使他们不能不在重逢时觉得格外尴尬别扭。

刘超远仿佛忽然想起似的，揭开篮子上的黑麻纸，从里边一样一样往外取东西。有点心，有水果罐头，还有油糕，一边往外拿，一边抱歉地说：“实在没啥给你带，随便在街上买了这点东西，你不嫌弃吧？”

李娅低着头，说：“不必给我买东西，我有工资，会自己买。”

刘超远腾空了篮子，又坐下端起水杯。又是沉默。

过了半天，刘超远嗫嚅着问道：“这几年，你……”

李娅说：“还好。”隔了一会，也问：“你哩？”

刘超远说：“我没关进去，又在本乡本土，咋说也比你好过。”

再也找不到可说的话了。

不长时间，刘超远便起身要走。李娅没有挽留。刘超远走到门口，折转身，吞吞吐吐地告诉李娅：他那个歪脖婆姨吃了一个老中医的几十副汤药，给他生了一个儿子。儿子已经两岁了，说完这件事，他的喉结上下蠕动了好一阵子，才劝她尽早结婚成家。“你是公家人，要解决这事不太难。”他说。

李娅什么也没有表示。送刘超远出了鸡场大门，她说：“以后你不要再来看我了。”

刘超远惶然地看着她。她又重复一句：“不要来看我。”说完，先迈开步子，径自朝回走去。

回到住室，坐下来的时候，她的心里已经变得出奇的平静。

一切都已成为过去，一切都已退缩得那么遥远，甚至连刘超远刚才来看她，也不过宛若一个飘渺的梦。一切在她心里都是淡淡的。再也很难有什么事情能够搅动她的感情了。

几个月后，县中队的马师又来给李娅提说那件婚事。这回马师不是一个人来的，和他同来的还有宽厚地收留了李娅的食品公司张经理。马师一个劲地说那姓屈的好话，张经理在一旁一一证实。李娅对张经理印象不错，如实地对他讲了心里话：不是她看不上姓屈的，而是她这一辈子不打算结婚。

张经理听后连连摇头：“使不得，使不得。一个女的不结婚，日子难着哩。”

她说再难也不怕。

张经理仍然摇头，说：“唉，有些难处，你想都想不来，世事千奇百怪，啥事都能遇着，孤孤单单一个女人，想应付，实在不太容易。”

老张这话触动了李娅的心。她想起来鸡场后退到的那些事情，不得不承认老张讲得有道理。

老张沉吟着又说：“你的情况又比较特殊，不找个人家，断不了有人说闲话，谁堵得住人家的嘴？”

李娅问："说什么闲话?"

老张难为情似的，含含糊糊地说："说你不死心，还在等。"

等谁？等刘超远？李娅感到血一下子涌到脸上。胸口像堵上一块东西，致使喘息都有些艰难。她站立起来，片刻后，又像被一件巨大而无形的重物压迫着，缓慢僵硬地重新坐下。她无力地勾下了脑袋。

半个月后，她就和那个叫做屈长顺的宁夏复员兵结婚了。

县城关镇政府的后院里，有一排平房，顶头一间，就是李娅的家。一个下午，我来到这里。

李娅不在家，一个瘦瘦高高的汉子出来迎接我。我知道他就是屈长顺。他高挽着一只裤腿，走路一蹶一蹶。我看见挽起裤子那条腿的外侧，红丢丢溃烂了一大片，周围还有许多大大小小的水泡。一问，才知先天他被开水烫伤了。我来这里前，他正给伤处抹药。

这是一间不算小的房间，约有二十平方米。屋内收拾得挺干净。床上整整齐齐，一条淡青色的的确良绣花床罩，衬托着浅黄色的枕巾以及用透明白纱巾盖起来的碎花被垛，给人一种素雅的感觉。床顶头放着一台双缸洗衣机，还套着塑料套子，像是刚买的。有一台十二英寸的黑白电视机。靠墙放着一只正准备油漆的新三开门大立柜，上了粉子，也打磨好了。虽然别的陈设不多，但这已足以使人看出，这是一个正在大搞基本建设、日子正朝上走的家庭。

屈长顺见我打量室内的家具，便向我介绍说：那台洗衣机是"金鱼牌"双缸带甩干，三百多元刚买来，还没用过。大立柜也是买的，花了一百四十元钱，请人油漆一个柜子十二元，不备料，只管油漆匠饭。本来上粉子打磨也是油漆匠的事，但这些事情他能干，就先干了。在讲这些事情中间，他还讲了些什么，我没有听清。他讲话，几乎每一句前边都冠以“就是”这个词儿，后半截常常只见嘴唇动弹，听不清说的是什么。

自一见面，他就显得拘束，坐在那里手足无措。他脚前地面上，放着一个小黑罐，罐口上竖着一根小签子。他用那签子不时地在罐里搅来搅去。我猜想那里面装着他正给伤口涂抹的东西。我让他不要误了上药。他不好意思地笑笑，拿起小签子往伤腿上抹。我问他抹的是什么，他说是獾油。

“就是只有抹獾油管用，别的啥都不顶这獾油。”他向我解释说。

我和他拉起他的身世，得知他1951年生，宁夏固原人。读过四年书。父亲1961年去世，母亲带着他改嫁，不几年也去世。后来继父也死了。从部队复员后，在县中队灶上干了三年，在县招待所食堂干了四年，去年又来城关镇政府灶上当炊事员。户口在农村，村上有他三亩责任田，他让别人代种着，一年把口粮给他就行了。

我问：“在这里呆得顺畅吧？”

他回答：“就是。这里不论啥人，对我都好得很。”

我又问：“和李娅处得怎么样？”

他难为情地笑笑，小声说：“好哩，就是好哩。她会过日子，就是啥事也要跟人比，不想落在人后头。”

正说着，李娅回来了。她带儿子去县城附近农民的菜地里买菜，儿子四五岁。看去挺机灵，说普通话。李娅见丈夫没有给我倒水，说：“怎么让人干坐着？”屈长顺慌忙说：“就是你看，忘啦。”说着就要站起来。李娅说：“你脏手。”屈长顺便又尴尬地缩回身子，抱歉地看了李娅一眼，又看了我一眼。

看来这屈长顺的确诚实厚道。李娅找这么一位丈夫，应该说蛮不错的。

在七里坪养鸡场干了三年，李娅被调到县屠宰场工作。

食品公司调她回县上，是为了照顾她的家庭生活。但李娅开始并不同意。七里坪清闲，可以不跟那些七嘴八舌的人打交道，再说，她跟丈夫没有感情，不愿意早晚厮守在一起。但她知道领导上是好意，硬是执拗不好。她只得去屠宰场上班。

她在屠宰场当保管。

屠宰场地处县西一条小河边，离她安家的县招待所不远。她不愿意在丈夫单位吃住，要求屠宰场给她分一间房子。屠宰场没房子，她只好将就住在招待所分给丈夫的那间房子里。

丈夫屈长顺对她很好，他是炊事员，在招待所食堂吃饭，但是家里每天两顿饭，他都要替李娅做好。劈柴搬煤之类的重活，从不让李娅沾一指头。即使连洗衣服的事儿，也是常常不待李娅动手就先干起来。他清楚李娅并不喜欢他，但他不计较，对李娅过去的事情，从不提一个字。周围的人同他开玩笑，说他把婆姨顶在脑顶，他听后憨厚地一笑，不去理会。

尽管丈夫如此对待李娅，但李娅的心，仍然难以暖过来。不是她不领丈夫的情意，有时她看着这个忠厚老实的男人这样厚待她，心里一阵一阵发酸，觉得他实在是个大好人。但是她心头的创痕太深太重了，痛楚的感觉一直难以退去，即便想把感情调动起来，那死水般的心湖，也很难掀起浪花了。

她所干的工作不重，但责任不轻。凡进库房的肉食全归她保管，另外屠宰场有两辆汽车，汽车的油料和零配件也归她保管。工作一接手，她便发现她面对的是一个烂摊子：肉库里乱七八糟，肉不放在一起，而是东一扇子、西一扇子胡乱摆放在地上。地面好像几年没有清洗，脚踩上去，黏糊糊、滑溜溜。在一个角落里，居然堆放着不知谁的几袋化肥。另一摊子，库存的汽车零配件与账面数字不符，问司机，问场领导，谁也说不清是怎么回事。她的脑袋一下子就大了。她给场领导说，这工作她干不了。

场长老杜劝她："乱是乱点，你着手整顿一下，订几条制度，今后大家都按制度办。"

她思量了一番，回答说可以试试。

她订立了库房管理制度，老杜看了同意，就张贴在库房门上。她先请人帮忙，把胡乱摆在地上的肉整整齐齐地放起来，然后清除库房内的脏垢。她打听到堆在角落的几袋化肥是一个杀猪工给家里买的，便让这杀猪工把化肥搬走。杀猪工不搬，说他占用的不是她的地方。她说：不是她的，是公家的，私人的东西就不该放进公家仓库里保管。几句话不对，那杀猪工勃然大怒，哇哇吼着，揭起她的伤疤来。

"妈的，才放出来几天，就张狂起来啦！在人面前要威风也得先称称自己的分量。不搬，就是不搬，看你把老子怎么样！"

犹如闷棍打在头上，李娅脸色煞白，浑身颤抖，脚跟站不稳了。远远地有人探头探脑地看热闹，但无人过来阻止杀猪工的混闹。李娅强稳住自己，支撑起精神，走进库房，自己动手把那几袋化肥搬出扔在门口，又一言不发，锁了库门，头也不回地回了家。

一进家门，她的泪水滂沱而下，伏在床上，强抑着声音痛哭起来。

屈长顺回家见状，不知怎么回事，惊慌得不知所措。问她，她不说话。于是屈长顺蹲在一旁，陪着唉声叹气。

一连两天，李娅没有去屠宰场。

第三天，杜场长来找她，劝她去上班。杜场长说："我叫杀猪工给你赔情道歉，非道歉不可！你看看，如果觉得保管不好当，场里可以另给你调换工作。"

李娅沉闷半晌，咬着嘴唇说："不用，我还干我的保管。"

她憋着一股子气，但她多一句话也不讲，只埋头于自己的工作。当那个杀猪工迫于场领导的压力，喝了半瓶白酒，借着酒劲装疯撒泼跪在她的面前磕头道歉时，她没有理睬，连看也没看他一眼。她把库房规章制度用更大一张纸重新抄写，张贴在场内最显眼的地方。她黑红不避，严格地按照规章制度办事，谁也休想逾越制度一步。她维护着她的工作，同时也在维护着自己的尊严。她知道，只有把自己的工作做好了，自己的腰杆才能挺硬。工作上越软，越怕得罪人，别人越会把她看成一个短处叫人捏在手里的人，那她永远别想抬起头，别想直起腰杆了。

一个下雨天，几个杀猪工往库房送肉，高统靴子上带着烂泥脏水便要进门。李娅毫不客气地把他们堵在门口。

"换鞋！"她命令道。

"没鞋。"几个杀猪工嬉皮笑脸，企图打马虎眼搪塞过去。

"没鞋脱了靴子，光脚进门！"她一本正经，毫不退让。

几个杀猪工只好乖乖地脱掉了脏靴子。

本来屠宰场只宰猪，不卖肉，为了照顾县上的头头脑脑和一些有关系的熟人，场里便也常常自行销售一部分肉。在这儿买肉按批发价开钱，比市面上便宜，李娅反感这种做法，但作为一个一般职工不好讲什么。有些事情，她也想忍，但终归还是隐忍不住。

令她感到恼火的是那些常来买肉的县上大小领导。他们不光把在这儿买肉看成理所当然，而且挑肥拣瘦，趾高气扬，一句话出来别人就得顺顺贴贴照着去做。李娅特别厌恶这副派头，不光她的良心难以容忍，她的自尊心也不能容忍。

一天，县政府一个人在会计那儿开了票，一进库房，脑袋一摆，吩咐李娅："打两个尻坐子?"

李娅问："怎么打两个?"

那人说："四十斤肉嘛，刚好打两个尻坐子。"

尻坐子就是猪后臀，全是精肉。李娅冷冷地说："四十斤肉，抬半扇猪!"

那人说："我要尻坐子!"

李娅说："我没听错，知道你要尻坐子。"

那人斜着眼睛把李娅看了好大一阵，再没说话，气咻咻地去找场领导。

不一会儿，杜场长急匆匆来到库房，他知道李娅的脾气，赔着笑脸说："你不认识田局长？田局长要两个尻坐子，你就给打两个嘛，反正都是要卖人的东西。你打，你打，我给你提秤。"

李娅把库房钥匙哗啦往杜场长手里一塞，说："干脆你来当保管好了。"说罢，扭头走了。

杜场长被"晾"在那里。

库房钥匙还是交给了李娅。

类似这样的事情，李娅的犟脾气常使场领导感到头痛。他们不理解，这样一个摔过跟头的女人，如今何以要在人前表现得如此强硬？

冲突终于在一天激烈爆发。

那一阵子是屠宰淡季，收不来猪，屠宰场每天只杀两头。县上有些头头喜爱吃心、肝、腰子、口条，这些东西四毛钱一斤，便宜不说，还都是些猪身上的好东西，猪杀得少，这些东西自然供不应求。一天下班前，杜场长早早给李娅打了招呼："明个两头猪的五脏外加耳朵、口条，全留下，马县长打发人来取。"

第二天，马县长打发的人来了。杜场长殷勤地领着来人来到库房。

"东西哩？"杜场长问李娅。

"卖了。"李娅说。

"卖了？"杜场长不信，"我昨个不是就给你打了招呼？"

"是的，但东西卖了。"李娅仍然平平静静。

"卖给谁了？"杜场长的火冒了上来。

"老百姓。"李娅说。

原来猪刚杀出不久，外边来了一个人要买猪肝。李娅一看，是在县百货公司工作的一位北京知青。这位知青的丈夫害了夜盲症，医生叫吃猪肝，她便寻到屠宰场。李娅没有犹豫，把两副猪肝全给了她。

"还有心、腰子、口条、耳朵，要不要？"称完猪肝，李娅问。

"多少钱一斤？"

"四毛。好东西，吃不完了送人。"

那位知青把这些东西全买去了。

杜场长气得快要发疯，他满口答应县长的事情，却叫李娅一竿子戳了，他如何下得了台？他气急败坏地质问李娅："你眼里还有没有我这个场长？”

李娅说：“有。怎能没有？不过猪心猪肝猪耳朵县长吃得，老百姓也就吃得。”

杜场长见李娅竟然一点也不示弱，更觉得难以下台。这一对上下级之间，当着县长委派的人的面，丁丁当当吵了一通。

吵完架，让杜场长更为无奈的是，李娅依旧兢兢业业地上班，认认真真地工作。他找不到合适的理由教训这个身上带有“污点”而骨子里出奇强硬的年轻女人。

杜场长不了解，李娅表面上争强斗胜，心里却疲乏透了。工作上不间断的摩擦、冲突，终日紧张地绷起神经保护自己的个性和尊严，倔强而顽强地显示自己存在的价值和人格的力量，这一切，都使她产生一种透不过气来的疲劳感。她知道自己只能进，不能退，生活只给她留下一条路，那就是从屈辱中奋起。她被绑在了命运的战车上。她不光要积蓄力量对付周围的世界，还要对付自己心里可能出现的卑怯。她并不企求赢得多么辉煌的胜利，只要赢得平等做人的权利就够了。但这也是困难的，很难很难。她深深地感到疲倦了。

然而，也正是在这种情况下，她才不经意地发现了命运对她的另一种恩赐——她有一个宁静的避风休憩的港湾。

这就是她的家庭。

丈夫屈长顺人太好了，对她简直可以说百依百顺，体贴入微。他老实，但她在外边稍有不顺心的事情，回到家来，他马上就能看出。他尽一切努力使她变得舒畅——精心做出饭菜，让她尽量吃得可口一些；不问那些让她不高兴的事情；干活儿蹑手蹑脚，怕惹得她烦躁；他笨嘴拙舌，不会讲温柔宽心的话，但他会拿行动表示对她的爱，对她的尊重，对她的担忧和关切。他对她献出了全部的情意和忠诚。所有这一切，不能不引起李娅感情的漾动。日子一长，她发现，一回到这个家，她心里就恬静平和，升起一丝柔和的暖意。家，成了她安适的后方，挺起胸膛和人生搏斗的她，不得不看重这个重要的大本营了。她开始把热情和充满爱怜的眼光，投射在她那憨厚诚实的丈夫身上。

结婚第二年年底，他们有了一个男孩。

不久以后，县上最大的食堂——东风餐厅实行承包，急需一个可靠的开票员。经理看上李娅工作的认真和不徇私情，给食品公司做通工作，把李娅调到那儿去了。

一个阴得很重的天气，我来到县屠宰场。

进大门的时候，有人告诉我里边有狗。我小心翼翼地走进去，果然见一黑一黄两只大狗卧在一处屋檐下。不过它们没有咬，只是懒洋洋地瞥了我一眼。屠宰场的院子很大。一排窑洞前，几个人正蹲在地上下棋。我问他们杜场长在哪个窑洞，他们抬起头来打量着我，其中一个说："不在，出去了。"我问："去哪儿?"回答说："这就要问他本人了。"话落，注意力又集中在棋盘上。

我饶有兴致地打量着这几个人。我猜想他们一定是杀猪工，因为看去他们脸上都有一种凶狠的表情。我还猜想，说不定这里边就有和李娅吵架、尔后又借着酒劲跪在李娅面前陪情道歉的那位老兄。不知他们现在对李娅是何种看法。

想跟他们拉几句话，而棋盘上激战正酣。我也蹲在一旁看起棋来。

汉河楚界两边的战斗仅仅是初级水平。我下棋并不在行，但我说了几步棋，一方老帅很快束手被擒。

这一来，我才跟他们拉上话。我问他们认识不认识李娅，他们问是不是从屠宰场调出去的那个李娅，我说是。于是他们都点头。一个说："嘿，李娅，全县城哪个不认得？何况我们这伙人！"

我问："你们觉得这个人怎么样？"

他们面面相觑，犹疑了一会，一个说："要论工作，这个人没说的，论脾性嘛，冲得很……"

没待说完，另一个接口说："人家李娅脾性咋？不就是棱角硬一些？我看人家硬碍倒对，不硬，谁都会按住你脑顶跷尿臊（意即跷腿从人头上跨过）。"

又一个说："不过有时太硬了，听说在东风餐厅又跟人闹。"

另一个说："为啥闹？多少年啦，还揭人家伤疤，放在我没准会上拳头。"

说李娅脾气冲的那个人又说："不论咋说，屠宰场放了这个人可惜。你看现在的库房，乱得有啥样样。"

谁忽然说道："头儿回来了。"

于是大家不再说什么。我朝大门口看去，只见一个五十岁上下，长得黑黑瘦瘦的人推着一辆破旧的自行车走进来。有人高声喊："杜场长，有人找。"

对这位杜场长讲明来意，他把我领进他的办公室。

招呼我坐定，用一只积满黑色茶垢的大搪瓷缸子泡上茶，又用一只小杯子倒了几倒，然后才把茶水滗进小杯子递给我——做完这一切之后，他才坐进一只咯吱咯吱作响的旧藤椅里，问道："你想了解李娅啥事情?”

我说:“随便聊聊,她的工作、为人哪一方面都行。”

杜场长听后摇摇头,说:“现在不好讲啰,人家是先进,咋讲?讲不好就是给先进抹黑,还说咱不服人家。”

杜场长嘴上说不讲,但还是给我讲了很多。显然,他对李娅有很深的看法,一方面承认李娅工作上不错,责任心强,一方面又说这个人不好领导,不会处理同志之间的关系。他举出一些事例来证实这一点,当然,他没提卖尻坐子和给县长留心肝腰子耳朵那种事情。他似乎有点儿伤感,说李娅是他一手扶持的,本来还想培养她做会计,谁知她后来一点不念人对她的这些好处,领导上说啥话,也听不进她的耳朵了。最后,这位杜场长作出结论:李娅太自高自大,有骄傲自满情绪。

“就是傲,傲得不得了。”杜场长一边说,一边痛心地摇头,“不能正确对待自己,不能正确对待领导和群众,这是李娅最大的毛病。”

从杜场长办公室出来,天落起小雨。在清爽的小雨里,我沉思着返回招待所。

半路上,我突然想:这条路,也是李娅过去每天都要走的,那时她走在这条路上,脑子里想过些什么?心里泛起过何样的波澜?

东风餐厅地处县城中心最热闹地段。小县城里,大餐馆的主意比不上小餐馆,但东风餐厅一枝独秀,生意红火热闹。

这家餐厅不光经营各种炒菜和承办酒席,也经营各式小吃。油糕、碗坨、荞面饸饹、蜂蜜凉粽子、油旋饼、豆腐脑……”此类地方小吃不下七八种。经营项目愈多,愈忙坏了坐在门厅里的开票员。

几十种炒菜的价格都要记在脑子里，各种主食、小吃的票码花样繁多地摆在面前，身后的架板上是要经营出卖的各种酒类，还有入手出手的钱呀、粮呀，都不能含糊，一天七八个小时下来，李娅只觉得头昏脑涨。累不说，农村人进城吃饭，往往把各种吃食的价格齐齐打听一遍，开了票，有时又来柜台前要求换另一样东西。这个烦劲李娅就吃不消。但她知道，这些生活并不宽裕的农民，下一顿馆子意味着什么，因而总是耐着性子接待他们。她和顾客关系处理得不错，只有极为个别的情况例外。

一天，三个流里流气的小伙子来餐馆喝酒。眼见得已经喝得八成了，三人中的一个肿眼泡趔趔趄趄来到柜台前，还要十瓶啤酒。

李娅没给。

“咋？怕……怕没钱？”肿眼泡从怀里掏出一把票子，甩在李娅面前，“老子有……有的是钱……”

李娅见对方目光发直，舌根发硬，把票子又甩回去，说：“你醉了，不能再给你卖酒。”

肿眼泡翻起肿胀的眼皮，斜视着李娅：“你……你是谁？不给老……老子卖酒……”接着，又难听地笑起来，“嘿嘿，以为我不……认识你，你叫李娅，……蹲过号子的骚娘儿……走，咱们一块去喝……喝……”

李娅未曾料到会受到这酒鬼的侮辱，像被人一巴掌打懵似的，一时里竟反应不上来该如何对待。餐桌旁另外两个见状，也怪腔怪调叫起来：“来呀，喝几杯解闷儿！”

李娅觉得脸上火辣辣，周身的血仿佛全涌到头上。她推开面前的东西，从柜台后站起来。

“来，来，知道你……肯赏脸。”肿眼泡一边说，一边退回餐桌旁，擎起半瓶啤酒，高高的在空中摇晃。

李娅绕过柜台朝三个人走去。谁也没看清怎么一下，她已把那张杯盘狼藉的餐桌掀翻，酒洒菜覆，盘子、碟子哐啷啷滚在地上摔得粉碎，汤汤汁汁遍地流淌。那三个小子傻了眼，其他餐桌旁的人也吃了一惊。李娅用喷射怒火的眼睛，逼视着那三个呆鸡似的家伙。三人畏葸地缩首蹙肩，一丝儿声气不敢出，相互偷偷打个暗号，慌忙溜了。

餐厅里响起嘁嘁的议论声。李娅努力使自己恢复平静，扶起餐桌，找来簸箕笤帚，把地面打扫干净。餐厅经理对于她的举动，像众人一样感到吃惊，愕然地在一旁注视着她。她把一堆盘杯碎碴端了过来。

她用淡淡的语调对经理说：“四个大盘，两个小盘，三个醋碟子。”她从衣兜里掏出钱来，见只有十元左右，转身向一个服务员借了十元，一块交给经理：“给，这是我的赔偿费。”

她神色平静，犹如没发生任何事一样，回到柜台前，接着干起自己的工作。

这件事情，使她在人们眼中遽增一种凛然气概。

她像一只变得勇敢异常的母鹿一样，保护着自己流血的伤口。对于触及人格方面的事情，她敏感而又泼辣，毫不含糊，毫不让步。她甚至不能容忍别人怜悯她，把她看成一个被同情的对象。在各个方面，她不光要赶上别人，而且要超过别人。工作上自然不用说，她干得比谁都卖力，比谁都好，每天早早来到餐厅，别人上班的时候，她已把柜台内外、厅前厅后打扫了一遍。下班后，别人匆匆收拾完餐具家伙回家，她必须结清一天的账目才能脱身。长此以往，她从无怨言，只为能在人前把腰杆挺得直一些。家庭生活上，她同样争强好胜。两口子工资不高，她精打细算，苦心经营，把每项花销都安排得极是地方，小日子过得舒舒贴贴。儿子丈夫，还有她自己，自然也要整扮得清清爽爽。她不愿意窝窝囊囊露出一副寒酸相，让人用半只眼睛瞧。她要活得扬眉吐气，活得硬硬铮铮，她要以一个强者的面貌，出现在这个世界上！

她征服了周围的人们。在她抱定这种生活态度默默朝前走下去的时候，谁也不能不对她刮目相看了。

1985年，李娅被评上先进工作者。先是餐厅的先进，随后食品公司、商业局，最后县上，一级一级评上去。在被评为县上的先进时，她打了点绊子——县上有些头儿心里犯嘀咕：把这么一个有着特殊历史的女人评为先进工作者合适不合适？但下边各级呼声很高，报上来的材料也很扛硬，刷下去似乎有点不好交待。研究来，研究去，无奈之中只好定了下来。

表彰大会在县剧院隆重召开。在全县千名干部群众面前，县委书记把奖状和厚厚一本书——《政治读物摘编》授予李娅。下了台，她把奖状卷起来，把那本书顺手送给一位正准备考大学的熟识的民办教师。

在Y县期间，我翻阅过有关李娅的一些记录在案的文件材料。我先去的是县公安局。多年前的办案材料妥善完备地保存着，打开尘封的卷宗，李娅被拘留前的谈话笔录、拘留后的预审笔录、案情报告、审议意见以及各种人物在有关材料上的签名和李娅本人按上去的指印，均赫然入目，使人不难想像当年那番情景。县法院的材料也一应俱全。可是我想看看李娅被评为“先进工作者”那些材料时，我的希望落空了。

我了解到，那些材料在县委宣传部保管着。我来到县委宣传部。一位副部长翻箱倒柜替我寻找，未找见。他肯定地说每位先进工作者都整理了单行材料，只是不知道放到了哪儿。他说他们再找找，叫我隔天再来。

我第二天来到县委宣传部，这回接待我的是评选先进时专门负责整理材料的一位干事。依然是翻箱倒柜，甚至把几个文件柜顶上堆积着厚厚灰尘、发黄变色的一堆堆纸捆子也折腾下来。我提醒他评选先进是去年的事情。他绝望地叹口气，说是实在找不见了。

我也只能怅然离开那里。

李娅知道我去县委宣传部找她的材料，问我：“找那干什么？”

我说：“想看看。”

她说：“没多大意思。”

其时她正领着她的儿子去邮局寄包裹。我看见那包裹上写着寄往北京，便问：“给北京谁寄？”

“家里。”

“你和北京家里的关系……”

她淡淡一笑，说：“我一当先进，关系就恢复了。屈长顺先给北京家里写信，他一心要认岳父岳母。而北京家里……唉，人世上的事情嘛……”

我琢磨不透她最后的感慨包含着什么意思。她向我告辞，领着欢蹦乱跳的儿子，朝大街另一端走去。

望着她的背影，我忽然想起此地那几乎村村都有的漫长的、弯弯曲曲的井坡。我爬过那井坡，知道那是一条多么陡峭、多么坎坷的路，每走一步是多么艰难。而她脚下的路，不正如同那弯弯的井坡？

结束语　长长的续集

1987 年春节，西安开往北京的 280 次列车上。

我和妻子、女儿去北京孩子的姥爷家过年。对面铺位上，也是一对夫妇带着一个孩子，听口音是北京人。拉起话来，知道这对夫妇曾在陕北插过队，现在临潼一家工厂工作，此番也是回家探亲。

我问："原来在陕北哪个县插队？"

男的回答："Y 县。"

Y 县?! 也许认识我采访过的那些知青。我说出几个人的名字。男的摇摇头，女的也摇摇头。

我有些失望。这时，那女的却问："你说的王村……王村钰，是不是在楼底插队？"

我说："是的。"

女的说："想起来了。"接着捅了男的一把："忘啦？就是掉到黄河里，被农民救起，后来嫁给农民的那一个。"

男的说："想起来了，想起来了。"

于是话题从王村钰扯起，我谈到在 Y 县成家的那些知青的状况。这一对男女听后不胜惊讶，问："怎么，她们还在那儿窝着？"

我点点头。

男的说："图个什么？"

女的说："跟真的一样，还要和那些人过一辈子！我以为她们早跟那些男的吹灯了。"

看来，这一对曾在Y县插队的知青，简直难以思议他们的同伴所创造的故事。

这是很自然的事情。像这一对夫妇，他们先从Y县农村招到县上工作，恋爱成家后，千方百计调到铜川，再顽强奋斗调到临潼。下一步还想调到西安城里。他们企望一步一步走向高处。他们有他们的生活，有他们的奋斗目标。他们自觉不自觉地习惯用自己的得失标准去权衡事物的利弊。命运赐予人的现实处境不同，人的希望和思维方式自然也不同。

然而，无论这一对夫妇，还是仍然滞留在黄土原上的那些知青，他们今天的一切，可以说都是从那场社会大潮兴起时就开始的。命运在那个时候就为他们的未来开了头。他们如今在各种生活位置上所从事的努力，都可以看成是在续写着那场早已终止的社会大浪潮的续集。

这是一部长长的续集。

在Y县，我先后采访过四十多位至今仍留在那里的知青，其中包括另外七八位和当地人结婚成家的男女。他们的生活呈现出各种形态，每个人的经历都深深地搅动过我的心潮。

林平，一个高高瘦瘦的女知青。先在秋岭公社插队，现在是县百货商店的售货员。北京的父亲因公伤早在60年代初就离职，母亲在一个果脯厂做临时工。家中孩子多，经济困难，插队时同学凑钱为她缝了被褥。插队后，村子里一个劳动日仅值两角多钱，她用劳动所得接济北京家里，近乎残忍地对待自己，连生产队分的一点点油也舍不得吃，用来卖成钱。在这种处境下，同村一个男青年向她表示了爱情，她接受了这爱情，婚后，作为生产队妇女队长，林平劳动的吃苦劲头使当地人为之惊叹。在家里，精心侍候公婆、抚养孩子，成为村中婆姨媳妇的楷模。大学高考恢复后，她极力鼓动丈夫复课考学。丈夫考上大学去大城市读书，她里里外外，支撑起家庭的全部重担……

程昭义，就是我们在《她的歌声》里提到的那位乡党委书记，一位研究员的儿子。在担任大队支书期间，与担任大队团支部书记的农村姑娘武桂芝常来常往，逐渐产生爱情，后结婚。武桂芝姊妹十人，本人行七，只读过三年小学。武桂芝七岁时，一个算命的瞎子老汉曾摸着她的头，残忍地预言她是妹妹中最苦命的一个。父母亲本不同意她的婚姻，认为程昭义是外地人，无根无基，不定哪一天就会把女儿撇下远走高飞。然而，他们没有阻止住女儿的爱情，程昭义也没有飞走。不是没有机会，生活给予程昭义的机会是很多的，招工招干，上大学，他的名字多次被推荐上去。但他还是留下了。他教妻子识字，给妻子念报纸，念小说。他给家里订了许多杂志，他看，也培养妻子阅读的兴趣。多年后，文化知识提高了这个农家女子的精神境界，视野大为开阔，在精神上完全可以与他对话了。如今，程昭义在守凤乡做党委书记，妻子武桂芝于 1986 年被招为合同工，在县城附近一个乡政府担任妇女专干。好像命运故意捉弄人，武桂芝的其他姐妹生活都不大如意，最可怜的是三姐和九妹。三姐找了个无赖丈夫，三天两头挨丈夫打，闹离婚已经闹了几年。九妹本来家里日子过得蛮不错，丈夫是个本分人，承包了村里的抽水站，一年下来可以挣千儿八百元。可是 1986 年正月初一晚上，竟被同村一个一心想从他手里把抽水站包过去的人杀害了。武桂芝这个当年被算卦先生预言为最苦命的女子，如今却被人们看成她们姊妹中的“福女”。

李秋玲，插队第二年嫁给当地农民的儿子。当我在高坡乡花段村见到她时，几乎不相信她是从京华之地来此插队的知青——口音与当地人无异，一身衣服破破烂烂，上身衣襟起明发亮，一层脏垢，脚上蹬双破鞋，没穿袜子，脚脖上黑乎乎一层垢痂……”

于岩华，1949年生于台湾，1950年随父母经澳门回国。父亲是国内一位知名的畜病专家。由于有海外关系，父母又是基督徒，在Y县插队时遭受到很大政治压力，招工招干自然与他无缘。绝望之际，只好与当地一女子结婚。在县招待所，当这位壮实如牛的前北京101中学高才生向我叙述他近二十年的生活经历时，虽然语调平淡，但我分明看到了涌动在他胸中的巨大波澜。

还有一位名叫简丛辉的知青，我没有见到。早在1979年，他就去香港定居了。他的父母亲在香港。这位简丛辉，也因为政治背景不好，插队时备受歧视。房东老两口心肠慈善，格外关心照顾他。老两口有个一字不识的女儿，简丛辉后来与这女子结婚，一直呆在农村当民办教师。粉碎“四人帮”后，简丛辉的父母多次叫他去香港，他执意不从。他在这里有家有室，有妻有子，他不忍心抛却这一切。然而，民办教师年年转正，年年没他。痛苦之余，不得不挥泪告别妻儿，只身前往香港。此一去，谁都说他把妻儿抛弃无疑了，但几个月后，他返回陕北，专程来接妻子儿子同去香港定居。1985年，当简丛辉带着妻儿返回陕北探亲时，不光当地老乡惊讶于他那一字不识的妻子换了个人儿似的，县政协、县委统战部也专门设宴招待这对过去根本不起眼的本县前公民……

时势社会，苦情奇缘，演出了不尽的人生悲欢！

然而，苦也罢，甜也罢，我们结识的这些人物，总要沿着命运规定给自己的路子朝前走，总要生活下去。这就决定了他们的故事远没有结束，他们所写的续集离结尾还很遥远。

用历史的眼光看，一种社会形态可能会如过眼烟云，转瞬即逝。然而它对人们命运巨大深刻的影响，却是经久漫长的。

一场波澜壮阔的大潮退下去了，沙滩上平静如初，只留下一些贝壳……

一个狂热的时代已经结束，风雨掠过的土地上，开放着夏天的最后几朵玫瑰……

哦，这贝壳，这玫瑰，这苦味的生命的芬芳！

夏天的最后玫瑰

苦　情

为了亲人，为了家；为了情，为了爱，她肩头和心灵上压着超常的负荷，在人生苦旅上艰难地挣扎、跋涉。

我先后两次采访过她。在《苍凉青春》里，我简单介绍过她的经历。她叫林平。

来陕北插队的北京知青，按他们的说法，可以分为三类人。第一类是马列派，来陕北是为了传播马列主义毛泽东思想，立志改天换地闹革命的；第二类是雷锋派，他们不尚空谈，决心为贫下中农多做好人好事；第三类是消极派，不愿插队，是不得已才拎起行李卷来到陕北。林平是自觉自愿来插队的，当然不属于第三类人；但是，她也难以跻身于前两类人的行列。

她出身于一个工人家庭。“社教”时，父亲的工厂里发生过一起盗窃案，有人怀疑到父亲，反映到工作组那里，工作组没经任何查证落实，便先在车间里开了场批斗会。性情刚烈的父亲忍不下这份冤枉，盛怒中操起榔头往自己头上敲了两下……盗案不了了之，父亲从此却成了一个半身不遂的残疾人。

林平姐妹兄弟六人。父亲在家吃劳保，每月只有四十八元工资。医院抢救父亲的医疗费是工厂垫付的，当然要逐月扣除，每月十五元，这样一个月父亲拿到手只有三十八元。母亲在街道工厂当临时工，每月工资四十二元，总共七十五元的收入要养活全家八口人，可谓异常艰难了。

姐妹兄弟中林平行大。“文化大革命”一开始，她便再也没有去过学校，家里的父亲和年龄尚小的弟妹都需要人照顾，她负担起了全部家务。不只在家里干，她还出去挣钱——一到夏天，她便带上年仅十二岁的大弟去八一电影制片厂附近打草，然后再拿到海淀去卖给那些养鸭子的人，一天可以赚到一块多钱，为家里补贴点费用。这种光景一直捱到插队的时候。

1968 年底，学校把学生集中起来动员上山下乡，林平被叫到学校，听一位陕北来的干部作报告。那位干部介绍说，陕北牛羊满山，瓜果遍地，打下的粮食吃不完，鸡蛋一块钱一篮子，煤是露天矿，拿镢头刨几下，能烧半年……许多同学被这番介绍鼓动得心驰神往，当下向学校报名要去陕北。林平也动心了：如果去了那么一个好地方，她不就可以拉她那个困难的家庭一把么？

她高高兴兴地报了名。转户口时，她甚至执意要把五岁小妹的户口一块转到陕北去。小妹从小由她一手带大，跟她感情很深。父母不答应，学校也不同意，她方才作罢。临离开北京前，同学们给她凑钱凑粮票，母亲要拿同学们凑的钱为她做床新被窝，她拒绝了，把钱和粮票全留给家里。在北京站，母亲和弟妹送她，车一开动，站台上哭声一片。母亲抱着小妹，泪流满面，僵僵地向她挥手。她鼻根发酸，但没让眼泪掉下来。她也不停地挥手，并对小妹喊："小妹，在家听话，姐在陕北安排好了，就来接你！"

火车开到铜川，知青们又换乘蒙了帆布篷子的大卡车，卡车一直往北，向黄土高原的腹地行驶。隆冬腊月，车厢外没有一星星绿颜色，起伏不定的高原好像被扒去一层皮，一切都没遮没掩光秃秃地裸露着。纵横交织的巨大沟壑，像是大地皲裂的伤口，给人以凄惨又可怕的印象。开始，沿途沟道里、山坡上，还能看到一片片被寒风剥光了树叶的乔木林子，愈往前走，树木愈稀少，林子再也看不到，只有稀稀落落灌木丛装点着四野的荒凉。待到汽车在一个被三面荒山秃岭紧紧挤压的小县城停下来，有人宣布他们要去的地方到了时，知青们一个个傻眼了——这哪是那个牛羊满山、瓜果遍地的美妙去处？怎么搞的，难道我们上当受骗了不成？

有人吵吵嚷嚷，有人骂骂咧咧。林平一声不吭，她还怀着一丝希望。她知道她要去的那个村子离黄河不远。黄河岸边肯定和黄土高原其他地方不一样，那儿有水，说不定还是个鱼米之乡。

然而，当她来到村子里，看到这儿景象比县城周围还荒凉时，绝望的情绪顷刻击懵了她。衣着肮脏破烂、脸色和土地一样灰黄的老乡热情地迎接着从北京城来的学生们，她任凭他们接过行李，任凭他们上下左右打量她，脑子里木木的，只有一个声音在心里默念着：多亏没带小妹来！多亏没带小妹来！

她插队的村子叫里庄，不大，四十多户人家。黄河在村子以东十多里处流过。虽离黄河不远，但这儿仍地处旱塬，水奇缺，庄稼根本浇不上，生活用水必须赶着毛驴沿一条曲里拐弯的井坡到井沟里去驮，来回五里地。五男五女十个知青，被安排在两孔窑洞里。第二天，生产队给每人发了本劳动手册，但知青们都没出工，直挺挺躺在窑洞里。女生们哭，男生们咬牙切齿地咒骂那位骗了他们的陕北干部。

在炕上躺了整整一天，林平第一个爬起来，去问村干部发劳动手册是什么意思。村干部说是为了计工分，年底要按工分分钱分粮。她又问劳动一天能挣多少工分，能分多少钱。队干部嘿嘿一笑，说："这就难说了，这要看你干得咋样，还要看生产队收成咋样。"她没再说什么。生产队的出工铃再次敲响的时候，她和老乡们一块上山了。

走到哪里说哪里话。既然命运把她抛到这块贫苦的土地上，惟一的办法就是咬着牙撑下去。痛苦、懊悔、发牢骚、咒骂什么用也不顶。她很快调整了自己的情绪。她要多干活，多挣工分，多分钱。她清楚地知道，尽管她远离北京远离家，自身的生存条件十分恶劣，但对苦难的家庭和亲人，她应该毫不犹豫地承担起一份责任。

她拼命干活。搞农田基建，男劳力挑土，女劳力装筐，她选择了挑土的活儿。掏地时，她比老乡多掏一镢头宽。往山上背粪，百十斤的羊毛口袋压在背上，一些男知青要歇几气，她一气不歇背到山上。日子不久她就变得又黑又瘦。村里的老乡见她干活如此蛮气，有人赞叹："嘿，这娃娃，苦好嘿！"有人则摇头："哎，女娃娃家，身子骨当紧呀！"

一年下来，她挣的工分比不少男劳力还多。

到年底决算的时候了。村里一些知道底细的人摇头叹息，说生产队又烂包了，分不了多少钱。果真，决算方案一公布，一个劳动日只值两角一分钱。扣除生产队的粮钱、油钱、柴禾钱，再扣掉公积金、公益金，她的名下只分得四十多块钱，而这四十多块钱还是账面上的，实际上给她兑现的只有二十块。这二十块钱能干什么？连回一趟北京的单程路费都不够！

她懊丧极了。

这年过年，其他九个男女生都请假回了北京。村里只剩她一个知青。她到十里路外的邮电所，给家中寄去十五块钱。给自己留下五块。买了一袋洗衣粉。再买了三尺花洋布，打算做个小背心。那些过年必须准备的肉呀、菜呀，她一样也没买。在对远方亲人的深深思念里，在孤苦伶仃之中，她度过了一个黯淡的春节。

高强度体力劳动带给肉体上的折磨是痛苦的，而孤独寂寞带给精神的折磨更不轻松。在北京的时候，家里的日子虽说贫困，但一家人团聚一处，说说笑笑，彼此体贴，也没有孤单的感觉。现在却处处感到自己是个单个人，一个流落异乡的漂泊者，一株无根的浮萍，一种可怕的空落落的感觉时时在袭击她。这种精神上的孤独感在插队第二年知青分灶以后来得更强烈——唇齿相依的知青集体，因为内部矛盾而分化，人人都盘起自个儿的灶台，像当地人那样各过各的日子了。往后的一切，真的只能靠自个儿了。

正是在这个时候，一个青年男人悄悄向她伸出了温暖的手。

他叫张改换。林平第一次见他，是在来村里后不几天。知青们跟着老乡去出工，路过村东头一户人家门前，见柴禾堆里躺卧着一个捂着破棉袄的人，正半醒半睡在那儿晒太阳。队长问："改换，今个咋样咧?”那人蔫塌塌睁开眼，身子懒懒在柴堆里动了动，回答说：“强多了。”队长给知青介绍说：他叫张改换，是队里的会计，知青三结合领导小组成员，得了伤寒病，正在调养。当时林平对这人印象很深，心中诧异：得了病怎能在柴堆里调养哩?

往后，知青们和这个叫张改换的青年农民接触逐渐多了。村里人都叫他“秀才”，他是位返乡青年，念过两年高中，能写会算，在陕北农村算得上一个“文化人”。在知青三结合领导小组里，他分管知青们的政治学习。因为他的见识明显比当地人高出一截，知青们和他挺谈得来。

就在林平内心极度孤苦的时候，他向她走来了。

先是在劳动中，他常常帮助她。背高粱秆，她不会捆，他默默来到她的身边，捆好，帮她弄到背上。从山上往下挑麦子，她只会用一只肩头挑担子，肩头压肿又磨烂，他给她示范，教她怎样换肩。有时干包工活儿，她包下男劳力的任务，别人都回家吃饭了，她仍干不完，这时候他总是过来帮她……他给她讲如何在农村干活过日子，讲陕北的风俗礼仪，讲许多她不知道但又必须了解掌握的知识。在一个从经受肉体和精神双重折磨的时候，这种无私的帮助显得特别珍贵。她对他充满感激之情。渐渐，除了请教劳动和生活上的问题外，她开始愿意对他讲一些心里话了。她讲家庭的遭遇，讲她的痛苦，讲对不可知的未来的担忧和恐惧。他认真地听她讲述，真诚地与她一同哀伤叹息。

这个时候，她和他之间只是一种诚挚的友谊，她没有也不可能想到别的。尽管有时能从张改换的言语间、目光里，或是无言的静默中，感觉到某种异样的、热辣辣的东西，但这种感觉只是像蜻蜓点水一般，划出浅浅的波纹便即刻消逝了。她和他之间决不可能产生更深一层关系。她是初中六八级学生，年龄还小，加之眼前漂泊异乡的处境，那种男女间的事情，她想都没有想过。

插队第二年冬天，一次劳动中，张改换说他见到大队支书有一本《毛选》小四卷，很好看。说者无意，林平听后心思却动了。她一位表姐在北京新华印刷厂工作。她给这位表姐写了封信。不久，表姐寄来一册精装袖珍本《毛选》四卷。她把小四卷送给了张改换。

张改换接过小四卷很高兴。第二天晚上，他把林平叫到村头小路上，从口袋掏出一条围巾塞给她。她很慌，硬是不收，他说："兴你给我送礼物，就不兴我给你送吗？"

林平不得已，勉强收下。张改换开始向林平倾诉他的烦恼。说他在婚姻上和家里人想法不一样，家里人见他年龄不小了，天天催他赶紧找个姑娘成家了事，他却不想草率，想找一个有点文化、彼此能谈得来的。他缓缓地说，林平静静地听。说到后来，他变得支支吾吾，绕来绕去，终于说清了一个意思：他喜欢她，希望和她建立恋爱关系。

林平又惊又慌，半天不知说什么好。张改换的胆量上来了，黑暗中目光灼灼地望着她，冲动地伸出胳膊来抓她的手。"不！不！"她猛地甩脱开来，扭身朝村里跑去。

无论从哪个方面看，她都不可能与这个叫做张改换的陕北农民建立"恋爱关系"，尽管她孤独的心极渴望得到一个温暖的依托……但事情过后她又后悔：为什么不能用更婉转的方式来表达自己的意思呢？那样生硬地拒绝他，他肯定会伤心的。

与她的猜想相反，张改换表现得相当平静，依然一如既往地关心和照顾她。想叫一个北京女知青给他当婆姨，这个期望或许过高了，看得出他在努力调整自己的情绪，绝不想让林平为难。这使林平既感动，又加深了内心的歉疚。

1970 年底，队上分配仍然很差劲，林平原没有打算回京，但腊月里，家里来了封信，说父亲所在的工厂迁到河南漯河，工厂一迁走，再没有给父亲发过工资，大弟找到工厂的上级工业局，和人家吵起来，一气之下动了手，被派出所关起来了。接到这封信，她再也呆不住，向别的知青借了点儿钱，匆匆赶回北京。

当她从北京返回陕北的时候，村里人惊讶地看见她把她的小妹带来了。

北京家里的困难景况几乎难以维持。父亲心情不好，身体和脾气都愈来愈糟。母亲为一点可怜的工资仍旧在街道工厂忙活，为了省几分钱的车票，上班宁可步行个把小时而不坐车。大弟虽说被派出所放出来了，但脾性火爆得怕人，全家人都担心他再闯什么祸。为了吃饱肚子，家里的白面都换成了棒子面。林平回北京后，天天往一机部信访局跑，父亲的工资最终总算解决了。临回陕北前，已上小学一年级的小妹缠磨着要跟她一块走，小妹一走家里也许会轻松些，她一咬牙，硬是说服了父母带上小妹来到陕北。

在这个边远穷苦的村子里，一个人落脚原本就够难的，现在又多了个小妹妹……她送小妹到村子里的学校上了学，自个儿便像村里那些拖家带口的人一样，开始了算计、筹划，养起了家畜，过起了既是知青，又是主妇，既是姐姐，又是母亲的日子来了。

对于她的境况，村里人既惊讶又感叹。好心的老乡们都尽力帮助她，这个帮她打来柴，那个帮她驮来水。张改换对她的帮助自然更多，她把小妹一带来，他就提议让小妹去他家过活；她拒绝后，他每天都来她的窑里，看看需要她干什么。小妹一见他就高兴，老远就叫大哥。

日子缓缓地熬着。有一阵子风传要在知青中招工，可是传了一阵再没动静了。前途黯淡，渺无出路，何处是彼岸？林平不敢想。好在她能吃苦，好在她又生出了一份自信：她不光能养活自己，还能养活小妹，对家庭，对社会，都可以说她是一个有用的人了。

然而两次意外事件，使她不能不重新审视自己的处境。头一次是队上修梯田加夜班，黑天小妹一个人不敢呆在窑里，便跑出来找她，出门不远就从一人家的窑背上跌下去，幸好跌在柴堆上，没伤骨头；第二次还是她把小妹一个人放在窑里，小妹爬在炕边做作业，不料用石片从炕角垒起来直通窑背的烟囱突然坍塌，只差一两尺就砸了小妹，吓得小妹此后多日一到炕边就发抖。这两件事情把林平击懵了。当张改换再次提出把小妹领到他家去时，她答应了。

小妹在张改换家生活，她和张改换的接触自然就更多。张改换一家人对小妹、对她相当不错，一股暖流充盈在她的心中。不知不觉中，她发现自己的想法在改变。她原来极力抗拒的事情，其实未必那么可怕、那么不好。张改换是个不错的小伙子，接受他的爱，走进这个温暖的家，她那颗孤独寂寞被风雨摇撼的心不就有了一个静静的港湾么？爱的抚慰原来正是她所需要和渴望的呀！

这一次，是她约了张改换来到村头小路上。对于她的表白，张改换慌得半天不知说什么好……

很快就结婚。原先她想先给家里通通气，转念觉得父母肯定不会同意，于是直到事情办后才给家里写了封信，没敢说结婚，只说打算结婚。她怕父母一下子接受不了这个事实。果然，父亲立即回信，让她把粮食卖了也要回北京去，说她年龄小，不要上了别人的当。然而，父母无论何种态度，已经无济于事了。

我采访林平，她讲起婚后的生活，说："结婚后，尽管家里反对，但我心里很平静。什么前途呀、出路呀，我都不去想，我的情况和别的知青不一样，家里太困难，自己必须先牢牢立住脚。张改换很疼我，他年龄比我大五岁，知道体贴人，我也就一心一意地做他的婆姨。开始一切还都顺心，可是慢慢地他……怎么说呢？……他有点变了。也许不是变，而是他就属于那种人，那种当地到处都可以见到的男人……"

张改换是队干部，自然忙一些。到了饭时，他一进家门就要吃饭，吃完饭，便又匆匆忙忙出去了。林平过门后，自然把做饭的事情从婆婆手里接过来。她还要出工劳动，有时饭难免晚一些。张改换回家见饭没好，起先不吱声，有时还会帮林平烧烧火；可是慢慢的，脸色就有些不好看了。到后来只要进门见饭不现成，便训斥林平。林平忍受不了，跟他辩驳几句，他的脸色就更难看，训斥的口气就更重更严厉。他属于当地那种大男子主义很重的男人。

此类冲突时有发生。过后张改换向林平解释，这不是爱与不爱的问题，而是当地男人女人之间的一个规程。林平说她忍受不了这个规程，张改换嘿嘿一笑，说："慢慢你就适应了。"

一次，张改换陪公社书记来家吃饭，张改换叫林平做面，林平却端上了小米饭。张改换劈头盖脑就训斥林平。为了在公社书记面前给男人撑面子，林平没有顶碰，只是解释说家里没有白面了。可是，张改换仍不罢休，斥责她为啥不去邻家借。林平委屈得眼泪一下子涌出来。公社书记看不过眼，当下教训张改换："人家北京知青给你当了婆姨，你不知道体贴人家，还摆大男人做派！亏你还是个有知识有文化的'秀才'！"经公社书记这番收拾，张改换才一下子蔫下来。

结婚一年后，他们有了一个男孩。这时北京知青已纷纷被招工招干离开村子。每走一个知青，张改换便特别害怕引起林平的思想波动，他不愿意她去向他们告别，总是异常主动地说他代表她去就行了。每逢这时，她便笑笑，说："你怕什么？怕我也飞了？甭担心，瓜蔓上都结出了瓜蛋蛋，我的根儿已经扎到这里了。"

话是这么说，可她心里不能不翻腾。看来命运之神赐于知青们的恩泽，是降临不到她头上了。她已不是知青，早已从那个队伍里分离出来，成了一个普通的当地人的婆姨。想到这里，她心里不由暗暗生出一丝凄凉和悲哀。但是，她虽羡慕她的伙伴们，却并不懊丧，并不后悔。心里翻腾一阵之后，她又平静地回到现实中来。每个人都有自己的命运之轨，和别人不可能重复，不可能混淆。与张改换的结合是她自己的选择，而且他曾在她极度孤苦凄凉的时候给了她极大温暖，既然命运把她送上了这条人生轨道，那就坦然地走下去吧。

或许是因为有了孩子，张改换不愿再让她上山劳动；或许是因为她不能被招出去，张改换为了安抚她，他花了很大气力走大队领导的门子，替她争得了在大队小学当民办教师的资格。教了一年书，第二年，生产队改选，张改换和新队长合不来，扔了会计工作不干了。这一年婆婆也常闹病，小儿子在家没有人照看，林平便提出让张改换替她去教书，她回家照料老少一摊子。起先张改换犹犹豫豫，后来见林平说通了大队领导，也就不再推辞，替她出任民办教师。

日复一日，年复一年，农家小院的生活像磨盘一样缓缓向前转动。这磨盘磨去了她的青春，磨去了她的幻想，磨去了她的敏锐，磨去了她性格的楞角。这磨盘磨得她更加内向，更加强韧。在村里她已不讲普通话，而讲一口地道的当地话。她的发式、衣着已丝毫不留知青痕迹，村里的女人怎么妆扮，她便怎么妆扮。高原上的太阳把她的脸晒得黑黑的，皮肤被风吹得相当粗糙。她全然不介意这些变化，心思只扑在家务和劳动中。1976 年，第二个孩子出生后，她回北京探了一次家。几个弟妹都长大顶用了，家里情况好了许多。这一次她把小妹留在家里。小妹在她身边长了几年，已经出脱得亭亭玉立。一家人待她很体贴，她本想呆上俩月仨月的，可是一个月不到，她便匆匆赶回陕北。她放心不下家里一摊子。北京虽好，却非久留之地，她已经属于陕北，属于黄土高原上的一个农家婆姨了。

高考制度恢复后，丈夫突然生出想上大学的念头。但这几乎是不可能的。家里父母年事已迈，下边有两个孩子，他是民办教师，上学又没工资，日子本来就不宽裕，他这一走家里不就烂了摊子吗？可是，上大学的诱惑又是那样强烈，他陷入深深的苦恼中。

男人的心思被林平看出来了。一天夜里，她静静注视了一会儿张改换，说："别熬愁了，想考大学，就抓紧时间复习功课，别落个考不上丢人现眼。你真能考上，家里再难，我也能撑住。"张改换愣愣地看着她，之后又摇摇头。她提高声音："我给你说真的哩，家里这一摊子，由我来支撑！"张改换突然大受感动，紧紧搂住她。在他怀里，她抬起眼，轻声问："上了大学，你会不会当陈世美？"不等他回答，她自个先淡淡笑了，说："你就是真当了陈世美，谁也没办法，我尽到我的心就是了。”

张改换真去参加了高考，真的考上了。

把上教育学院的丈夫送走以后，林平挑起了全家生活的重担。在生产队，她像当初决心接济北京家里那样拼命地挣工分，在家里，她服侍老人，照料孩子，忙里忙外操劳不息。村里人惊异于她那瘦瘦的身板何以有那么多的劲头和精力。她既当女人，又当男人，队里的活干完，家务弄清爽，她又一头扑进自留地，春种秋收全是她一人务弄。家里养着猪和羊。猪大了，羊下了羔子，她拉到集上去卖，讨价还价时竟能学着行家们的样儿在袖筒里跟对方捏价码。张改换寒暑假回家只能呆上两个月，帮不了她多大忙，她好像压根儿也不再指靠他。在对日常生活的筹划里，她倒还要为他摊一份心思，他抽烟，在村子里用报纸卷烟棒儿抽，进了大学再抽烟棒儿就不像话了。鸡下了蛋，她舍不得吃，卖掉为丈夫积攒点纸烟钱。而对公婆的孝敬，使她在村里广泛赢得口碑。有一阵子公公喊腿疼，下不了炕，她天天把公公背到门口晒太阳……

三年后，丈夫从教育学院毕业，回到县上当了一名国家正式教师。又过了一年，县上为跟当地结婚成家的北京知青安排工作，她才从农村走出，在县百货公司当了一名合同制售货员。

我第一次采访林平的时候，她已经在百货公司工作将近两年。然而，我看到的却像是一个刚刚从山沟里出来的女人，皮肤粗糙，黑黑瘦瘦，黄土地留在她身上的气息，山野的风霜刻画在身上的痕迹并未消失褪尽。她才三十多岁，但看去起码四十开外。她性情含蓄，不愿多讲话。当她向我讲述过去的经历时，她似乎极力在挑选一种平静的语调。然而，从她那偶尔闪露的眼神里，从那不经意发出的轻微叹息声中，我体察出了一种深度的疲累，一种在人生苦旅上负重跋涉之后所产生的疲累。

她还要跋涉下去么？也许往后她心头和肩上不会再有那么沉重的负荷，也许她会轻松一点。但愿。

孽　缘

那时她幼稚，吞下一枚酸果，如今她历经沧桑，早已不再年轻，但那枚酸果仍然埋在腹中，欲吐不能。

她静静地坐在我的面前，哭了。

这是一个瘦小的女人，窄窄的脸，尖尖的下巴，额上皱纹很重，头发是一种灰苍苍的颜色。人们都说她过去很漂亮，仔细打量，眉目之间的确能看出年轻时的娟秀，然而，那只是一种淡淡的几乎消失殆尽的印痕。命运和光阴的浓重阴影已把那属于往昔的俏丽无情地淹没了。

这个叫做臧雪芳的女人，是如今留在A县二十六位北京知青中的一位。在我与知青的一次座谈会上，别人向我介绍她的经历，她垂着头一声不响。会后，我单独对她进行采访，她开始沉默不语，好像什么也不愿意讲，然而再往下，我就看到她的眼眶里噙满了泪水。

她是初中六七届学生，家住北京朝阳区，父亲是市里的劳模。动员插队那阵，母亲哭哭啼啼不愿意放她走，父亲把母亲数落了一顿，对她说："去吧，为咱家争口气，为毛主席争口气，到陕北后好好劳动，虚心向贫下中农学习。"这样，她便来到了A县。

A 县是陕北贫困的县份之一，而她所插队的那个生产队，又是 A 县出了名的穷队。村子距县城二百里远，地理位置偏狭，人们的思想也出奇的落后闭塞。轰轰烈烈的知青上山下乡运动，很少有人能理解。知青们一进村，老乡们便狐疑地把他们打量来打量去，有的说："看这些娃娃，不像是犯错误的样子嘛，为甚打发到咱这里来改造哩？"有的说："咳，城里长大的娃娃，人样儿都不错，犯不犯错误还刻在脸上？"——人们把他们当成是犯了错误被流放改造的坏人了。村干部知道知青上山下乡是怎么回事，但他们不去解释，他们有种很奇特的想法——也好，大伙这样看待知青，往后就好管束领导他们了。

一个村子十四名知青，就在这种背景下开始了他们的插队生活。

臧雪芳来后，情绪一下子跌落了。这里的山，这里的水，还有这里的人，一切都跟原来的预想对不上号。在她的想像里，陕北是一个多么美好的地方呀！原来那不过是梦幻。面对石头一样冰冷无情的现实，恐惧和惊慌压倒了一切，甚至压倒了先头的懊悔。她不知道往后等待他们这伙知青的将会是什么。

来到陕北不久就过春节，春节一过，公社集中劳动力参加修建水库大坝的会战，臧雪芳和她的伙伴们跟社员一块上了工地，工地上的活儿很重，抡锤、掌钎、抬石头，男女都得干，吃住都在工地，晚上还要常常加班。一个星期不到，知青们全都累垮了，有的开始装病，想赖在工棚里歇歇。领工的队干部当然不答应。一个女知青说她拉肚子，队干部硬让她领着去查看她的粪便，这个女知青又羞又急，只好眼泪汪汪又去干活。臧雪芳头两天抬石头，一天干到晚，浑身便像被拆开骨架一般，再也支撑不起来了，肩膀肿，腰似针锥一样疼，两条腿像捆上千斤巨石迈不动。第三天头上，也许队干部见她过于娇小瘦弱，便让她去给抡锤的掌钎。掌钎的活儿轻松一些，但那十几磅重的大锤不停点地擦着脑门抡上砸下，掌钎的手指一歪斜，大锤便会砸到手腕子上，这使她不能不格外恐惧。这种折磨来得也不轻松。还有，两只手整日价被大锤震荡，虎口、指头上全部裂开了口子，那大锤每砸落一下，都有一股钻心的疼痛传遍全身。干罢活儿，手半天伸不展，碰到什么东西都是木木的感觉，一次吃饭时竟把碗摔到地上。她不断地回想插队前的日子，回想那些属于过去的美好时光。有一天她终于醒悟到这种回想不过是一种痛苦的空想的时候，她的期盼变得现实了——赶紧修好大坝，赶紧离开这里回到村里去。

可是，大坝距竣工还很遥远。令她想不到的是，随后大坝工地上发生的一件可怕的事情，竟把她推向一个难堪的境地。

那天，她像往常一样在取石工地掌钎，他们生产队的取石工地在山脚一个背洼处，远处大坝上的人看不见，便有人偷懒。领工的副队长转到这里，见人们干活懒洋洋的，便发开了脾气。正在训斥大伙的当儿，一个叫做三广的小伙子扑塌扑塌摇晃着从山背后走来，副队长一见火冒三丈，喝问他干啥去了，三广笑笑，说去屙屎。副队长脸红脖子粗，厉声呵斥："你是屙井绳哩？我来两袋烟工夫啦，你才屙了泡屎，你是有心要奸溜滑哩！"三广说："我又没背着手四处转悠，咋是要奸溜滑？"这话分明是给副队长挑刺儿，副队长哪能容许，冲到三广面前当胸就是一拳。三广这小子也不是省油的灯，长得又粗蛮，扑上去就和副队长打到一块。没有人劝架，大伙都冷冷地在一旁观战。两人摔倒在地上，爬起来，又摔倒在地上。最后从地上爬起来的是三广，副队长直挺挺躺在那儿，腿一蹬一蹬，却再也爬不起来了。三广一边往地上狠狠吐唾沫，一边骂：“驴日的跟女人一样，抓人的下身！”也是奇怪，厮打了半天，副队长脸上青一块、肿一块，鼻子咕嘟嘟往外冒血，一只手背上翻开一道血口子，而三广只是掉了一只鞋，棉袄被撕烂一块，浑身上下竟不见伤痕。三广把丢掉的鞋找回来，蹬在脚上，见副队长仍躺在地上不起来，这才呆愣住了。他瞅瞅地上躺着的，又瞅瞅一旁站着围观的，突然从地上捡起一块片石，朝自个脑顶当当就是两下。片石碎了，他的头上顷刻鲜血淋漓。他双手在头上一抹，又往脸上一抹，血便模糊了他的脸。随后一声怪叫，也直挺挺地躺在地上。

一场殴斗的结果便摆在那里——两人都动了手，都受了伤。对于外人来说，这是一场很难断清的官司，可是在场的人都知道是怎么回事。上头处理事件的干部展开调查，却没有一个人愿意出来讲明实情——副队长在村里得罪了不少人，大家都不想替他讲话。调查人转向藏雪芳了解现场情况，她犹犹豫豫，但最终还是如实讲了。她不会撒谎。她的诚实让三广挨了一绳子，被捆押着在工地上批斗了一回，末了又给关在一个小工棚饿了三天。

臧雪芳做梦也想不到，这个三广，后来竟成了她的丈夫。

三广挨批斗之后，她心里对三广有种说不清道不白的负疚感觉。她往日受的一切教育都告诉她，她并没有错，然而这种负疚感却从内心驱除不掉，她怕和三广见面，躲不过碰见了，她的心就跳，低下头不敢抬起来，更不敢拿眼睛看他。从工地回到村子好久以后都是这样。

来陕北几个月后，有的知青就再也呆不下去，想回北京。一个外号叫老帮子的男知青向队长请假，队长不批，从此他便不再出工。在他的影响下，男知青们变得越来越不安分，他们给队干部起绰号，编三句半损人家，有时还有意和队干部作对闹别扭。这一来当然没有他们的好果子吃。不久，他们的把儿便被逮住了。

那是为了知青烧柴的事。灶上没柴了，知青们向队干部要，队干部让他们去拔地里的花麻烧。花麻不产籽，和产籽的油麻长在一块，知青们分不清花麻油麻，一块拔了回来。队干部一见，破坏生产，这还了得！立即命令民兵把拔油麻的五个男知青一齐捆起来。

“文化大革命”中，A县的干部对付群众有种特殊武器，即借用“无产阶级专政铁拳”的威力，公社、大队，以至小队干部都有权决定捆谁关谁打谁，干部的意志就是法律，甚至“文化大革命”结束以后八年，这种恶劣作风还在延续。1979年底，《人民日报》首次公开载文揭露A县干部残酷迫害群众的事实，一时间震惊全国。这帮知青犯在队干部手里之时，正是“无产阶级专政的铁拳”大显神威之日，自然不会轻饶他们。五个人像罪犯一样被捆绑着，强迫跪在生产队饲养室门口。

臧雪芳和几个女知青去向队长告饶，队长不理睬，说是等公社干部来后处理，从晌午到晚上点灯，不见公社来人，五个男知青便一直被绑着。臧雪芳几个人又央告村里老乡出面向队长说情，老乡心里都怯，不敢去，这时三广站出来，脖子一扭，说：“怕球甚？公社干部早不知钻到啥地方喝酒去了，等他们等到甚时？”说罢，径自到饲养室门口为五个男知青解了绳子。队长获知三广私自放了人，勃然大怒，指着三广鼻子说要把他捆起来。三广嘿嘿一笑，说：“捆我做球甚？我又没破坏生产。”

此事就这样稀里糊涂平息了。知青们很感激三广，特别是臧雪芳，心里早对三广负疚，这一来更感到有负于三广了。三广弟兄三个，他行三，父亲早死，老大老二也已分家出去另过，剩下一个病病歪歪的母亲和一个未成年的妹妹和他一块过活。农村人的穷光景，就怕分家，跟老大老二分家折腾了两次，这户人家的两孔破窑洞便一贫如洗了。臧雪芳见三广家光景可怜，那位病病歪歪的老母亲又不会料理家务，便经常去三广家帮着做点事情。那三广也早不在乎臧雪芳在工地上作证那桩事，臧雪芳肯帮他家忙，他在劳动中也就尽力帮臧雪芳，两人的关系慢慢就近起来。

插队第二年，国家不再向知青供应粮食，改由生产队分粮。粮食分下来，知青们毫无计划，换瓜果，换鸡蛋，不长时间便把粮食折腾得差不多了。眼看着粮食不够吃，知青们便互相抱怨，闹开了矛盾。矛盾闹到不可收拾的地步，只有分灶。分灶时，臧雪芳分得十五斤谷子、五斤高粱、五斤苞谷，而距队上秋收分粮，还有两个半月。

分灶后，臧雪芳搬到队上原来放农具的一孔小窑洞里去住。

臧雪芳把那总共二十五斤粮食，看得如同珍珠蛋儿一般珍贵。每顿饭都是稀汤汤，有时尽量搅和着野菜对付。一次她把黄鼠草误当苦苦菜下到锅，吃后直吐。这事被三广知道后，当天晚上，他背着一个沉甸甸的口袋，来到她的窑里。

“给你弄了些好吃的。”

臧雪芳疑惑地望着他。他抓起口袋底儿，往上一扯，哗啦一声，一堆嫩苞谷棒儿倒了出来。

臧雪芳先是一惊，随后便惊慌失措。她知道这些苞谷棒儿是三广从生产队的地里偷来的。她像被人抽了一鞭子，跳开来远远躲开那堆苞谷棒儿，嘴里连连说：“不，不，我不要，你拿走！”

三广看出她是无论如何也不会收下他冒险弄来的东西，满不在乎地笑笑，说：“也罢，你不要我弄回家去，能吃几顿哩。”他把苞谷棒儿重新装回口袋，往肩上一抡，走了。

工夫不大，他又来到臧雪芳窑里。这回他端着一个盛满熟玉米的瓦盆。他把瓦盆往炕台上一放，说：“这是我家的，甭怕，放心地吃！”

臧雪芳呆呆地看着他，一股热乎乎的东西在心里涌动起来。

从这以后，三广不时从家里给臧雪芳弄吃的来。臧雪芳知道三广家粮食也接不上茬口，每次都极力推辞，无奈三广不容她分说，她只好暗暗记了账，打算秋后给人家清还。

一天晚上，三广又端来一碗新磨的杂豆粉。臧雪芳正在洗脚。三广把碗放在炕台上，坐在炕沿痴痴地看着她。她被看得不好意思，匆匆把脚洗完。在她走到炕台前打算腾碗时，她的手被三广抓住了。

她惊慌万分，不敢看他，极力想把手抽回来，可是他却抓得很紧。“叫我亲亲……你真好看……叫我亲亲……”他语气急促，呼吸浊重，一股灼热气息喷到她的脸上。她恐惧得要死，但她不明白她为什么没有叫喊，在她极力推来扭去的当儿，强壮的三广已经把嘴贴到她的脸上了。

她哭了。三广见她眼泪掉下来，松开手，说，“哭甚！就是亲一口嘛，我喜欢你哩。”

她抬起泪蓬蓬的眼睛，看着他，许久才哽哽咽咽地说：“你肯帮我，关心我，我感谢你……只是以后……不要这样。”

话是这么说，那大胆而又野性的三广既已开头，就收不住尾。臧雪芳的抵御总是以失败告终。也怪她心软，对三广一再迁就。这种迁就使得两人再也无法轻易解脱。在他的进攻下，她步步退缩，不多久，最后一道防线也终于失守了。

事情不久便被村里人发现。那时正在贯彻中央的一个文件，打击破坏知青上山下乡的犯罪分子。三广有点发怵，这等事情上边一旦追究，非得把他抓起来不可。臧雪芳更是惊恐万状，她知道还有一件更为可怕的事情——自己两个月没有“倒霉”，极有可能是怀孕了。她不敢出门，不敢见村里人，整日价在窑里抹眼泪，到了这步田地，她才明白，因为幼稚，她吞下了一枚苦酸的果子。

下一步怎么办？她不知道，她不敢给家里人写信，不敢向任何人讨教。也变得毫无主意，毫无办法。惊慌的三广提出要和她结婚，她思考了两天，不，不是思考，而是脑子迟钝地转了两天，木木地答应了。

结婚未能拯救三广和她。婚后不到一个月，三广便以破坏知青上山下乡流氓罪被逮捕收监。随后判刑五年。

这一年的臧雪芳才二十岁。

等到北京家里知道臧雪芳的事情时，她的孩子已经快要出生了。母亲气得背过气去，那位劳模父亲一声接一声叹息，随后匆忙打发在山西插队的臧雪芳的弟弟去看姐姐。

弟弟见到姐姐，姐姐说：“没有别的路，我只能顺着这条道儿走下去了。”弟弟听罢，眼泪止不住扑嗒扑嗒掉下来。

三广被送到铜川附近一个劳改农场服刑，家里的老母和小妹便扔给了臧雪芳。老婆婆倒是很疼臧雪芳，只是常犯心口疼，一犯病就吃不下喝不下，更干不成什么事情。臧雪芳坐月子，生下一个男娃娃，老婆婆高兴得忙前颠后，一次舀水做饭，不小心跌了一跤，脚崴了，病也犯了，产后不满十天的臧雪芳只好下地，既弄孩子，又照顾病中的婆婆。这一个月子坐下来，她落下许多妇科病症。

三广家很穷，穷她不怕，可怕的是她精神上被剥夺的空虚的感觉。命运的铁蹄残酷地践踏着她的心灵，她觉得自己不光从知青的队伍里被甩脱出来，而且从一个普通人、正常人的位置上被打入另册。插队后她曾经有种强烈的被剥夺的感觉，除了心灵上不断暴涨的压力，她好像一无所有。走进三广家门，重新审视过去，她才发现那时她尚拥有许多珍贵的东西：名誉、节操，对爱情的选择权利和对未来虽然模糊但未曾泯灭的向往，还有做人的尊严。而现在，这一切都丧失殆尽，不复存在了。现实处处向她提示，她是个不名誉的女人，是一个罪犯的妻子，即使三广的两个哥哥，有时也不免拿白眼看她。这特别使她痛苦。

一天，轮到她为队上请来的几个外地皮匠管饭。家里没盐了，她去老大家借，老大家推说没有。她又去老二家，老二婆姨把盐盛好，老二在一旁冷冷地说："盐都没有，还给皮匠弄啥好吃的哩。三广不在家，甭跟男人家太热乎。"她又气又恼，想把盐倒下转身就走，但她没有发作。她知道除了忍气吞声之外，再无别的选择。

孩子一天天大了，小姑一天天高了，婆婆一天天老了，队上的知青也都一个个被招出去了。臧雪芳苦熬着，日子慢慢地向前捱。

三广劳改第三年，正月刚过，婆婆便一病不起。家里本来就穷得叮当响，每次给婆婆抓药，就得几块钱。开始她到处借钱，后来不敢再借，便去找老大老二，想让他们拿出点药费。谁知老大老二都推说没钱，硬是一个子儿也不肯拿出。她暗暗骂一声"狠心狼"，扭身就走。

谷雨前两天，婆婆死了。她又借钱借粮操办丧事。她学着那些能干的男人的样儿，关于丧事的一切安排都自拿主意，而不想与老大老二商量。丧事中一项最重要的仪程是孝子在灵柩前摔纸盆。这纸盆应由长子来摔，那老大跪在灵柩前，正要点燃纸盆里的火纸，她几步上前把纸盆端走。老母亲在病中他眼睁睁看着不管，现在有什么资格来充当孝子？她把儿子领来，双手把着儿子的手，高高举起纸盆，猛地甩在地上，她代三广，做了他应该做的一切。他回来后，她可以理直气壮地对他作番交代了。

她盼着三广早日获释，他一回来，她就不会再这样苦，再也没有别的什么指望，生活留给她的希望惟有这一点了。

三广在劳改中表现不错，第三年年底便被减刑提前释放。人获释了，但不再回村里。在劳改农场，他学得一手给牲口钉掌的手艺，释放后场里问他愿不愿意留场就业，他没思量，一口便答应下来。在他看来，这真是坏事变成了好事，劳改三年，由一个土包子农民，混成了挣工资的公家人，这令他好不得意。就业手续一办好，回到村里，逢人便讲他所获得的“公家工作”，引逗得村里人对他也刮目相看，好生羡慕。

这个变化令臧雪芳颇感意外。她不知道这是好事还是坏事。她的感觉已被苦难折磨得近乎麻木。三广见他的儿子已能满地乱跑，高兴得不知天高地厚。他告诉臧雪芳，往后他绝不会亏了她和儿子，他已是挣工资的人了。以后如有办法，他要把她和儿子带出去，离开村子，去跟他享福。

臧雪芳还算清醒，没有奢望出去跟他享福，她只盼着过上一个正常人的生活。开头几年，三广不错，时常给家里捎钱回来，一到假期便匆匆赶回家，帮她干这干那，对她和儿子怪疼爱体贴的。儿子五岁的时候，她又生了一个女孩，坐月子时三广请了一个月假回来服侍她。照说有了女儿，三广更应该照顾这个家，但是就在这以后，三广变了。

先是给家捎钱越来越少，再往后人也很少回来。家里有两个娃娃拖累，臧雪芳出工受影响，小姑虽然能在队里挣工分了，但一年下来，两个人的劳动连队里的粮钱都包不住。对于三广的变化，臧雪芳心里疑惑，但无法明白其中原委。捱到过年，三广终于回家来，她追问他不捎钱不回家的原因，三广嘴里胡乱支吾，一会说他这半年光闹病，一会又说他在工作中出了事故，场里扣发了他的工资。

三广分明在说谎。臧雪芳悲伤的心里不由得又落上一道浓重的阴影。

年后三广去农场，不久便又回来了。这次回家令臧雪芳和村里人都大吃一惊：只见他头上缠着绷带，胳膊上裹着纱布，走路一蹶一蹶，活像个战场上下来的伤号。对这身伤，他解释说是晚上走路不小心，从土崖上跌了下去，场里特意给了假让他回家养伤。臧雪芳起先半信半疑，后来见他说得那样逼真，便相信了。每天除了侍弄孩子和出工，还精心地照料他养伤。

三广在家呆了不到半个月，农场便来信让他返场。他去了，很快又回到家。这次他连铺盖卷儿一块背回来了。原来他身上的伤根本不是摔的。大半年来，他一直跟农场附近一个做裁缝活儿的女人鬼混，事情最终让那女人的丈夫发觉，过年后，当他再次去找那女人时，被那男人和叫来的几个壮汉好生一顿痛打。这使他不光落下满身伤，连那份“公家工作”也丢掉——农场把他除名了。

臧雪芳又经历了一次毁灭性的打击。

我采访臧雪芳时，虽然不无冒昧，但又不可避免地向她提出一个问题：她是否曾经想到重新开辟一种新的生活？

她明白了我的意思，说：“你是说离婚？想过。三广被农场除名回来后，一想到他那档子事，我就受不了。离婚的念头一度很强烈。可是三广求我，让我可怜他，可怜孩子。当时他的伤还没有完全好，看见他那苦苦哀求的样子，再一想到孩子，我的心就软了。我这人就吃了心软的亏，别人来硬的，要打要骂，我不怕，但一来软的，我就顶不住。还有，我和三广的事，我不想让北京家里人再伤心，离婚的事儿再一闹开，又要惊动他们……唉，人一辈子，不是想怎么活就能怎么活。”

1982 年，县上处理知青遗留问题，把臧雪芳和两个孩子转为商品粮户口，安排她到一个水库去养鱼。她一离开村子，三广便在家呆不住了，一个人东跑西颠地跑起生意来。

采访临结束的时候，我问臧雪芳目前最大的心愿是什么。她沉吟了一会儿，说：“要说心愿，那就是把我儿子转到县城里上学。他已经念高中了，这孩子很有心劲，常给我说他一定要考上北京的大学，他到了北京，就把我弄回北京去。回不回北京，我心里早就淡了，可是孩子说了这话，我就知道他心里疼我。”

听了她的话，我心里酸酸的。

翠 谷 雪

一道芳草萋萋的斜坡。一片茂盛的果园。再往上，土崖根下，就是那个小小的坟包。坟包大半箍在黄土崖里，正面用石条砌就，一方碑石嵌在正中，上刻：知识青年张伟之墓。我在墓前默默致哀。

我想到了我看到的那张照片：短短的剪发，清秀的脸庞，一身运动装，手握羽毛球拍，正在奋力跨步击球。身姿是那么矫健，动作是那么潇洒，青春与生命的活力从周身溢散开来。然而，现在她却无声无息地躺在这里，永远地躺下，再也起不来了。我久久伫立，泪水在不知不觉中模糊了我的眼睛。

这是一次迟到的采访。她在这里已经默默躺了八个年头。她的故事对于许多人来说也许是费解的，但假使我们能公正地对待历史，假使我们有着或有过炽热的理想，那么对她那充满圣洁感情的奋斗和追求就不难理解了。无论怎么说，圣洁的东西永远和崇高与珍贵联系在一起。

1971 年，陕北宜川县寿峰公社桌里大队迎来了四个西安插队学生，他们是主动申请来这里的。陕北贫穷落后，需要知识和文化，他们来寻找自己的理想。

张伟是这四人中的一个。

当地人自然对他们极为看重。插队不久，一位担任了大队副支书，一位当了大队医生，张伟与另外一位，被安排到大队林场，张伟是场长。

所谓林场，不过是半山坡上一片稀稀拉拉的苹果园子。张伟把行李从村里搬出来，住进了果园里一孔又潮又暗的窑洞。从此她把这里当家，再没动过窝，直到离开陕北。

看书、外出考察、请教专家，张伟为大队林场发展制定了一个规划。首先是要把老化的苹果树全部更新换代。她先试验了一亩密植果园，第二年要把老树挖掉，推广密植。更新换代大队领导是同意的，但密植却高低不肯同意。苹果树就是苹果树，不是杨树桐树，更不是谷子麦子，咋能密植？她拿出书本，人家不看；她讲外地经验，人家不听；她又伸出指头算账：原来一亩地不到十棵树，密植一亩地一百八十棵，就是稀植一棵树挂二百斤果，密植一棵树挂四十斤果，后者的产量也是前者三倍多。但是这笔账人家根本不相信，说密植的果树连一颗果子也结不了。张伟见怎么都不能说服这些头头们，急了，不管三七二十一，带领林场劳力先按密植要求挖坑。坑挖好了，大队头头也急了，带领一大帮人来填坑。张伟左拦右挡，如何拦挡得住？眼见着一个个坑儿被填上，她忍不住眼泪汪汪。大队头头则走到她眼前，叹口气，说："甭犟咧，按老法程办，错不了。"

坑填完，人走了。她抹去眼泪，呆呆地站在冷风嗖嗖的坡地上，反复思量，觉得还不能妥协。眼下植树季节已到，时间不等人，她把林场全体人马召集到一块，布置大家二次挖坑，她则风风火火赶到县林场去购树苗。树苗买好，她料定即使拉回去，恐怕也难以栽上，便顺路将县林业局的领导也一块拉回村里。这里的干部不认下边认上边。见县上干部支持张伟，大队头头也就不再拦挡了。费了这番折腾，密植才算行通。

树苗栽上，再从河里挑水浇灌，来回一里路。水一担一担挑上来，苗儿一棵一棵地浇灌。张伟身体单薄，但她比任何人都卖力，有时挑一担水上山，脚下崎岖小道，不小心一绊磕，连人带桶滚翻在地，爬起来，碰磕青肿的地方看也不看，重新回头去挑。四十亩果园，几千棵苗子，林场只有四五个人，需要挑多少担水？跑多少趟来回？一天下来，张伟往窑洞里一躺，浑身散了骨架一般，饭无力去做，连水也不想烧，啃点干馍，稍稍缓过点劲儿，又点起煤油灯，伏在炕边的小土台上，啃果树作务方面的专业书籍和资料。她知道想用科学方法作务果园，就必须用科学知识武装自己。有好多次正读书时睡着了，连煤油灯烧焦了额前的头发竟也毫不知晓。

春风夏雨，秋霜冬雪，自然界按照自己的规律循环往复，小树苗也按照自己的生命节奏悄悄成长。嫁接、中耕、锄草、施肥、防虫、剪枝，果园里的活路一样接一样，一年四季没有一天能闲。过去苹果作务，也是这些活路，但用的是老一套办法，比如剪枝，冬季剪一次就完事，而现在，张伟带领大家在冬剪之后，还要进行春剪、夏剪。这对当地人来说是不可思议的，他们认为这样会伤果树，张伟便耐心地给他们讲其中的科学道理，直到说服他们，夏剪环剥是一项技术要求很高的工作，环剥宽度很难掌握，张伟用硬纸片剪成合适的宽度，手把手指导大家学着去做。过去防治病虫害，只知道冬天给土壤里撒“六六六”，夏天给树枝上喷“乐果”，张伟把各种不同的病虫害资料、标本挂在窑洞里，自己和大家一块学习识辨，了解掌握它们的特性和规律，再有针对性地选择农药和时机进行防治。有一次，果园里闹起腐烂病，许多树枝腐烂枯死。喷药无济于事，在过去这是毫无办法的。张伟从一本书籍上看到有种刮枝疗法，便带着大家，对病枝逐一进行刮治，病情被控制住。这一套又一套完全不同于老式的作务法，新奇而富有效益，使大家看到了科学作务果园的重要性。张伟在大家心目中，不光是一个泼辣能干肯吃苦的姑娘，还俨然是一位技术权威了。

宜川地处黄土高原，水土流失严重，发展林业至关重要，而在林业中，大力种植果树，既有利于水土保持，又能见经济效益，可谓一举两得。这里早晚温差大，适宜于苹果生长，张伟早有一颗雄心，要让这里的苹果打入国际市场，同时，她也决心改良这里其他果树的品种。她写信给北京农科院，要来北京水蜜桃芽子，嫁接在本地桃树上；还从山西临汾，引进了皮薄油大产量高的核桃树新品种，广栽于全大队的河边路旁沟沟岔岔，又从河北弄来山萸肉籽，试种在林场内。她的计划是宏大的——将来要在这块土地上形成以苹果为主的多品种果树种植基地，彻底改变这里的自然面貌和经济面貌。

村里有一位刚从宜川县中学毕业的高中生，叫李天荣。张伟听说小伙子很爱园艺，在学校里学的就是农艺班，便将此人要到林场。她需要这样的人来做她的臂膀，需要更多有心志的人来共同奋斗。

第五个年头，苹果挂果了。有什么能比这更令人激动呢？这是心血之果、汗水之果、希望之果。张伟和她的伙伴们眼看着密密实实的小果缀满枝头，欢欣鼓舞。他们计算着秋季的产量。当那个金色的季节到来之时，丰收无疑是属于他们的。小小的青果在他们眼里，无异于一颗颗绿宝石，他们更加精心地在果园里作务。这一年天旱，他们从河里挑水浇灌果树。累不怕，只要果子好好生长。

好不容易盼到广播里说降雨，大家松了口气。这一天午后，黑云果然从东南方向涌来，紧接着大雨倾盆而下。大家正高兴间，张伟突然大呼一声："不好！"大家定睛看时，只见大雨中夹杂着一块块冰雹。张伟的脸色变得苍白，从炕角拉起一件棉袄，往头上一顶，不顾一切地从窑洞里冲了出去。冰雹把树叶和果子一齐从枝头砸下来，她匍匐在果树下，发疯似的拾着一枚枚青果，哭着、喊着。众人聚集在窑门口，呼喊着让她赶快回来，她不理会。她抓着两大把被击落的果子，跪在地上，泪水搅着雨水顺脸颊长淌。李天荣见她傻了一般，赶紧顶了只脸盆，冲过去，将她硬拖回窑洞。

这场灾害让张伟如同病了一场。雹灾之后，当她摇摇晃晃出现在果园里的时候，人们发现她脸颊塌陷下去，脸色又灰又黄。但她的精神没有垮。树上还有果子，这就留下了希望。她发誓似的握紧拳头，对自己，也对众人讲：一定要以百倍的努力来补起损失，让剩下的果子长得又大又好。

给她以鼓舞和勇气的，是她在这个时刻入了党。

秋季，终于有了收获。虽说产量有限，但苹果的色泽、品质极好。收获到这样的果实，张伟和林场的人们更增添了心劲。会有一个绚丽的前景的，每个人心里都有这么一个坚定的信念。

插队以来，张伟很少回西安家里。常年住在阴暗潮湿的林场窑洞里，她渐渐感到两腿骨节时不时作痛。她写信给父母，让寄些治关节炎的药物给她。父母亲让她请假回西安认真检查一下，她说脱不开身。药寄来，自己服了几次，村里有位老关节炎病人，她又把药送了人家。除了作务果树，果树之间还种了庄稼，又养了近百只羊，五头牛，一头驴。人手也增加了，并设了专人来做饭。林场的事业蓬蓬勃勃发展着。

1977 年，高考制度恢复，父母亲来信动员她考大学。父母亲了解自己的女儿，让她放弃自己的理想从山沟里出来那是不可能的，身为高校教师的他们只是劝说她：时代在飞速发展，一个人想要干成一件事情，必须拥有现代化的科学文化知识，否则很难成就事业。父母的劝告她认为有道理，她答应参加高考，但志向不变，她要争取去读农林学院园艺专业。

复习功课只能是在一天劳作之后更深人静的时候，大队知道她要参加高考，挺支持，给她复习的时间，她不要，天天照旧和大家一块在果园干活。考完试，填写自愿表，一共十个格子，她先端端正正在两个格子里填上两所学校的园艺专业，再按要求随便在其余格子里填了其他院校。复习只是挤时间进行的，但考试成绩却出人意料的好，分数竟考在重点院校录取线以上。没有轮到农林院校录取，第一批录生的重点院校四川大学核物理专业把她录了去。

这无疑意味着她将从此与自己正在奋斗的事业分手。她恍恍惚惚不能相信，开学日期一天天逼近，她仍待在林场，整日和大家一块劳动。对这里的人，这里的山，这里的水，这里的一草一木，她都充满了感情。她的心血灌注在林场的每一根枝头、每一片绿叶上；她的汗水挥洒在几十亩山坡的每一寸土地上。这里偏僻、闭塞、贫穷，但这里也让她尝到了甜，让她感到活得充实，活得有价值。大家对她也是依依不舍，但又不得不催促她赶快回西安去做上学的准备。她答应着，却一日推一日，后来再也不能推了，她流着泪，和村里老乡们一一道别，又把林场全体人手召集到一块，就林场以后的发展计划、眼下的工作一一作了说明和布置。决定回家的先天晚上，她又把李天荣叫到窑洞里。这位小伙子自进林场后，刻苦好学，技术上进步快，责任心又极强，她把自己所有果树作务方面的书籍送给他，希望他能把这里的事业搞好。她郑重地对李天荣讲：以后她会常写信来的，同时也希望他能把林场的情况及时写信告诉她。如果需要她在外边为林场做什么事，尽管吩咐，她会努力去做。说这话时她眼眶晶莹潮润，李天荣的眼圈也一热，郑重地点头答应了。

第二天，正要启程，忽然从村里传来消息，说李小五大爷的手指让磨子压断了。李小五大爷是位老党员，是张伟的入党介绍人。张伟一听急忙跑回村里，只见老人一只手掌血肉模糊，钻心的疼痛使他不住抽搐。张伟见状，立即要送老人去县上治疗，老人却直摇头，说："你今个要走哩，甭管我，赶快回去上学要紧。"张伟急了，不由分说将老人弄到村口公路边，拦了一辆手扶拖拉机，拉着老人和自个，直奔县上，县医院为老人做了截指手术，她又护送老人回到村里。

进川大后，她发出的第一封信，便是给李天荣和林场里人们的。分别短短时间，她已急不可耐，迫切想知道林场的事情。李天荣代表林场全体人员给她回了信，紧接着，她又一封信寄给林场。

天荣和林场全体同志：

来信收到，非常非常高兴。一打开信封，一股陕北窑洞特有的烟火味扑鼻而来，顿时，一种无比亲切的感情油然而生。是啊，那是我生活和奋斗过的地方，虽然我现在远在大西南的蓉城，可寿峰的山水，寿峰的乡亲们，以及那虽然不大、但凝结着我的希望、我的遐想、我永远不会忘记的林场，却常常出现在我眼前，让白云捎上我美好的祝愿吧……

我们的林场对我来说永远是宝贵的，虽然我只为她出了一点微薄力量，但每当我眼前出现一片林海和果园，就激励起我热爱生活的激情。栽下的是一棵幼苗，成长起来的却是果实累累的大树，还有什么比这更幸福，还有什么比这更富有诗意呢？努力吧，只有创造，只有忘我投入事业的人，才是最幸福的人。……

此后，她和林场一直保持着频繁的书信往来。李天荣至今珍藏着许多封她的信。在信里她倾诉对于陕北的思念，询问果树生长情况，叮嘱什么时候该打药，什么时候该松土，什么时候该注意什么病虫害发生。她还不断地把她能买到的果树作务方面的书籍，给李天荣寄来。

考入大学第二年，国庆节前夕，张伟收到李天荣代表林场全体人员邮给她的一箱苹果，并带来了林场获得大丰收的喜讯。她高兴极了，把苹果分给全班同学吃，只可惜苹果装在一只特意钉做的木箱内，邮寄中大都受了伤，令她分外心疼。她立即给李天荣写信，叮嘱赶紧把种植紫穗槐安排到计划中，以解决商品苹果装筐外运问题，并为她在林场时未能把紫穗槐种起来而自责。

她告诉林场的人们，再放假时，她要回到陕北来，看这里的人们，看这里的果树，她太思念这里的一切了。

林场的人们盼着她，村里的人们盼着她。可是未到假期，人们却得到她患病的消息——她得了骨结核，很严重，已经休学回家治病了。

林场的人们急了。听说冬虫夏草能治这种病，李天荣几个人钻进山里，去寻冬虫夏草。没有寻到，几个人凑钱买了十五克，寄给张伟。过了些日子，李天荣受众人委托，专程从陕北赶到西安看望张伟。

浑身的骨结核折磨得她已经非常虚弱。见到李天荣，她忘记了自己的病情，兴奋异常。她急切地向李天荣打听林场里的一切，李天荣告诉她，村里人吃到林场的苹果，都非常怀念她，现在队队都栽植果树，全大队果树面积迅速扩大，县上地区都去人视察过，准备把那里划为商品苹果基地。张伟听后，兴奋得泪水涌了出来。她踱到窗前，望着北方，激动地喃喃道："苍天有知，大地有知，树木有知，他们知道陕北人是勤劳的，他们应该得到幸福。"

看过许多医院，病情不见好转。她想到了林场那孔潮湿的窑洞。她后悔没有及时叮咛现在仍住窑里的人注意防潮。她立即给他们写信："林场窑洞还是那么潮吗？场里年纪大的人不少，千万注意身体，天天烧炕，避免风湿，年轻人也别大意。我知道你们经验丰富，生活安排好了，干起活来，也有劲儿。回想前几年，我对大家的生活问题关心不够，至今还很内疚。"林场的人们接到这封信，都禁不住流下了眼泪。大家心里都清楚她的病是怎么得的。张伟，张伟，你对这里没有丝毫抱怨，倒还想着我们的生活和健康，感动内疚的应该是我们啊！

病情越来越重，她对陕北、对林场的思念也越来越强烈。她几次告诉父母，她想拖着病躯回陕北看一看，这当然是不可能实现的。她要李天荣他们把林场果树生长情况拍成照片寄给她。照片寄来了，她捧在手中注视着，眼眶里转动着泪水。1982 年初，她的病情恶化。她常常让家里人扶着她。靠在医院面北的窗口，久久地向遥远的北方眺望。终于有一天，她再也起不来了。她把家里人和同去陕北插队已返回城的另外三位伙伴叫到面前，倾吐出最后的心中之言：

——不要为我难过。我生命虽短，却青春无悔。我的一生是在非常充实中度过的。

——听说李小五大爷的手伤常犯疼，冬天不好过，很早就想为他买双皮手套。现在看来不可能了。希望父母代我买一双寄给李小五大爷。

——我还是要回陕北去。死后希望能把我运回寿峰，埋葬在林场。

几天后，她静静地闭上了眼睛。

亲人们按照她的遗愿，与她插队的伙伴一道，把她的骨灰护送回寿峰。村里许多人们涌到村口，含泪迎接她的归来。李小五大爷抱起她的骨灰，接过她让买的皮手套，老泪纵横，泣不成声。人们在苹果园里为她修建了墓地，召开追悼会，安葬了这位把整个身心交给这片土地的姑娘。在她住过的窑洞里，林场人们设了灵堂，灵堂正中的照片是她进川大时打羽毛球时拍下的，她寄给林场人们时在背后写了一首诗，道：

海棠开遍又一春，心随微风故乡回。秦女蜀道行路难，每每思亲望陕北。

我在张伟墓前默默志哀。

正是果树开花季节，苹果树上花很繁密，空气清爽，四周很安静，蜜蜂在花丛中飞动的嗡嗡声清晰可闻。带领我来给她扫墓的是李天荣。这位她要进林场，又经意扶持培养的小伙子，在 1981 年已被陕西省林业局，共青团陕西省委命名为“绿化祖国突击手”。这里已被省上确定为苹果外销基地，除了苹果，早先张伟从山西引进的核桃新品种，年年都获丰收。嫁接了北京水蜜桃芽子的桃树，结出的桃子又大又甜。试验种植的山萸肉树，也有成活下来的，能成活就有希望。林场里产果子，还打粮食，连每年育出的果树苗子也能卖两千元。这是张伟开创的事业。她播下了理想的种子，这种子开了花，结了果。在她倒下之后，她又把自己化作一颗种子，深埋在这片土地上。这是一颗更为珍贵的种子啊！

张伟墓地旁的崖畔上，开放着一丛丛野花。有一种类似七里香的野花开放得格外繁密，花朵如乒乓球一般大，雪白雪白。我采摘了几枝这种花儿，奉献于她的墓碑前。

返回路上，我问李天荣那花儿叫什么名字。他说了三个字。他的陕北口音让我分辨不清是“脆骨啸”，还是“采弓须”，抑或是“草菇西”。我默念着分辨，忽然“翠谷雪”三字脱口而出。对，是“翠谷雪”，我相信我献给她的那晶莹洁白的花儿，就叫这个极富诗意的名字。

荒原的种子

上篇 逃 婚

1989年5月初，如今仍在延安的北京知青自发组织了一次《苍凉青春》讨论会，作为《苍凉青春》的作者，我应邀出席了这个讨论会。延安城内的北京知青现在约有四百多名，出席讨论会将近二百人。会上，一位脸蛋红扑扑的姑娘声泪俱下地作了发言。她不是北京知青，但她的发言，却把会议气氛推向了高潮。

她叫王杨玲，是一对北京知青的私生女儿。

采访她的过程，我胸中一直翻腾一种复杂难言的情绪——压抑、哀怜、惆怅在一块搅和着，穿过这些感觉，还有一束温馨明丽的光辉投射在心里。她十八岁的经历像一面多棱的镜子，折射出人生和社会许多内容。

1970年11月27日，她出生在L县一个偏僻的村子。她的呱呱降临，没有给父母带来喜悦和激动，紧紧攫住他们的只是恐惧和羞耻。在离乡背井、孤苦无依的插队生活里，这一对青年男女偷尝了爱情的禁果，那一刻的欢愉也许使他们凄苦的心得到了些许安慰，然而，由此他们却播下了一颗苦难的种子。望着这个孱弱的女婴，他们六神无主，泪水断线似的滴落在婴儿的襁褓上。

孩子只能送出去，可供这对年轻父母选择的只有这一条途径。下边，等待着他们的将是道德与政治的双重压力，是人们的耻笑，领导的审查和自个无休止的检讨。即使撇开这些不顾，恶劣的环境使他们自身的生存都成问题，更何谈什么抚养这个弱小的生命。他们托人为孩子寻找人家，人家找到了，他们顾不得细问，便将孩子送与人。

收养孩子的人家姓王，是一户老实巴交的农民，夫妻俩从未生育过，抱来孩子的时候男的已经五十五岁，女的已经四十七岁。他们探听出孩子的生父姓杨，为了对得起那对可怜人儿送孩子来世上一趟，他们给孩子取名叫王杨玲。

小杨玲抱进这户人家时尚不满十天。养母自然不会有奶水喂她，好在家里有只老奶山羊，两个老人每天便从老山羊那干瘪的乳头上捋些奶水喂给她。几个月后，老山羊的乳头实在捋不出什么来了，养母只好把小米压成面，再熬成糊糊抹进她的小嘴里。小杨玲居然奇迹般的活下来了。

日出日落，小杨玲一天天长大。她五岁那年，一对北京知青找到养父母的门上。这对知青便是小杨玲的生身父母。两人早已结为合法夫妻，并且有了一个小男孩。他们终于熬完了苦难的岁月，在招工招干的尾声里，被招到铁路建设部门，将远远离开这里开始新的生活，他们来最后看一眼亲生女儿。他们走了，他们的骨肉却要永远留在这里了。

也许他们曾经想把小杨玲带走，只是养父养母不肯放弃；也许他们本来就没有这意思，把她带在身边，难免总会勾起痛苦的记忆——他们当时究竟持何种想法，至今小杨玲无从知晓。总之，她留在了农村，留在了黄土高原。

生身父母的工作地点在唐山。真是这对苦难人儿的劫数，1976年初参加工作，过了半年，那场震惊世界的大地震便在他们脚下发生。之后，有消息传到村里，说那男女二人同死于地震灾难；又有消息说，死的是女的，男的只是受了伤。无论哪种消息均无法证实，而事实却很清楚——从此以后，小杨玲的生身父母再也没有任何音讯。

嚼咽着贫寒农家的粗食淡饭，伴随着高原的风霜雨雪，小杨玲长到十六岁。

这一年她正上初三。这孩子也许很早就明白她的身世比别的孩子悲苦，从小读书就很发奋，学习成绩一直在同学中拔尖儿。到了中学，各门功课都优异，对语文则格外感兴趣，她喜欢看书，喜欢写作文，喜欢对着广袤的高原和空阔的蓝天漫无边际地幻想。她为“全国中学生征文比赛”写过一篇名为《我与同学的爸爸》的小说，还给山西《青少年日记》投寄过两篇日记。她暗暗确定了自己未来的志向——当一名作家。

然而，一个星期六的早晨，命运却把她推向另外一条道路。

这条道路终将难以回避——养父养母收下别人送来的一个红包包。红包包里包着她的订婚礼金——二百块钱。这意味着，不久的将来，她便会像村里众多的姑娘一样，被打发到一个陌生的男人家去，给人家当婆姨，生孩子，然后窝窝囊囊糊里糊涂度过一生。农村姑娘普遍的归宿她是清楚的，但从来没有把这归宿同自己联系起来。她有点猝不及防。她哭了，抗拒养父养母强加给她的婚姻。养父养母不理会她。他们需要的是钱，因为她流泪而抛掉握在手里的钱，那就等于抛掉了过日子的指望，他们不愿听她的。

确也是这样。光阴不催人自老，把王杨玲养到十六岁，她的养父已经七十一岁、养母已经六十三岁。这种岁数的老人不可能再在土地上拼气力。家里还有个叔叔，是个精神病患者，也五十六岁了。地里的活儿，就靠这个精神病叔叔，想干就胡乱干干，不想干就撇下满世界乱跑。经济上没有其他来源，就靠土地，土地经管不善，家里早已穷得叮当响，有时连买盐买灯油的钱都没有，给杨玲订的这个人家，答应事说成先给二百块礼钱，订婚席一摆，除了扯八身衣裳，再给二百块，结婚时给多给少虽由男家说了算，但总还会有一笔数目。老两口抚养杨玲一场，到老来从杨玲身上讨回点补偿，也不枉十六年的辛苦。老两口这么看，村里人也这么看，因而，小杨玲的婚事便定了。

小杨玲则感到自己被拍卖了。

家里收了礼金，王杨玲还没有见过男方。她哭肿眼睛回到学校，见到老师同学不敢抬头，像做了什么丢人事一样。她再也没有心思学习，再也不能安静地坐在教室里了。她哀叹陕北农村的贫穷落后，恨那坑人的封建习俗，抱怨养父养母，同时又可怜他们。她为自己的命运深深地感到悲伤。

好多天以后，她见到了给她订下的那个男的。那是个星期六，她刚放学回家，那男的就扛把镢头进了门，看样子是帮她家去地里干活了。那男的不住地拿眼睛贼溜溜地盯她。她躲进窑里，不一会那男的也进了窑，坐在炕沿，一边抽烟，一边主动找碴儿和她说话。他说他给她家干了多少活儿，又说她身上穿的衣服太短，他给她买了新的，过几天就送来。他说他也上过学，本来能考上中学，但一见上学没出息，就回了家；他在家不劳动，做生意。但是过了一会儿，又说他在外边搞建筑，跟很多包工头是朋友，有时候给包工头订合同。他云山雾沼地吹嘘着自己，一听就知道没有几句实话。看着他那灰黄的脸，被烟熏得焦黄的手指，还有边说话边往地上吐痰的样儿，她直犯恶心。

这次见面后，她在学校里写了篇作文——《一个中学生的命运》。她流着眼泪，倾诉自己的遭遇。她再也不怕老师同学知道自己的事儿，她要把自己的心声，把她的苦恼、哀伤和悲愤讲出来。老师看了这篇作文，把她叫去，详细询问了她的遭遇。随后，老师明确表示态度：支持她与那男的解除婚约。

老师的同情鼓励给了王杨玲力量。她向家里提出了解除婚约的要求。

不等她说完，年迈的养父便制止她再说下去。老人眼一瞪，说："好好的婚事退啥哩？退了还不得再找？胡折腾个啥？给我安安稳稳的，甭胡思乱想。"

她争辩道："你们是包办婚姻，我不同意。"

老人说："包办？父母给女儿瞅人家，咱这里一辈一辈都这样。不要念了几年书，灌了点洋汤，就给我胡跳腾！"

"我还小……"

"还小？都十六岁啦！好，你小，你小，让我和你妈再把你养活着……"老人一生气，痰涌到喉咙，随之而来的便是一阵上气不接下气的咳嗽。

反抗失败了。王杨玲不光未能解除婚约，反而家里不再让她上学。老父亲认为她之所以要退婚，都是念书把心念野了。她被强制性地留在家里。学校生活，令人心碎地和她告别了。

在土地上劳作的重负，开始压在她十六岁的嫩肩上。每天，她和那个神经病叔叔到地里，从早干到晚，当她拖着疲惫的身体回到家里的时候，仍然不能停歇，家里养着鸡，养着羊，还有一条瘸腿老驴，她必须经管，她所在的村子地处塬区，土地虽然相对较多，但水极缺，一口井钻二十多米深才能见水，村里人吃水都花钱买，四角钱一桶。她家买不起，只好自己去绞。井绳上拴着两只小桶，绞动辘轳，一只桶上、一只桶下，十多小桶倒一大桶。井离家很远，她要歇几气才能把一担水担回家。沉重的劳动压得她难以喘息，她变得沉默寡言，不愿意和父母说话，也不愿意和村里人说话。有时正在干活儿，看见和她年龄差不多的孩子上学或放学，心里就涌上一股酸楚的滋味。虽然她已回到家里，但仍然遏制不住对学校生活的思念。她一遍又一遍回味上学时的种种情景，有些极为平淡的细节，现在回想起来竟是那么温馨，那么富有情致，那么值得留恋。想着想着，她便不由得暗暗掉下眼泪。她想找些书来看，但家里没有。一次见邻家窗台上扔着本破旧发黄的《农家年历》，便借来读，毫无趣味的一本小册子她竟读了一遍又一遍，那上边的农谚、生活小知识她几乎都能背下来。平时走在路上，只要发现地上有片碎报纸，她都会拾起，不管上边印着什么，总要细细去阅读。她尽可能地把那些能阅读的东西都收揽到自己手边，聊以消解精神的饥渴，要不，她的精神就会变得更加空虚、更加痛苦。

那个男的经常往她家跑，每次一来，便开始吹嘘自己，她对他讨厌透了。有一次，她终于不能忍受，对那男的说："往后你不要再来了，咱俩的事，最终肯定不能成。"

那男的斜眼看着她，说："不成？你家把我的钱都花了！"

她大声说："钱，一定还你！"

她陡然下定决心：即使呆在家里，不能上学，也要和这个男的断绝关系，她绝对不能忍受和这样一个男人生活一辈子。

她开始寻求支持。她首先想到那位读过她作文的语文教师，可是去找这位教师，人家能给帮什么忙呢？必须找管这号事情的，比如乡上的干部。她的婚事是包办的，她不自愿，政府应该出面干涉。这么一想，她便瞅了个机会，跑到十多里外的乡政府。乡干部听完她的倾诉，头一摇："乡上不管这种事。"轻轻一句话就把她碰回来，任她再怎样央求，人家就是不理。她不甘心，不能就此罢休，乡上不行，她找县上去。

过了两天，她对两位老人推说去同学家，从家出来，搭了辆顺路拖拉机来到县上。她先找到县法院，法院的人说他们只管打官司，她的事算不上官司，应该去找县妇联或县政府。找到县妇联，接待她的人很热情，但说包办婚姻的事在本县以至整个陕北都很普遍，妇联只能发文件让全社会来制止这种事，不可能一个一个去插手解决。她失望了，从县妇联出来，怔怔地走在大街上，一时竟没了主意。她不甘心就这么回去，在县城里转悠来转悠去，最后决定再去找找县政府。可是，她刚踏进县政府大门，就听见传达室的人一声大喝："干啥的？"她说明原委，人家没听完，手朝墙上一面挂钟一指，说："不看看时间，下班啦，没人！"

奔波了一整天，劳而无获，她只好回家。

不到黄河不死心。过了十多天，她又一次来到县上。

在县政府办公室，她见到一位年轻干部。听完她的诉说，年轻干部让她去找县妇联。她说县妇联已经去过，具体的事情人家管不过来。年轻干部皱着眉说了声“扯淡”，沉吟片刻，对她说：“那好吧，你先回去，我给你们乡领导挂个电话，让他们派人去你们村了解一下情况。”她一再道谢，然后满怀希望回到家里，等着乡上派人来。

过了好多日子，乡上并没有干部来村里。她急了，又找到县政府，办公室那位年轻干部说电话早已打过，至于乡上为啥没派人去，那就不得而知。她问能不能再打电话催催，年轻干部摇摇头，说：“再打也没用，这种事，乡上想管了就管，不想管了谁也没办法。”说完，扔下她匆匆去办别的事情。

她怏怏走出县政府大门，眼泪止不住簌簌流下来。再也没有别的去处可找，再也没有别的办法可想了。她原指望政府部门能助她一臂之力，帮她挣脱身上的枷锁，看来这个想法落空了。真是求天不应。求地不灵，难道她真的就该受那可恶的命运的摆布么？

在热热闹闹的大街上，人们好奇地盯着这个泪流满面的年轻姑娘。她不愿意引起人们的注意，走进偏僻的小巷。躲过杂七杂八的眼睛，她哭得更伤心。哭着哭着，她突然想到了死。死？对，死也是一种反抗，也能表达她对命运不屈从的决心！可是……她死了，对年迈的养父养母打击该有多大？不错，她怨恨他们为她订亲，逼她退学，怨恨他们脑筋陈旧落后，但他们辛辛苦苦把她拉扯大，容易吗？他们也怪可怜的……她突然又恨起亲生父母来。她本不该来到这个世上，既然他们荒唐地生下她，就应该负起责任，尽到自己的义务，然而他们却自私地一走了之……眼下她该怎么办？还回到家里去，等待着某一天去给那个脸色灰黄、满口谎话的男人当妻子？不，纵然死她也不愿意这样。她突然想起一位同学在县医院当护士。能不能去找这位同学介绍她当护工？洗被褥，打扫卫生，挣下钱就去外地。去哪儿，不知道，反正先离开这儿。也不能亏待了养父养母，她会给他们寄钱……主意一定，她便抹净眼泪，奔县医院而去。

谁知到了县医院一问，她的那位同学早就回家不干了。她软沓沓坐在医院走道的长椅上，泪水一下子又涌出来。

“女子，你哭什么?”忽然，一个讲普通话的人问她。

她抬起头，见是一个女的，三四十岁，手里提着药，像是来看病的。这女的眼睛里充满了真诚。从声音她判断出这人是位留下来的北京知青，不知为什么，一种奇妙的情感使她再难抑制满腹酸楚委屈，“哇”地一下哭出声来。那女的在长椅上坐下，抚摸着她的肩头，说：“别哭，说说你有什么事？看我能不能帮你。”于是她一边哭，一边把她的身世遭遇讲了一遍。那女的听罢，眼圈儿红了，安慰她说：“我也是个北京知青，县上还有好多我们这帮人，你是我们北京知青的女儿，我们会替你想办法。”她告诉杨玲，她叫祝萍，在县农行工作。她说她要先和县上的北京知青商量一下，叫她过几天再来找她。她把杨玲领到家里认了门儿，还留杨玲吃了顿饭。

十多天后，杨玲又来县上，再次见到了祝萍。祝萍高兴地告诉她，她的事儿县上一伙北京知青商量后，决定直接向梁县长反映，因为梁县长也是位北京知青。这一招果真管用，梁县长当即表态说他要干预这件事情。“解除婚约不成问题了”，祝萍轻松而又愉快，一把拉住她，说：“走，大伙都想见见你，往后你该怎么办，大伙还得商量商量哩。”

杨玲心里激动，鼻子发酸。她随着祝萍，见到了五六个在县上工作的知青叔叔阿姨，他们个个像对待自己的孩子一样亲她、疼她。感受着他们亲人一般的体贴抚慰，她索性放声大哭，哭得好不伤心。

这次她没有回家，第二天，她怀里装着叔叔阿姨凑起来的钱，乘车奔向延安。大批北京知青离开延安后，地区劳动人事局下设了个知青处，负责处理知青遗留问题，他们鼓励她去找这个机构。她是知青的女儿，养父养母已那么老，实际上她已无依无靠，往后的事，知青处不能不管。

到了延安，天正下着大雨。找到知青处，杨玲已是浑身透湿。正好知青处有一位叫余风云的阿姨，是北京知青。听完她的诉说，余风云先把她领回家里，从里到外，替她换了身干净衣服，并留她在家住下。随后，余风云便为她的事跑开了。

知青处从未遇到过这种事情，他们感到棘手，必须向上请示汇报。事情拖下来了。

王杨玲的身世及遭遇很快在延安的北京知青中传开。他们纷纷到余风云家中来看她。地区建筑公司陈铁生、刘学军夫妇执意把杨玲从余风云身边带走，他们决定收养这个可怜的姑娘——这棵北京知青伙伴留在黄土高原的可怜的根苗。他们在家里为她支了床，让她安心住下，并交给她一把家里大门上的钥匙。他们知道她渴望学习，喜欢读书，第二天，就领她去新华书店，由她在书架上挑选……

仿佛进入梦境，在人世间，王杨玲没有想到自己竟能领受到这份温情和爱意，她几乎不敢相信这一切是真的。她的泪水止不住一遍又一遍流淌……只是流泪，没有语言。

就在《苍凉青春》讨论会上，当王杨玲发完言后，我看到许多与会知青都哭了。这些流落异地，似乎注定要在黄土高原上生活下去的人们，业已组织了一个团体——延安地区北京知青同乡会，他们决心紧密团结，互相帮扶，共同去走那艰难的漫长的人生之路。他们纷纷发言，表示对王杨玲的满腔同情。有人提议将王杨玲作为特殊会员吸收进同乡会，大家一致通过。还有人当场为王杨玲捐款。讨论会暂时脱离原来的主题，一时间围绕着王杨玲而展开。我静静地坐在会场，目睹眼前这感人的场面，只觉得心里一股热流在冲荡……

感谢上苍，王杨玲，这个不幸的姑娘，最终成了延安北京知青共同的女儿。

中篇　人间真情

1991 年 4 月的一天，艳阳高照，春光明媚。

走出北京站，她便置身首都繁华而喧闹的大街上了。仿佛如梦境中一样，突然她不敢相信她的近乎传奇般的经历是真的，不敢相信脚下这块土地就是传说中她那早已死去的生母现在依然脚踏的地方。她摆脱不掉虚幻的感觉。从黄土高原的小县城走进这现代化的大都市，环境的巨大变化将这虚幻感觉拨弄得这样强烈，竟使她不由得停住脚步，怔怔地站在北京春天的阳光下。

两行热泪悄悄从她脸颊上滚下。

她，就是笔者曾在《一颗遗落在荒原的种子》里记述的那个苦命的女孩子王杨玲。作为文字的东西，那里面讲述的故事可以说已经有了结尾，但生活里的故事却在继续，这是一个叫人感慨良多的故事。命运在王杨玲身上涂抹了那么浓重的传奇色彩，令我们不得不把目光再次投向她。

她的生母没有死，而且被一帮好心的北京知青颇费周折地找到了。此番进京，王杨玲就是来认生身母亲的。

王杨玲，这个被遗落在黄土高原的北京知青的私生女儿，她的身世和遭遇，揪扯着延安城内北京知青的心。大家将她认作共同的女儿之后，她的命运，便开始了连她做梦也想不到的变化。

知青们经过种种努力，首先让地区有关部门承认了王杨玲的身份——她是北京知青的后代。确认了这一点之后，他们便开始为她的安置问题而奔走了。

从地区到县上，工作多渠道、多层面展开。承认杨玲身份容易，但要安置她就难了，难在一点上：没有政策依据。但他们仍为小杨玲四处奔走、多方呼吁。精诚所至，金石为开，上帝终于被感动了——王杨玲的户口终于从农村转出来，被安置到县上一家门市部当售货员。

命运对王杨玲绽开了笑脸。在荒凉的黄土地上跌滚扑爬了十八年的生命突然在她面前展开一片新绿地。这片新绿地让她看得耀眼，让她觉出了生活的芬芳。头顶着崭新的太阳，呼吸着高原上清新的空气，她掀开了青春新的一页。

她从心里感激地区、县上那些待她如亲生女儿般的知青叔叔阿姨们。她知道，他们并不期求她的报答，但她必须报答他们。报答他们最好的方式，便是努力工作，努力学习，使自己成长为一个有出息的姑娘，一个有用的人才。还有乡下年迈体衰的养父养母和那个患有癫痫症的叔叔，是他们将她辛辛苦苦拉扯大，尽管他们没有文化、脑筋落后，尽管他们曾经包办过她的婚姻，中断了她的学业，但他们的养育之恩是她今生今世偿还不清的。她每月工资五十七元。工资一发，先给家里捎二十元，再交十元房租，吃饭上卡紧点，省下来买点书，每月再攒五元，两个月就能回家看望老人一次。她依然喜欢读书，喜欢写作。在家里常干繁重活儿，如今当了售货员，这工作在她看来太轻松了，而且按钟点上班下班，她有的是时间和精力用来读书和写作。她极想在文学上有一番作为，命运新出现的巨大转机将她的心劲鼓得更足了。

谁也不曾料到，就在此时，一个陌生男人意外地闯进她的生活，早就暗暗潜伏在她内心深处的一股非同寻常的波澜，立即被掀腾起来了。

杨玲还在农村时，曾经收到过一个署名王应立的男人的来信。这位男子自我介绍他在西安国棉某厂工作，说他了解王杨玲的身世，对她的遭遇很同情，以后他要想办法帮助她。王杨玲未敢期望得到一个素不相识的男人的帮助，出于礼貌，她给他回了一封表达谢意的信。不久，这个男人又来信了，这次没有署名，落款处写着“叔叔”，说他也是一位北京知青，过去曾在杨玲所在的 L 县插队，他极想来 L 县看望杨玲。杨玲从内心感激这位知青叔叔，心想如果他来，一定要好好招待。然而，他没有来，而且从此再无音讯。本来是没有什么事情了，可是，就在杨玲工作后不久，这位奇怪的王应立第三封信来了，这次落款处令杨玲惊愕地看到署着“你的父亲”。信中内容更让杨玲吃惊，说杨玲母亲并没有死，她非常想念杨玲这位女儿；还说他与她母亲有张合影，本想寄给她，但一时又找不见了。信的末尾表示，如果能抽出时间，他就来接她，一块去会会她的母亲。

一封明确而又含糊，直率而又吞吞吐吐，充满矛盾而又极富诱惑力的信。是真？是假？但无论真假，信中所说的一切，都犹如巨石入水，对王杨玲的情感构成极大的冲击力。过去传说她的生身父母一块死于唐山地震，又有传说死的是母亲，父亲还活着。现在，不但突然冒出一个父亲，而且母亲也复活了。在漫漫十多年岁月里，记不清有多少次，她设想过假如生身父母尚在人世，她的处境会是什么样子。当然她明白这是傻想。每当她看到别的孩子和父母一起高高兴兴说说笑笑，而她只能伶仃一人独缩一隅时，当别的十几岁的女孩子还在妈妈面前撒娇，而她则要担负起侍奉年迈多病的养父养母——每当这时，她只能默默在心里悲叹，不怨天，不怨地，只怨她的命不好。不论别人怎样传说，她相信她的父母早已死了，不然，他们是不会撇下她不管的。这种判断早已根植于她的心里。可是现在，天边突然传来这么一声惊雷……苦命的姑娘感情难以自持了。

她拿着这封信，去找延安城里的北京知青叔叔阿姨，让他们替她判断。

延安地区北京知青联谊会会长郝海彦感到事情有些蹊跷。这位延安大学生物系的年轻讲师，在安置杨玲工作的问题上，花费了不少心血。他与几位知青分析的结果是，无论真真假假、虚虚实实，都不能先下结论，首先应弄清王应立到底是什么人。

他们心里是暗怀一线希望的，希望杨玲的生身父母并没有死，过去关于王杨玲父母的死讯，都是风一股、雨一股的传闻，从未从正式渠道证实过。同时也有一种担心，担心不怀好意的人让杨玲上当受骗。

带着希望、疑惑、忐忑相混杂的心理，郝海彦和另外两名知青抽时间赶到西安国棉某厂。结果让人更生疑窦——从人事处到保卫处，查遍了厂里的花名册，没有叫做王应立的。在厂门口，他们又向门房、出出进进的职工打听，终于有人含含糊糊地提示，好像准备车间有这样一个人。他们又来到准备车间，了解到的情况是：这儿确实曾有个叫王应立的，而且真是位北京知青，但此人多年前就离去了，至于去向，有人说在西安城里干个体户，又有人说早去了山西一个什么县的皮革厂。

到此，调查再无法进行下去。

王杨玲心中刚刚升起的热腾腾的希望，看样子就要破灭了，这是郝海彦他们不愿意看到的。那个王应立既然是北京知青，这里边肯定有文章，说不定此人真有点来头。

作为延安地区北京知青联谊会会长，郝海彦是位热心汉子，他对王杨玲有着父亲般的疼爱感情。当初小杨玲为逃婚被众知青收留在延安以及此后为安置杨玲而奔波时，他与杨玲接触很多。杨玲性格中的朴实、要强、聪敏令他非常喜爱。他知道这个表面看去沉静而腼腆的姑娘，内心世界却是极为丰富的。这次，杨玲将那封奇怪的信交给他，尽管她没有表白希望找到生身父母，但他却清楚地看出她内心翻起了什么样的波澜。为了补偿姑娘感情上的缺损——尽管这缺损是由过去时代造成的——他要努力，动员起众知青一块抓住那条模糊线索带来的微弱希望，弄清杨玲生身父母的究竟。

郝海彦和众知青商议之后，决定去看望杨玲的养父养母。如果老人们不同意他们的做法，那就必须重新考虑这个问题了。他坐长途汽车，从延安到L县，然后和王杨玲一块，又颠簸着坐车来到距县城一百多里路的杨玲家里。

杨玲七十四岁的养父疾病缠身，早就躺在炕上动弹不得，脑子好像也糊涂了，来人问话，只会哼哈不会回答。六十五岁的养母常犯关节痛，但还要做饭，去野外给猪扒草。那个害有癫痫症的叔叔农活早就不干了，不犯病时，在村里和人变工放牛。杨玲还有一个出了门的姐姐，也是养父养母养的。杨玲养母对郝海彦的到来感到很高兴，她絮絮叨叨对他讲了许多当初抱养杨玲的事情。老人家一边说，一边惊叹着直咂嘴巴。这是一位非常慈祥的老人。说了杨玲许多事情之后，她神情一变，说要央求郝海彦办一件事情。

"有什么事您就说吧。"郝海彦郑重地看着老人。

老人说，她知道外头有人给杨玲来信了，信是先寄到家里的。如果杨玲的亲生父母还在世上，她央求郝海彦替她找一找。"娃她叔，"老人动情地说，"咱家的光景，你是看在眼里了，我们三个老人，都成孽孽木头了，说不定哪一天脚一蹬，眼就闭上了。当初收玲儿时，是看她爹妈落了难，今个咱不能看着这娃娃葬在这里。她叔，老嫂子求你，你就帮我找找玲儿她妈。她的光景要是好点，就让她把娃领走。"杨玲的叔叔一直蹭在窑门边抽烟。他接口说道："玲儿是在我背上滚大的，夏天背在背上和我一起放牛，冬天揣在怀里和我一起搂柴草，苦了娃哩，早点走吧。如今虽说她成了公家人，能挣点钱，可家里简直要把娃拖累死，不如走一个好一个。"

养母和叔叔的话，杨玲都听到了，泪水一下子就涌满了她的眼眶。她冲动地大声说道："我不走，谁也把我带不走，这里就是我的家，我只有一个家，你们老人家我都要养活！"她把脸转向郝海彦，哽咽着说："接到那封信，我心里真的乱了。我从小跟别的孩子一块玩，一吵架，人家就骂我是没娘的‘野种’。多少次做梦都梦见我站在村头等妈妈，她从老远老远的地方来，回来看我来了。我高兴地跑上去大声喊妈妈，我抱着她哭啊，笑啊……可那毕竟是梦。十多年了，谁来看过我？这么多年没有她，我也长大了，我恨她！”

“玲儿，咋能胡说哩？”养母急忙制止，“做妈的谁不疼自个的孩子？我寻思，你妈兴许是有难处，兴许是不好意思回来认姑娘。”老人又转向郝海彦，“她叔，你还是替我们找找看，将心比，都一理，如今世事好了，人家骨肉是该团聚了！”

郝海彦只觉得有一股热辣辣的东西直往喉头顶。这位老人的请求令他心头颤栗。来此地看望老人，是他早有的打算，他应该代表所有在这块土地上生活过的北京知青，来感谢抚养了他们后代的老人。可是此刻，他什么也说不出。他的心里不再仅是谢意，而且溢满了尊敬。他眼里闪烁着莹莹泪光，深深将身俯下去，向老人恭敬地鞠了一躬。

第二天离开这户人家时，郝海彦除留够返回的车票钱，将身上其余的钱和粮票都掏出来，悄悄塞在一直昏睡的杨玲养父的枕下。

寻找杨玲生身父母的工作，在北京知青中展开了。

其实，该不该寻找，知青中有两种意见。一种意见认为应该寻找，为了知青和孩子过去经受的那么多苦难，为了偿还过去的时代、过去的生活所欠人们的一笔宿债，说什么也应该去寻找。另一种意见认为不该去作这份努力。找不见则罢，假如真的找见了，叫杨玲怎么办？撇下黄土高原上的三个老人，回到生身父母身边，这岂不是兴一家、败一家？两种意见都有道理，但第一种意见明显占上风，认为只要找着了，往后的事情总会有个妥善的处理，对此，他们坚信不疑。

一些日子后，那个自称为父亲的王应立被查清楚了。曾在L县插队。现已返城的几位知青依稀记得此人。此人当年在L县知青中因打架斗殴盗窃颇有名气，但可以肯定，他不是王杨玲的父亲。杨玲的生身父母离开L县时已经结婚，并且有了一个小男孩，而他从农村走出去时仍是光杆一人。至于他假冒杨玲父亲并说要带杨玲去会母亲是何目的，谁也说不清了。“父亲”是假的，母亲也就不存在吗？关键是要找到当年和杨玲母亲一块插队的同伴。找到他们，杨玲母亲的一切就很容易搞清楚了。

寻找在缓慢而执著地进行着。

这个过程中，一件改变如今仍滞留在陕北的知青命运的事情发生了——北京市相对放宽了知青回城政策，许多知青终于告别生活了二十年的黄土地，回到了故乡北京的怀抱。最早收留了王杨玲的陈铁生、刘学军夫妇调回北京时，执意要将杨玲当做他们的孩子一块带走，打算往北京调动的郝海彦，也做通了妻子和北京母亲的工作，决定将杨玲作为他的女儿带回北京。至于杨玲家三位老人日后的赡养，陈铁生、刘学军和郝海彦都表示由他们来承担。杨玲成了他们“争抢”的对象。

当然，这样办不容易，政策方面的关卡太多。寻找杨玲母亲的工作，仍在继续。

为改变自身命运而穿梭于陕北——北京之间的知青们，同时也在为杨玲的事情奔走着。他们先在延安方面努力，争取从知青困难补助年度款中为杨玲申请一笔安置费。为此，郝海彦与另外两名知青——担任延安市法院院长的刘淑珍和在地区财政局工作的周强，数次到L

县去。1990年底，寻找工作终于取得突破性进展，那个“假冒父亲”王应立终于在山西省Q县皮革厂找到了。他是杨玲生身父母插队时的同伴。这个插队时劣迹昭著的老知青，在岁月的洗涤与锤炼下，早已变成了另一个人。他十分清楚王杨玲的身世，真心地同情小杨玲，他愿意以父亲的名义来对王杨玲履行一个老知青的责任与义务。王杨玲的生母叫杨惠琳，他知道她还活着，当年罹难于唐山地震的只是王杨玲的生父。至于杨惠琳如今在何处，他只是听说过在北京远郊一个什么纺织厂，具体情况不得而知，许多年来她似乎有意识地躲起来，避免与过去任何熟人交往。

郝海彦一帮人情绪振奋。郝海彦、周强，还有过去在延安文工团当歌唱演员，如今回到北京在一个街道办事处工作的温宝林，分头跑到附近郊县的纺织厂，从厂里的花名册中翻查。这是一种笨拙的办法，路没少跑，但没结果。他们转而把希望寄托在北京市有关机构，希望得到他们的帮助。北京市人口浩如烟海，查找一个人犹如大海捞针。也许受到这帮知青精神的感染，政府机构竟然答应了。

1991年1月12日，刚刚从延安回到北京的郝海彦便接到北京市劳动局知青处李副处长的通知，说是杨惠琳找到了，在郊区C县的毛纺厂工作。

郝海彦激动得恨不能大喊一声。他立即将喜讯告知周强和温宝林。三人遏制不住兴奋情绪，不顾满天开始飘起的雪花，立即乘长途汽车，赶往C县。

上了车，他们心中又忐忑起来。不错，杨惠琳是找到了，但她已组成了新的家庭，平静安适地过着新的生活，现在，突然将一个早已送人的女儿推到她的面前，无疑等于又撕开了她旧日的伤疤。要是她或现在的丈夫不愿与王杨玲相认怎么办？即使愿意相认，他们会怎样处理与陕西三位老人的关系？过去知青中有人担心找到生母会破坏两个家庭的平静，好事变坏，得不偿失，这种可能是的确存在的，但最终他们还是坚持寻找，并且终于找到了。既然如此，他们就必须见到这位杨惠琳。到了这一刻，他们才更加深切地认识到，他们的寻找，不仅仅是为了一个被遗弃在黄土高原的孩子，不仅仅是为了抚育孩子的三位善良凄苦的老人，不仅仅是为了偿还历史的宿债，也是为了他们自己，为了信念中一个至尊至美至圣至洁的东西不被岁月的灰尘淹没，为了二十年他们本不该失去的一切，为了过去的一切不再发生；他们寻找的，是那本不该失落的爱，是人世间最宝贵的真情，是一种内心的平静！二十年了，他们最宝贵的青春年华是在黄土地上度过的，黄土地赐予了他们淳朴而博大的情怀，黄土地告诉了他们什么是真善美，什么是苦与乐，什么是爱与憎，什么是责任，人在生活中应该索取什么，奉献什么。现在，他们要把黄土地的述说告诉每一个父亲、每一个母亲，告诉天下每一个人。

纺织女工杨惠琳一见到三位来人，预感便告诉她：许久以来她最牵挂又最恐惧、最渴望了解又竭力回避的事情就要发生了。

多年来，她一直不愿回首那令她心碎的往事。为了忘掉过去的一切，进北京工作后，从城里调到远郊，从国家的事业单位调到工厂，从轻松岗位调到又苦又累的纺织女工行当。她和过去一切熟人断绝了关系，远远地避开了他们。过去的生活倾注给她太多的屈辱和苦涩，叫人一想起来心里就发酸发痛。她想抚平昔日生活留在心头的创伤。她这样努力了，但是办不到，她摆脱不掉一种紧紧纠缠着的预感——

终有一天，事情会寻到头上来，昔日生活迫使她吞咽下去的那枚苦果，会再次摆到她的面前，让她重新吞咽一次。

三位来人打量着她。他们邀她在雪花纷飞的厂区僻静小道上缓缓散步、交谈。他们给她讲述一个被遗弃在黄土高原的女孩的故事，讲那个女孩怎样在艰难环境中生存下来；讲女孩怎样上学，又怎样失学；怎样逃婚，又怎样参加了工作；讲高原上那户穷苦人家的三位老人，还讲了那个叫王应立的“假冒父亲”……讲述者眼里泪光点点，而她从一开始便泪流满面，不待讲述者讲完，她的身体便像道边枯枝上残留的枯叶一样瑟瑟发抖了。

“你们……别讲了！”她放出悲声。“我的孩子……我的孩子……妈妈对不起你，我的孩子呀！”

数年前，一次杨惠琳与同车间一位女工在自由市场碰见一个流浪的女孩，旁边有人说女孩是陕北人，她顿时如遭雷击，脸色惨白，两腿发软，连喘气都很困难了。她摇摇晃晃走到一边，不敢看那女孩。后来与她同行的女工过来告诉她，那女孩说自己是陕北榆林地区人，她才稍稍缓过神。她把那女孩同被她遗弃在陕北的女儿联系在一起，而且最初竟莫名其妙觉得那女孩就是她的孩子。多少个日日夜夜，她思念她的孩子，想象着她的孩子如今的处境，急于了解有关孩子的一切。但关于这个孩子，她不曾向任何人提起，包括她现在的丈夫和女儿。这种思念是一种默默的揪心扯肺的思念，是一种只能独自咀嚼、独自被煎熬的思念。背过人的地方，她曾多少次为此而饮泣流泪啊！

三位来人辞别后，她恍恍惚惚回到家中。她现在的丈夫姓余，两人有一个女孩，读初中了。跟前夫在杨玲之后生的那个男孩，在跟这个丈夫结婚前因生计所迫也送了人，如今一家三口，生活得美满和谐。丈夫见她气色异样，以为她身体不适，赶紧让她休息，他进厨房去备饭。饭端上桌，她没有动筷子。丈夫这下诧异了，追问她到底发生了什么事情。她支开女儿，说有事情要对丈夫谈。

丈夫老余也是个遭受过苦难和不幸的人。这位曾服役于海军航空兵的汉子，因为“文化大革命”中反对军内瞎吹林彪历史而被收监判刑，三年刑满后又发配到劳改农场。他是在遭难之时经人介绍与杨惠琳认识结婚的。她不嫌弃他是“现行反革命”，令他很感动。1979年给他平反时，组织上问他有什么要求，他一不要补发工资，二不求名誉待遇，只提出一点：把妻子从天津郊区调到他的身边来。他觉得今生今世无论如何首先要对得起妻子。妻子曾简单向他讲述插队时的经历，也讲过她有过一个男孩，送了人。从妻子颤颤的语调和凄凄然的神情中，他看出妻子心里一定埋藏着深深的创伤，也许这创伤比她表露出来的更巨大、更深重，但他从不去探究她那不愿展示的隐秘。触动那隐秘，肯定会令她痛苦，这是他不愿看到的。不但如此，他还尽力为妻子创造一种可心如意的家庭生活氛围，以冲淡往昔岁月给她留下来的阴影。他待她的这番情意，杨惠琳实实在在地感觉到了，她深深感激他。现在，她鼓足了勇气，准备把她埋藏心中十多年的秘密，把她最不愿触动的一块隐痛，彻底向他揭开。

声音打着颤儿，她向他述说了有关杨玲的一切。

丈夫听罢，呼吸急促，神色冲动，霍地站了起来，说：“你、你……这事你该早说呀，何必让孩子受这么多年苦！”见妻子泣不成声，他上前扶住她的肩头，转换口气劝慰道：“干吗要哭？好事！孩子终于有个讯儿了，咱得到一个女儿。该高兴才是。这女儿没说的，咱认！应该把女儿接回来！”

杨惠琳抬起泪眼，望着丈夫，讷讷说道："我知道你会是这个态度，但咱平平静静的家里突然插进一个女儿，怕小婧难以接受……"

话音未落，房门猛地被推开，刚满十三岁的女儿余婧冲了进来。这孩子在外屋把一切都听到了，她扑到妈妈面前，急急说道："妈妈，你怎么这么糊涂？我有一个姐姐多好！我怎能不接受！妈妈，快把姐姐领回来吧，我想见见她！"

杨惠琳愣呆呆地盯盯女儿，又盯盯丈夫，把头一埋，眼泪泉水一般又夺眶而出。

"说是喜事，怎么还哭？"丈夫老余嗔怪她，随后兴冲冲吩咐女儿拿笔拿纸："这就给你姐姐写信，咱们告诉她，全家盼望着她尽早来京，这个家庭是她的。她应该回到北京来，回到亲人身边来，陕北家里三个老人的恩德咱们要报，咱们负责养老送终！"

王杨玲怔怔地站在北京春天的阳光下。

当她接到郝海彦叔叔的电报，说生身母亲已经找到，接着又收到北京的母亲、父亲、妹妹联名写给她的信以后，她哇哇大哭起来。那泪水、那悲声仿佛聚积许久许久，现在一下子决堤了。她恨不得与可怜的妈妈，可亲可敬的爸爸，还有那个可爱的小妹妹立即就会面，但她却迟迟没有动身，她惟恐陕北家里三位老人感情因此受到冲击——尽管她只是小别他们。直到老人们获悉找到了她的生母并再三催她上路，她才决定启程。一旦说走，却又是那么匆忙，连电报也顾不上给北京家里发，她内心原本竟是这样急切哟！

到了北京，她恍惚觉得这又是个梦。她在心里不停地发问：真的我就要见到我的生身母亲了吗？

春天的太阳暖烘烘地照着她。她迈开了脚步。她已经打问清楚去妈妈那个远郊工厂的长途公共汽车路线。她的脚步变得匆促起来。她急切盼着投入母亲温暖的怀抱。

下篇　今宵月圆

这些日子，杨惠琳一直心绪不宁。自从和女儿王杨玲取得联系以后，她便急切地盼望和女儿见面。一连发了几封信，又拍了两封电报，还寄了钱去，都是叫女儿快快来京。然而，杨玲却一日拖一日地不曾动身，说是不忍心撇下养父养母。杨惠琳急得不行，恨不能自己立即赶往陕北把女儿接来，无奈厂里脱不开身。好难熬的日子！丈夫老余应聘去石家庄一家工厂工作，女儿余婧安慰她："妈，二十年都过来了，急也不在乎这几天。我敢打赌，姐姐说不定哪天蓦地就来啦。"

这一日，杨惠琳早上起来就有点神不守舍。上班前，她向小余婧交代："今天下课后，别参加体育训练了，早点回家。你姐姐要是来了，马上给我打电话。"

下午下班前，果真余婧打电话找她了。小余婧兴奋地在电话里大声喊："妈妈，快回来，姐姐来啦！姐姐真的来啦！"

她的心立即怦怦地跳了起来。顾不得换下工装，便匆匆骑车往家赶，上楼梯一步跨两三个台阶。推门的一瞬间，她只觉得狂跳的心儿乎要蹦到嗓子眼了。余婧见她回来，蹦跳过来搂住她，兴奋得满脸通红，说："我给姐姐烧了热水，姐姐正洗澡呢。"随后又大声冲卫生间叫道："姐姐，妈妈回来啦！"卫生间里哗啦哗啦的水声停歇了。杨惠琳僵立在卫生间门口，浑身哆嗦，几乎站立不稳。她把身子靠住墙，扬起头微微眯着眼睛，竭力使自己稳住情绪。卫生间里传出窸窸窸窣的穿衣声。不一会，门开了，一个大姑娘从里面走了出来。

一对苦命的母女，在经历了二十年的痛苦分离和坎坷磨难之后，就这样相见了。最初的情景与母女俩的想像并不一样。她们都曾无数次在脑子里勾画过母女相见的情景，都曾认为自己会不顾一切地扑向对方，会哭，会笑，会放开声音呼叫。然而此刻，她们只是默默对望着，彼此的心都怦怦地跳，彼此的神情都有点慌乱，彼此的动作都显得紧张僵硬。“妈!”“杨玲!”声音是拘谨地，怯怯地发出来的。“这就是我那揪心扯肺的女儿?”杨惠琳盯住眼前这个和自己一般高、两颊被高原的阳光晒得红扑扑的姑娘，鼻根发酸。眼圈有种热辣辣的感觉。“这就是我那在梦中千呼万唤的妈妈?”王杨玲望着站在面前这位微微发胖的中年妇女，喉头袭过一阵一阵干燥的痉挛。谁也不知道往下该说什么，该做什么。还是小余婧缓和了气氛：“干站在这儿干吗?坐下说话多好!”她笑嘻嘻地牵着两人的手，拉到客厅沙发前。杨惠琳和杨玲一落座，都再也控制不住，一下子紧紧拥抱在一起，放开声音哭起来……晚上，杨惠琳和杨玲躺在大床上，二十年的离别泪，相思情，道不完，诉不尽。

窗外，一轮明月挂在洁净如洗的夜空。正是阴历十五，这轮满月好大好圆。

杨玲到京的第二天，杨惠琳的丈夫老余正好从石家庄回家休假。这位当年因反对瞎吹林彪历史受尽磨难的血性汉子，却对王杨玲怀有一副慈爱的柔肠。杨玲和他很谈得来。一家四口团聚，家里出现了非同寻常的热烈欢快气氛。邻居和厂里来串门的同事，见这个家庭突然来了一位乡下姑娘。而且一家人的情感都被这姑娘搅动了，多少有点惊奇，不由便要打听这姑娘是他家什么人。杨惠琳给人说这姑娘是她的女儿，别人不信，说她瞎说。老余担心人们再往深处追问，又要触动妻子心中的隐痛，便大包大揽地宣布杨玲是他过去的女儿。反正他的经历复杂，别人摸不清楚，更重要的是不论什么样的议论压在他这个男人身上，总比压在作为女人的妻子身上要好一些。这一点让杨惠琳心中既难受又感动。

一家四口逛公园、转商场，买来一卷卷胶卷尽情地拍照。杨惠琳买了新衣，里里外外替杨玲换了装。小余婧还领着姐姐去一家仿明星化妆照相馆，上上下下仿照外国明星的样子装扮起来，一人照了张大彩照。相聚的日子充满喜悦和甜蜜。老余还陪杨玲游览了天安门、故宫、颐和园、八达岭等名胜古迹。他对杨玲说："爸爸人到中年，突然多了你这个女儿，爸爸好高兴啊!"

已经返城工作的一些北京知青们，获悉王杨玲来京与生母团聚，分外高兴，他们在原北京知青联谊会会长郝海彦家里搞了一次盛大的聚会。他们把杨惠琳、王杨玲以及小余婧邀请来，遗憾的是没有请到老余，他已返回石家庄上班去了。聚会从上午一直持续到深夜，大家分享着这一对母女相会的喜悦，美酒频频地举起，歌声、笑声满屋子荡漾……

转眼之间，王杨玲来京已二十多天。一个母女俩都不愿轻易触及的话题，这时候不得不提起了。

"玲儿，给妈说说你的想法。"一天饭后，杨玲正要收拾碗筷，杨惠琳挡住她，话语谨慎轻缓，"你是不是打算还回陕北去?"

王杨玲抬起头，久久望着妈妈，随后郑重地点点头。

"妈在这里可是把工作都给你找下了。"杨惠琳一急，提高了声音，“就在咱家对面的大楼里当售货员，一个月一百六七十元工资。咱们一边工作，一边解决户口问题，好多人，包括你那些知青叔叔阿姨，都愿意出力帮忙哩。”

杨玲轻轻摇了摇头。

“怎么，在这儿呆不惯？对妈有意见？放心不下养父养母？”杨惠琳更急了，连珠炮似的追问，小余婧也凑过来，说：“姐姐别回去了，在这儿多好！爸妈早说了，陕北的老人由咱们家养老送终，你还操心什么呀！”

杨玲抓住妈妈和妹妹的手，轻声说道：“我这趟来，原本就没打算留下。你们和爸爸的心情我理解，但陕北的老人也是我的亲人，你们不知道，他们是多么需要我。养父养母年岁都大了，我不可能和他们一块再呆很长时间了，找到你们，我很幸福，但我不能离开他们。”说到这里，杨玲的眼圈红了。

苦苦思念了二十年，一朝团圆，忽又要分手而去，杨惠琳的感情哪能经受得了！她苦苦相劝王杨玲，用各种理由企图说服她留在北京，留在自己身边，对陕北一对老人，也提出种种安排方案以供女儿选择。当年为时势所迫，她把女儿丢弃在荒凉的黄土高原，她觉得她欠了女儿一笔债，她要偿还这笔债。她请来了杨玲非常尊敬、非常信服的知青叔叔阿姨们，这些刚踏进京城的老知青们，同样希望杨玲能留在北京。他们非常清楚地知道杨玲回到陕北以后，那滞重的黄土高原的生活会怎样无情地磨损她青春的生命，会把多大的压力搁在她的心头和肩头。王杨玲在人们的苦劝下，终于答应：她先回陕北去，妥善地安排好两位老人，把麦子收割碾打完，然后再来北京，永远和妈妈、爸爸、妹妹呆在一起。

杨惠琳自然高兴，她的心愿终于可以实现了！随后几天眨眼就过去了。王杨玲回陕北前一天，爸爸特地从石家庄赶回来为她送行。

在北京整整呆了一个月，又到了月圆之时，全家人又团聚在一起了。月儿皎洁；月儿明亮，月儿看着这一家对未来充满美好憧憬的人高高地举起了酒杯。

王杨玲又回到陕北的土地上。

去北京这一个月，与生母重逢带给她的巨大喜悦并没有淹没她对黄土地上将她抚养成人的两位老人的牵挂之情。走时养父身体就很不好，尽管养母曾对她说："去吧，你的妈妈想你，你该回到她跟前去，在咱家你要把罪遭死哩！"她却觉得，她和养父养母以及患有癫痫病的叔叔相依为命的关系，是很难砍断的。现在，她答应了生母将她转回北京的要求，她知道陕北的老人对此不会有什么意见，但她却摆脱不掉一种沉重的负债感。在陕北老人身边呆的日子已为时不多，她要在他们跟前尽可能多地尽一份心意。

老人们见她回来，自然很是高兴，她拿出北京爸妈捎给老人的各种东西，养母见炕上一下子堆了那么多吃的、穿的、用的，心里过意不去了，连连叹道："这么远路，给我们这老骨头还捎这么些东西，太费力气，太花钱了。咱家苦了你，你妈对咱家还是这么重的心意，叫咱咋受得了哟！"养父依旧躺在炕上起不来，他一时糊涂，一时清醒。清醒时，盯着杨玲看，不说话，只把手往远处指。养母对杨玲说："他叫你走哩，他不愿看着我们拖累你。"杨玲按住养父的手，一股热辣辣的东西堵在喉头，泪水一下子就涌出了眼眶。

赶麦子黄还有一个来月时间。王杨玲到一百八十里外的县城门市部又上了一段时间班。麦收时，她请假回到家里，踏进了黄土高原绵延伸展、起伏不定的庄稼地里。

这是最后一次替家里收割庄稼了。从很小的时候开始，她就帮家里干农活，沉重的体力劳动曾压得她嫩弱的身子骨几乎要垮了架。她诅咒过不公正的命运，怨恨过苦难的生活，可现在，她突然生出一种十分留恋的感情。这坡坡，这坎坎，这沟沟，这塄塄，这黄土地上的一草一木，她是那样的熟悉，想到很快就要辞别这一切时，她心里酸酸的，直想掉泪。

麦子收割了，登场了，碾打了。与北京爸妈商议好的动身的日子到了。她把养父、养母、叔叔所有的棉衣棉被拆洗了一遍，把家中里外所有该收拾整理的都收拾整理好，该道别的老师、同学、朋友也都道别了，养母把该给北京爸妈带的土特产也准备好了，她该动身回北京了——就在这时，养父的病突然加重了。

不能在这个时刻走开。她留了下来。

养母劝她："只管走你的，他几年就这么拖着，还不知道拖到啥时候哩。"

她摇头。她不愿意就这么牵肠挂肚地走开。

养父的病情一日重似一日。1991 年 8 月底，养父终于闭上了双眼。

悲痛袭向王杨玲。她伏在这位像黄土一样质朴、终生劳碌受苦、让她领受过刺心经历更给过她巨大恩德的老人身上，失声痛哭。

王杨玲一手操办了养父的后事，将老人妥妥帖帖地安葬在村南一块向阳的坡地上。村里人感慨唏嘘：不亲的比亲的还好，女子比儿子还中用！

北京爸妈曾多次表示：老人养老送终之事，由他们包了，但杨玲没有指靠爸妈。老人对他的恩德她要自己来报答。她把一切都处理完了，才写信给爸妈告知养父去世的消息。

现在离开陕北，回到生母身边，投身一种全新的生活，从道义上讲完全可以说得过去了，从心理上讲也应该感到平衡了。然而，她仍迟迟不肯动身离去。

日子一天天地拖下来。终于，她最后作出了一个令所有人都大吃一惊的决定——暂时放弃回北京的打算！

也许是养父的去世给了养母太大的刺激，这位已经六十七岁的老人身体一下子垮了下来，双目视力急骤下降，耳朵突然背得厉害，两条腿终日疼痛，走路都很艰难了。王杨玲想，无论如何，她也不能就这样撇下养母自个儿回京。不能，她的良心不允许！

也许还有另外一件事情牵着她的心——她要不要接受一桩婚事？他是当地一个青年农民。他一直把她追得很紧。

她给北京爸妈写了信，告诉了她新的决定。

她不知道爸妈获悉她的决定后，会不会同意，能不能理解她，她只是觉得她不可能再动摇了，养母在世之时，这决心她不会再变。她在心里祈求着爸爸和妈妈的原谅。

一个月亮很好的夜晚，王杨玲静静坐在L县城她租住的小屋脚窗前，她凝神望着高原上空宛如银盘一般的月亮，回想着在北京时那两个月圆之夜。她依稀记起了曾读过的两句唐诗：抬头望明月，寄情千里光。月儿能寄情，妈妈此刻也能看见这轮月亮。对着月亮，她无声地把心里的话向妈妈倾诉。

她的眼角有晶莹的闪光。

月儿正圆。月儿还会再圆。

说明：

此作是以先后发表的三篇作品合并而成，上部与中部在有些事情上存在不一致处，这是因为生活中的戏剧性变化，出自第一篇文章发表之后，这里保留了作品原貌，谨此说明。